编委会

顾　　问：王永欣　　王占祥　　李卫华　　谢　强

主　　编：彭月芎

副主编：叶惠龙　　郭之通

编　　著：彭月芎　　黄文水

编　　委：欧阳明亮　　李挺生　　童淑惠　　李妙音

　　　　　叶志超　　　彭小松　　李志安　　孙洲亮

　　　　　许文勇　　　吴　彬　　肖乃安　　高　斌

　　　　　黄建隆　　　陈辉民　　徐彩临　　陈重捷

　　　　　叶聪艺　　　陈旭蔚　　陈雅玲　　颜梅丽

　　　　　陈万泉　　　黄静怡

摄　　影：马铭益　　何东方　　夏海滨

鸣　　谢：工商银行股份有限公司厦门同安支行

● 本书出版得到同安区文艺发展专项资金扶持

厦门市第三医院 编

百年風華

The 100th Anniversary of
The Third Hospital of Xiamen

厦门市第三医院建院一百周年纪实

黄文水
彭月芎 编著

厦门大学出版社
XIAMEN UNIVERSITY PRESS
国家一级出版社
全国百佳图书出版单位

图书在版编目（CIP）数据

百年风华：厦门市第三医院建院一百周年纪实 / 黄
文水，彭月芎编著. -- 厦门：厦门大学出版社，
2022.10
　　ISBN 978-7-5615-8776-8

　　Ⅰ.①百… Ⅱ.①黄… ②彭… Ⅲ.①纪实文学－中
国－当代 Ⅳ.①I25

　　中国版本图书馆CIP数据核字(2022)第189626号

出 版 人　郑文礼
责任编辑　王鹭鹏
美术编辑　李嘉彬
技术编辑　朱　楷

出版发行　**厦门大学出版社**
社　　址　厦门市软件园二期望海路 39 号
邮政编码　361008
总　　机　0592-2181111　0592-2181406(传真)
营销中心　0592-2184458　0592-2181365
网　　址　http://www.xmupress.com
邮　　箱　xmup@xmupress.com
印　　刷　厦门市明亮彩印有限公司

开本　720 mm×1 000 mm　1/16
印张　17.75
插页　4
字数　290 千字
版次　2022 年 10 月第 1 版
印次　2022 年 10 月第 1 次印刷
定价　99.00 元

本书如有印装质量问题请直接寄承印厂调换

厦门大学出版社
微信二维码

厦门大学出版社
微博二维码

院址变迁

（1920—2022）

民国时期旧址

二十世纪旧址

航拍新图

名称演变

（1920—2022）

1920年，民国九年，基督教会创立同安医院。

1936年，民国二十五年，县政府设同安县卫生院。

1949年10月，县人民政府接办县卫生院，改称同安县人民医院。

1950年12月下旬，接办教会办的同安医院，两院合并后称同安县人民政府卫生院。

1956年11月，同安县人民政府卫生院改称同安县卫生院。

1957年7月1日，同安县卫生院更名为同安县医院。

1968年12月13日，东风医院、县卫生防疫站并入县医院，为同安县人民医院。

1972年6月1日，同安县人民医院更名为同安县医院。

1997年5月1日，同安县撤县改区，同安县医院更名为同安区医院。

2003年12月18日，同安区医院更名为厦门市第三医院。

2022年2月10日，厦门市第三医院划归市属揭牌，名为厦门大学附属第一医院同安院区。

序

悠悠岁月，沧桑百年。一百〇二年前，同安县境首位外籍女西医——美籍女医生慕姑娘远涉重洋、不惧艰难，深入同安腹地行医，却不幸病故。为了纪念她，同安医院应运而生。民国九年（1920年），位于同安东山双圳头的同安医院在如晦风雨中建成，由此揭开银城西医悬壶济世的新篇。

一所厦门市第三医院（厦门大学附属第一医院同安院区），半部同安医药卫生史。同安枕山襟海，东连泉州南安市，北邻泉州安溪县，西接漳州长泰区，西南与厦门市集美区毗邻，东南与金门县隔海相望。自古以来，地处闽南中心位置的同安舟车辐辏，地理位置优越，既是县治所在地，也是西医传入厦门的先行区。

《同安县志》记载，清光绪六年（1880年），西药传入同安县。民国二十八年至三十八年（1938—1948年），全县人口出生率仅130.6‰，死亡率却高达186.7‰。民国二十五年（1936年），县卫生院成立，地址设三秀路大老衙内（今同安宾馆）。一直到民国三十六年（1947年），旅居新加坡华侨集资创办同民医院时，同安全县医院也仅有三所，医务人员四十七人，病床一百张。尽管如此，全县每十万人口，医生仅二十三人，病床仅四十七张。在那个缺医少药的年代，各种疾病长期困扰着同安人民。

1949年10月，同安县人民政府成立，仅用三年时间，就消灭鼠疫、天花、霍乱三大烈性传染病，根治了血吸虫病。1949年12月19日，同安县人民医院成立。1957年7月，县人民医院更名为同安县医院，1997年4月30日，同安县撤县改区，同安县医院更名为同安区医院。

《同安县志》记载：同安人口死亡率由解放前十年的186.7‰猛降至1996年的5.59‰；人口平均期望寿命由解放前不到三十五岁迅速

提高到1996年的七十二岁。1997年年初，同安县、镇两级医疗卫生机构共有医务人员一千三百六十四人，病床一千零九张。2003年12月18日，厦门市同安区医院举行更名暨厦门市第三医院挂牌仪式，开启医院跨越发展的新征程。

生命之光，穿越百年，照亮人世间。百年风雨兼程，百年沧桑蝶变，百年砥砺初心，百年大医精诚。医学不只是抽象的观念，也是活生生的实践，更是医生和病人共同谱写的故事。医院在笃定前行中厚植家国情怀，在救死扶伤中诠释人间大爱。

百年风华正茂，百年波澜壮阔。而今，厦门市第三医院是国家级爱婴医院、省级文明医院、现代化三级综合医院，福建医科大学临床教学医院、福建中医药大学附属厦门第三医院、福建中医药大学第四临床医学院、福建省临床住院医师规范化培训基地，跻身"2019年中国医院竞争力·省会市属/计划单列市医院"百强榜……百年初心路，三院正青春。一百年来，医院职工人数从十人增长到一千五百多人，床位总数从三十五张增至一千张，现占地面积一百四十余亩，建筑面积近十三万平方米，服务辖区人口九十余万人。

在历史的浪潮中踏浪前行，在奋进的征程中击楫而歌。2022年1月，厦门市第三医院划归市属，隶属厦门市卫健委管理，由厦门大学附属第一医院按照"整体化管理、一体化运营、同质化医疗"的原则实施托管。2022年2月10日，厦门大学附属第一医院同安院区揭牌。可以说，三院划归市属是市委市政府的重大决定，三院所需就是厦门大学附属第一医院所为，第一医院将发挥人才优势、学科优势，补齐三院的发展短板。

习近平总书记强调，广大医务工作者要坚持人民至上、生命至上，崇尚医德、钻研医术、秉持医风、勇担重任，努力促进医学进步，为建设健康中国、增进人民健康福祉做出新贡献。

盛世修志，存史资政。这本《百年风华》是厦门市第三医院的史志，追溯百年，我们看到医院跨越世纪的坚实足迹，见证医院薪火相传的初心使命，更坚定医院再续辉煌的文化自信。

以史为鉴，开创未来。2022年，厦门市第三医院再次站到新的历史起点上，医院必将与厦门同心同向、同频共振，立足新的发展阶段，贯彻新的发展理念,构建新发展格局,踔厉奋发、勇毅前行,为推动厦门医疗高质量发展超越再立新功。

厦门大学附属第一医院院长
厦门市第三医院院长
二〇二二年十月

历任院长

高亮甫

（1940—1945.6）

陈明智

（1949.11—1951.12）

李木裕

（1952.1—1953.9）

黄先腾

（1953.9—1954.4）

杨和亭

（1956.10—1983.12）

张仁队

（1984.1—1985.6）

林继禄

（1985.6—1989.12）

李挺生

（1990.1—1991.11）

刘恭祥

（1991.11—2002.9）

叶惠龙

（2002.9—2018.8）

郭之通

（2018.9—2021.2）

彭小松

（2021.2—2022.1）

谢　强

（2022.1至今）

王占祥

（2022.1至今）

历任书记

邢克贤
（1971.4-1983.9）

王汝治
（1983.10-1984.3）

叶水砻
（1984.5—2002.9）

张亚狮
（2002.9—2009.7）

彭月芗
（2011.5至今）

目录

第三章　口述历史

第四章　报端高光

附　录

后　记

第
一
章

百
年
恢
弘

　　古代同安，只有少数民间游医和开设中医、中药铺，卫生医疗条件极差。自清光绪十五年（1889年）起至，鼠疫在同安蔓延六十二年，天花、霍乱、血吸虫病、疟疾猖獗流行，夺去无数生命。清光绪年间，西医传入同安，但医生寥寥无几。《同安医药卫生志》记载：民国九年（1920年），美国基督教归正教差会在同安双圳头创立西医医院，名为"同安医院"。民国时期的同安，药铺集中设置于县城、马巷及沿海，广大农村长期缺医少药。随着同安医院的不断发展壮大，为同安百姓解除病痛发挥的作用越来越大。《同安县志》记载，县人民政府成立以后，仅用三年时间，就消灭鼠疫、天花、霍乱三大烈性传染病。改革开放以来，同安医疗卫生事业长足发展，1983年消灭血吸虫病，1987年基本消灭丝虫病，1994年基本控制碘缺乏病，1995年基本消灭麻风病……

　　1997年4月30日，同安撤县设区，5月1日，同安县医院更名为同安区医院。12月30日，同安区医院成为"二级甲等医院"。2003年，同安区医院升格更名为厦门市第三医院并挂牌营业，由此，医院被厦门市委市政府列入全市三大医院行列。这家成立于1920年，曾经只有一栋石头小楼，十几名医务人员的小医院，逐步壮大为综合性三级医院。以厦门市第三医院为代表，同安医疗卫生事业取得空前发展，普及现代化医疗设备，群众缺医少药的时代一去不复返。

一、1920—1951年　筚路蓝缕

1842年，厦门被辟为"通商口岸"，西方传教士相继来厦。传教士以施医施药配合传教，西方医学随之传入。清光绪九年（1883年）美国归正教差会创设保赤医院，地址在厦门竹树脚。民国初，美籍女医生慕姑娘在同安东山双圳头行医传教，她是同安县境首位外籍女西医。

《同安文史资料》记载：
1920年，基督教会在双圳头即启悟学校旁边兴建医院，名为"同安医院"。倡办人是美国籍女医师慕姑娘的亲属。慕氏曾在双圳头行医，后来病故，其亲属为纪念她，遂捐资在双圳头建医院。因受欧战影响，美钞跌价，所捐资金不及建医院之半数费用。因此，双圳头礼拜堂首任牧师班·安德烈偕同华人杨季谦遂往南洋星马一带向同安籍华侨募捐。捐献者有塘边华侨杨克聿、卿朴村华侨吕怡中、潘涂村华侨林岩山等多人。仰光华侨曾营、曾广庇也捐献两万盾，作为同安医院

1922年，百年铸钟见证三院历史

建发电房及电器设备之用。1920年12月，同安医院建成。

在同安钟楼的顶楼，有一口"镇楼"的铸钟。铸钟现被悬空固定在铁架上，铸钟表面刻有英文铭文，记载了这口铸钟的由来、年代、产地等

信息。铭文边缘清晰地标注了铸钟的铸造时间为1922年，已有百年历史。经查阅史料，同安钟楼铸钟铭文的完整内容为："神的荣耀 此钟献给中国厦门同安，伊丽莎白·H.布劳维尔特纪念医院，美国新泽西州泽西市，卑尔根归正教会，1922年。"

铭文中所记述的伊丽莎白·H.布劳维尔特纪念医院正是同安医院。作为文物保护单位，同安钟楼现存文物包括三部分：钟楼建筑本身、铸钟和防空警报器。根据铸钟上的英文记载，此钟系1922年美国归正教会为中国厦门同安伊丽莎白纪念医院而铸，经测量，铜钟直径0.77米，高0.6米。史料证明，"赠送给同安医院的铜钟，现安放在同安南门路65号的同安钟楼"。

据调查，这口铸钟曾存于同安后河教堂，1973年随着后河教堂的搬迁，铸钟被搬至钟楼保存至今，目前，铸钟保存状况较好，音色较纯，从未使用。这一口来自美国的百年铸钟，揭开了尘封的历史，是同安医院百年历史的实物见证，也见证了同安一百年来医疗卫生事业发展的情况。

位于同安区大同街道东山社区双圳头的同安医院旧址旧影

同安医院选址城郊双圳头，总建筑面积1 448.30平方米，其中住院病房1 030.92平方米，医生楼86.52平方米；厨房、膳厅、电机房计255平方米；男、女病房各两间，个人病房十间，病床三十五张；药房、手术

现位于同安区大同街道东山社区双圳头的同安医院旧址

室、化验室、注射换药室、消毒室各一间。当时，全院员工十人。其中：西医师两人（美籍一人）、护士两人、其他卫技人员一人。医院由美国基督教会的班·安德烈医生修建，1925年该医生患鼠疫而死亡。1926年、1930年，美籍田医生、赖仁德护士长分别前来同安医院工作，不久都回了美国。

同安的西医带徒是同安医院创办后开始的，西医一旦传入同安县，便设立诊所，创办医院行医。为培养助手，充任护士和调剂人员，同安医院招收笃信耶稣的教会青年为学徒。学徒在实际工作中逐步学习，掌握西医理论知识和医疗技术，常自行开业。1920—1949年，同安医院以带徒教育形式培养出来的医员有吴天现、重文道、陈仁发、吴天乙、白辉超、陈玉锭、高加增、洪天成。

1931年，同安医院由鼓浪屿救世医院院长夏礼文兼管，具体由牧师益和安掌握，院务由洪元英、韩德成、高亮甫、杨谦址等负责。至1945

年，又有美国籍山益远医生及其爱人敏检验士来院工作，赖仁德任护士长兼管财务工作，至1950年先后有韩德成、高亮甫、蔡崇善、翁长福、陈天庭等医生到医院工作。1946年增编护士长、检验员各一人，均系美籍。

民国二十五年（1936年），同安县卫生院成立，负责全县卫生行政和医疗、防疫等事宜，选址三秀路大老衙内。1947年2月，地址搬迁至双圳头天主教堂，后又迁至刹口庙1号。编制二十人，开展一般门诊，1939年始设病床十二张，后增至二十张；先后下设马巷、灌口两个区分院和长兴乡卫生所。1936—1949年的历任院长：韩德成、林公健、蔡延阳、卢伯欣、徐天来、林世清、陈以仁。

1949年9月19日同安县城解放后，同安县卫生院由县人民政府接办，改称同安县人民医院，后称同安县人民卫生院，当时医疗器械设备非常简陋。1951年12月24日，晋江专署指示，正式接办同安医院，与同安县人

同安县医院门诊部

民卫生院合并（1950年时陈明智负责医院工作，1949年12月19日，陈明智被委任为同安县人民医院院长。他对同安县的鼠疫、霍乱、天花防治和消灭做出较大的贡献）。两所医院合并后改名为"同安县人民政府卫生院"，李木格任院长，同安医院并入时，计职工三十三人，病床三十一张，设两个门诊部，一个综合住院部，财产约四千六百元，可行阑尾、疝气等手术。1956年11月，改称"同安县卫生院"。1957年7月1日，更名为"同安县医院"。门诊、产科地址洗墨池，住院部地址双圳头，编制床位五十张，职工五十二人。

在医院管理上，1949年9月前，教会所属同安医院的人事、经费等都由其董事会自行管理。1949年9月，县人民政府接办同安县卫生院，订立"门诊部暂行规则"、"住院部暂行规则"等。

1951年上半年，山益远医生及敏检验士与鼓浪屿救世医院的美籍人员一起回国。1920—1949年，同安医院历任院长及负责人为班·安德烈、田医生（名不详）、赖仁德、夏礼文（以上均系美籍）、叶家俊、陈德星、蔡崇善、高亮甫、翁长福、山益远（美籍）、洪元英（代院长）。

1950年前，县级医院的化验仅开展极其简单的镜检及三大常规检查项目，均由医师兼任处理。全县仅同安医院检验师一名（闵河春，美籍，女），检验员一名。化验室也只有一台煤油冰箱、病理切片机和手摇离心机等仪器设备。

1951年12月，国家接办同安医院，仅有一千五百倍显微镜及低倍显微镜各一台、手提消毒锅一个、简易手术床一张。1950年前，同安医院内科仅能做腹腔穿刺、皮下输液等；外科仅能开展脓肿切开、阑尾切除术、疝气修补术、鞘膜积液外翻术、截肢术；产科仅负责应付一般难产的紧急情况。1950年后，随着医疗技术力量的增强和医疗设备的改善，医疗分科越来越细，收治病种越来越广，医疗技术水平和医疗质量也不断提高。

1948年，同安全县持有省卫生厅"执业证书"的西医人员，分为下列类型：毕业于立案医学院校的属"医"字；出身于未立案医学院校或医院的属"通"字；未具备上述学历而有行医实践经历的属"甄"字；经审查后认为未具备上述资格，属"训"字。全县领"医"字证书的有高亮甫、林公健、蔡廷阳、刘挺英、翁长福、林泳裳、徐天来、陈以仁等人；

领"通"字证书的有叶勉吾、卢伯欣、陈明智、黄梓民、黄志轩等人。

护理、助产工作随着西医的传入而出现的。同安医院刚创办时，始有一两个"女看护"（护士），均为美籍。1949年年初，杨慎微（漳州协和高级护士职业学校毕业）是该院第一个中国籍的护士。县卫生院从民国二十五年（1936年）成立至1949年先后聘用十四人次。其中，林金玉、林幼英、吴秀碧、张清彩、郑金玉、陈超雄均毕业于高级护士、助产士职业学校。

《同安医药卫生志》记载，1950年3月26日，同安县把鼠疫、霍乱、天花视为甲类传染病进行管理，建立"鼠防三报"制度，病人、自毙鼠、疑似病人都得上报。1952年3月26日和4月12日，县人民政府卫生院分别召开全县中、西医疫情管理座谈会，出席会议的中医37人，西医25人，会上决定设立全县疫情报告网，设立31个疫情报告站，以负责疫情报告和疫情处理。年底，制定了"同安县传染病报告程序"。

为进行疫情管理，同安设立了疫情报告网。1950年3月后，充分发挥县、乡（社）、村（队）三级疫情报告网作用。各医疗单位均建立传染病登记簿，备有统一传染病报告卡，各级医生一旦发现传染病患者，即按规定程序逐级上报。同时，核定传染病报告范围。根据不同时期的传染病管理条例，结合同安县的具体情况，制定"同安县传染病管理办法"。确定法定报告人，严格规定报告时限。同安县于1953年规定：凡诊治病人的医务人员以及检验、检疫人员均为法定报告人。报告时限：甲类传染病及其疑似病人，采用最快的办法向县防疫主管部门报告，城镇在六小时内，农村最迟不超过十二小时。乙类传染病及其疑似病人，城镇在十二小时内，农村最迟在二十四小时内报出疫情。发现暴发流行疫情，尽快报告。丙类传染病根据情况进行区域监测。及时处理疫区，积极抢救病人。要求做到"四早"（即早发现、早报告、早隔离、早治疗）。每当传染病流行或食物中毒时，县卫生主管部门，县防疫站立即组织医务人员深入病区，开展防治工作。县医院设有传染病房，各乡（镇）卫生院设有传染病室。县防疫站还开展流行病学调查，划定疫区范围，采取封锁、隔离、消毒、预防接种等措施，并做好毗邻地区的联防工作，以利迅速扑灭疫情。

二、1952—1960年　中西合璧

1956年10月，遵照卫生部通知，同安县将血吸虫病、丝虫病、钩虫病等七种传染病列入乙类传染病进行管理。1958年3月14日，县人民委员会颁布"同安县传染病管理暂行办法"。1960年，印度尼西亚各地出现散在性流行副霍乱。厦门市防疫站、海港检疫所、县防疫站组织人员对多批安置在同安县竹坝华侨农场的印尼归侨展开检疫防疫。

1952年8月4日，同安县人民政府卫生院举办中医进修班，学制六个月，中医师及行医十年以上者为正式学员，共十九名；行医五年以上及中医考核成绩较好的为副学员，共十六名。1953年续办第一期中医进修班，学员五十三名。进修课程有生理、解剖、病理、药理、法定传染病。

1953年，同安卫生局局长王一峰兼任同安医院院长，后回灌口。1955年，黄善亭任院长，黄美勤（部队家属）任副院长。1955年，编制床位五十张，职工五十二人。1956年10月，杨和亭任院长，黄美勤随军北上。1957年，国家开始分配中专毕业的检验士到同安工作，但主要不为临床检验，而是卫生防疫检验；1958年增设门诊中医科。1959年，王建海任副院长，1960年，王建海去厦门医学院读书，1962年年底调葛萍为副院长。

1953年，建成一座门诊平屋，225.81平方米，附设挂号、药房、检验等，病床扩大为50张。1954年后，大批毕业于大中专医学院校的西医人员不断充实西医队伍，成为全县卫生、医疗队伍的骨干力量。1955年，编制床位50张，职工52人。1953年同安医院与同安卫生院分开，约一年后合并，更名为同安县卫生院，1956年改称同安医院，洗墨池为同安医院第二门诊部，设医政股、防疫股、总务股，分别由陈天庭、陈文华、黄金忠任股长。莲花卫生所、新民卫生所、灌口卫生所也归同安医院管辖，至1957年，这三个卫生所无偿交付政府管理。病房无明确分科，可治疗内、儿、传染、妇产、外科一般疾病。妇产科可开展剖腹产、产钳术等，外科可开展胃部全切除术、气管切开术等，检验科可做三大常规及肝功生化一般项目，经费略有节余。1958年增设门诊中医科。1960年，分设内科、儿科、外科、妇产科、传染科和中医科。

同安县卫生防疫站

　　1956年，县卫生科派林玉歆、林锡祺、王德功分别到省、晋江专区中医院学习针灸疗法，结业后始在县人民政府卫生院开展针灸疗法。1959年县卫生科为普及针灸疗法，先后委托县医院举办二期针灸学习班，由厦门市中医院医师任教，为期各一个月，学员计四十五名，结业时均能掌握一百个以上穴位。

　　1954—1964年，在双圳头扩建二层办公宿舍楼，355平方米；增设门诊、麻风门诊、会议室、电机房等平屋，计685.56平方米。在洗墨池扩建二层产科病房及门诊，计351.1平方米；改建宿舍、中西药房等医疗用房平屋304.23平方米。1959年始增添氧气瓶。

　　1956年6月，县人民政府卫生院邀请城关镇中医师建立会诊制度。由中医师李礼臣、邵明雨、洪慎生、黄瑶卿等配合西医翁和、翁长福、陈天庭等组织乙型脑炎治疗小组，以中药治疗为主，以西医抢救、护理为辅，共诊治20例，治愈14例。同年，中医师李礼臣应用常山治疗疟疾与西药治疗比较，以现代医学化验进行评价。1958年，县医院建立门诊中医科，始设中药房，增设针灸室。

1959年同安县医院庆祝国庆全体工作人员合影

三、1961—1970年　合并壮大

同安县医院与同民医院合并始末，在同安区档案馆可查。1961年上半年，同安同民医院提交申请，拟与同安县医院合并。同民医院在报告中说，同安县医院、同民医院两个医院现有设备简陋，医护人员缺乏，而人员又多病，同民医院几年侨汇断续不定，全体员工每月工资发放有困难（三四月份已向县财政借来3 400元）。目前，两个医院都设有同样科室，但设备简陋、技术人员少，往往有科室无人，技术水平未能达到抢救危急病人的需要，因此提出，同民医院与同安县医院应该合并，得到省卫生厅的同意。

1961年5月18日，福建省卫生厅下发《关于同安县同民医院与县医院合并问题的意见》："接同安县卫生科4月6日（61）卫函字第008号函称：'关于本县同民医院与县医院合并一事，已征求该院华侨董事会，创办人函复并无意见，也同意合并'等语，并请求将其经费列入国家财政拨款问题，我们原则上同意照办。"

　　1961年11月2日，同安县人民委员会向厦门市人民委员会提交《关于同民医院与同安县医院合并的报告》："为适应形势发展的需要，决定对我县同民医院与同安县医院合并，以便于统一管理、合理使用，加强团结，提高技术水平，更好地为社会主义建设服务。"报告中提出合并意见：一，合并时间拟于12月上旬办理一切合并事项，合并后仍挂"同安县医院""同民医院"两个牌；二，合并后的经费统一列入县财政预算内，同民医院月支工资3 307元，同安医院月支工资2 824元，合计月支工资6 131元；三，合并后拟将同安县医院院址改为传染病科，设门诊及住院部；同安医院第二门诊部取消，设立妇产科及妇幼保健科；原同民医院加强内外、小儿及其他科室，床位现有188张，再扩大12张，合计200张，以满足病人之需。

同安医院筹建历程书影

　　同安县同民医院即同安公立医院。1947年8月3日《中央日报》报道题为"同安公立医院正式开幕"，由新加坡同安会馆斥资创办的同安医院开幕，院址现用县卫生院旧址，内部之病房、手术室等经大部修建完成，该院院长、主任等依台湾第一流医师，内部之医药及器械亦甚充足，现正赶建隔离病舍及大手术室等设备。1948年第1期《同安乡讯》披露了筹建同安医院始末："同安会馆筹建家乡医院，为此间邑侨，举办福利家乡事业一页辉煌史迹。由发起、倡议、计划、筹备，以迄于实现，达成目的，正式成立。经一年余之苦斗，规模已具，巍峨院舍，虽云设备未周，然已能使万千病苦，沾其实惠。"

　　乡讯中说，建院缘起新加坡同安会馆，以战后家乡消息传来，物价高出云霄，贫病死亡累累，交通未臻圆滑，医药救济大难。爱国始于爱乡，强国必先强民。响应正义老人陈嘉庚先生在卅五年五月同安会馆第七届职员宣誓就职典礼中建议，倡设家乡医院，询谋金同，组织建院筹备委员，号召邑侨出钱出力，共襄义举，延聘热心侨贤五十三名为筹备委员，推举陈文确为筹委会主席，财政叶怡煎、王经明，宣传李金泉、林玉铨，总务颜耀鹏、柯朝阳，文书陈戈丁，募捐孙炳炎、张文流等，展开筹备工作，办事处仍设同安会馆内。同年五月二十八日，嘉庚先生特亲自拟定建院计划书，函送大会，藉供参考。文中提到："当时同安县城已有卫生院，及美国教会设立之同安医院（规模颇大，设备完善），供求之间，暂可因应，马巷、灌口二地，则全无医院之设备，需要情形尤为迫切。"计划草案中特别提到医院的名称：查同安，已有美国教会之"同安医院"，故本院拟改称为"同安县华侨医院"。

　　《同安医药卫生志》记载，1962年始有检验士至医疗部门。1965—1985年，医院自筹资金110万元投入院舍建设。一直到1971年，全县检验员发展为9人。六十年代初，工作人员78人，增设救护车一部，五十毫安X光机台，可开展透视、拍片、胃肠钡透，能处理内、外、儿科常见病，肺结核、肝炎等传染病。药剂科有一台小型蒸馏水器，可自配10%葡萄糖和5%葡萄糖盐水、生理盐水等供应临床应用。编制床位70张，开放床位100张，设内（包括儿科、传染科）、外、妇产科，能开展腹部手术，年收治住院患者5 000多人次，门诊10万人次左右。

　　1965年，医院增添三十毫安和两百毫安X光机各1台，无影灯、万能手

1962年，同安县卫生学校首届毕业生暨老师合影

术床、氧气麻醉机各一台，口腔科器械一套。1966年5月购置南京牌救护车。1967年开始在小西门新建病房楼一座2 230平方米，1969年竣工。

1968年12月13日，同安县医院、侨办东风医院（同民医院）、县卫生防疫站合并，改称同安县人民医院。主任董锦玉，副主任杨和亭，址在同民医院。当时职工179人，开放床位150张，设医疗、卫生防疫两个小组。组长王超，副组长杨和亭。1968年县防疫站被合并后，开展疫病防治成为医院的重要工作内容。当时，疫情管理的基本原则和目的，在于设法管理传染源，切断传染途径，保护易感者，控制和制止传染病的蔓延。

1969年，兴建三层病房楼2 631.8平方米，二层传染病楼房178.5平方米。1970年，将双圳头房屋2 419.0平方米调给省地质队、县第六中学使用，将洗墨池房屋936.27平方米调给县防疫小组。

1970年2月，卫生防疫小组析出。1970年，医院迁移到同安县新建的住院病房楼，即同安中山路院址，门诊设在县商业局及县供销社楼房。病床由原来的200张增至250张，分内、外、妇产、儿科，年收治病人（住院）8 000多人次。

1968年同安县赤脚医生合影

　　1961年8月4日，县防疫站公布同安县疫情报告几项紧要规定，确定传染病甲类三种乙类二十二种以及中毒病两种的报告程序。报告要求准确及时。1963年2月，建立群众性疫情报告网。各公社以生产大队文书（会计）、街道小组长为疫情报告员，发给聘请书。全县受聘286人。1967—1970年，同安县的疫情管理处于半瘫痪状态，疫情报告种类数量减少50%。

四、1971—1980年　技术精进

　　1972年6月1日，更名同安县医院。1972年建三层职工宿舍楼336平方米；1974年建二层药厂390平方米；1976年建三层门诊楼2 275平方米，二层汽车库178.5平方米；1980年建二层供应室222平方米。其中，1972年10月20日，同安县革命委员会申请基建同安县医院病房。报告中介绍，同安县医院于1967年基建住院病房2 000平方米，容纳150~160张床位。"文化大革命"前，同安县城关有两个医院（即同安县医院与同民医院），后来两个医院合并为同安县医院，住院病人经常有250~260人，甚至个别情况达到280人以上，因此床位就不够。为解决床位问题，满足需要，该院都把一间本来只能容纳六张床位的病房，再挤进两张，在走廊上也安排四五十张，但往往还有一些病人收不进来。由于床位过紧，病人拥挤，加上陪伴家属，影响到病房的卫生和空气，严重影响治疗工作，也妨碍对传染病人进行隔离。为此，经研究同意该院基建病房806平方，基建费4.2万元，该款由该院历年来节余的经费开支。

1974年2—6月，同安全县疫情管理进行了全面检查、整顿，重新组建县、社、队三级疫情报告网和疫情管理制度。1978年依据中央卫生部通知，修订"同安县传染病管理暂行办法"，删减血吸虫病、丝虫病和钩虫病的报告制度，制定24种传染病的管理和疫情报告制度。5月县组织检疫医疗队，对安置在竹坝农场的印支难民508人进行检疫和医疗服务。

1976年1月23日，福建省外事办公室通报：关于表扬同安县医院认真执行"救死扶伤，实行革命的人道主义"方针，抢救过境外籍人的情况。马来西亚籍人陈福（马来西亚吉隆坡建筑工人）夫妇于1975年11月14日乘金安轮从汕头入境，11月26日乘坐汕头中国旅行社汽车开往泉州，陈福于途中发生腹痛，由护送人员将患者送往同安县医院救治。

通报中说，在抢救期间，同安县统战组接到医院联系后，立即派人到院协助安置，做好后勤工作，并向厦门市外事组汇报；市外事组很重视，当晚派来干部和外科主治医生赶到同安医院。经过十一天精心治疗与护理，陈福痊愈出院。出院前在医院领导召开的座谈会上，他激动地说："我因逃壮丁而背井离乡出洋谋生三十多年，我的胃病已几年了，在海外无法医治，这次来华主要是探亲，其次想治病，不幸途中胃大痛，病痛中我曾对妻子交待，如果死了，不要把尸体运回去，就地埋葬就可以；没想到我的病能在这里治好，你们是毛主席共产党培养出来的好医生，我返回居住国后，一定登报，宣传中国的医学发展成就。"为了感谢医院党支部和医护人员，还赠送医院一面锦旗留念，临走时夫妇热泪盈眶依依不舍再次表示感谢。事发三年后，1979年4月6日，《福建日报》刊登此事。

1977年，县医院小儿科以708注射液为主，中西医结合抢救乙型脑炎；以肾上腺皮质激素为主，中西药结合治疗小儿流行性喘憋性肺炎；肠炎合剂治疗小儿急性肠炎。西医师陈天庭、李昭铨对毒蛇咬伤病例，采用西医应急处理，以青草药内服外敷，危重患者均能转危为安。1979—1984年，王德功采用胶黄散治疗大便潜出血；金雀梅治疗尿潴留。陈金治采用针灸穴位理疗和穴位药物注射治疗周围性面神经麻痹。继之，林清溪研用中医治疗阳痿；吴阿娇采用衷中参西办法治不孕；张亚狮采用如意金黄散、正骨外敷治疗急性踝部扭伤；庄辉明采用败酱桃仁汤治疗阑尾周围脓肿；刘贤端、叶松柏应用湿润烧伤膏湿润暴露疗法治疗烧伤烫伤和胫前慢性溃疡病；陈守忠采用重量赤芍Ⅱ号方治疗慢性乙型肝炎的高黄疸等。中西医结合临床疗效，甚佳。

1979年，人员212人，床位250张。1975年，新建门诊楼2 275平方米。自1973年起，门诊逐步新增心电图、超声波、五官科、针灸理疗等科室，门诊数逐年增加，由1971年的123 622人次增加到1978年的150 438人次。原同民医院由县招待所使用。双圳头院址由六中、车队、省地质队使用，洗墨池院址由县妇幼等单位使用。

1979年，添设三百毫安X光机1台、两百毫安单、双球管X光机各1台、超声波诊断仪2台、心电图机1台、食道镜1件、显微镜一千五百倍以上5台、电冰箱5台、分析天平2台、电光比包计2台、病理切片机1台、牙科综合治疗机2台、万能手术床3台、无影灯3台、氧气麻醉机2台、南京牌救护车1辆。

二十世纪七十年代，县医院是全县医学中心，对提高全县医疗水平起主导作用。1973年1月开展心电图；采用激素治疗流行性喘憋性肺炎；开展配制无菌制剂及中草药制剂。1975年开展阴道细胞学、脱落细胞学检查；开展甘油三酯总酯、蛋白电泳测定。1977年4月开展A型超声波诊断；采用美兰注射剂抢救因"杀虫脒"农药中毒的患者；五官科开展验光、视力矫正、气管异物摘取、乳突根治术、鼓室成形术；青光眼小梁切除术、白内障摘除术。1978年，开展甲胎蛋白测验等。口腔科开展镶牙、拍片、腭裂修补术及下颌骨折整复术。

1980年省卫生厅确定医院为首批重点建设县医院。医院人员自1978年的196人增加到271人。领导班子逐步健全，现有院长、副院长4人，书记1人、科主任4人、总护士长1人、正副护士长11人、副主任医师1人、主治医师13人。1980年以来派出医护人员到上级医院进修学习123人次，不断增添医疗设备，扩大业务范围。1979年增设门诊口腔科，1980年10月打开胸腔开展了食道癌根治术。

在同安区档案馆的原始档案中，有一份1980年2月25日手写的医院总结报告，详述了医院在二十世纪七十年代发展的情况，以及在医院管理、医疗质量等方面取得的发展成果。

县医院现有工作人员215人，现有病床250张，全院设有内科、外科、妇产科、小儿科、传染科、门诊、药剂、放射、化验、后勤等10个科室。10多年来，医院自筹经费50多万元，新建了住院部病房、门诊大楼、药厂、供应室和职工宿舍共8 300多平方米。同时，自行添置了两百毫安X光机、万能手术床、锅炉、救护车、洗衣机、电冰箱等大型设备十几万元，1979年年底结存548 000多元，银行存款338 000多元，从根本上改变医院面貌。1979年完成门诊诊疗人次共170 872人次，收治住院病人9 186人次，计划生育手术1 944人，各种健康检查3 540人次，中等以上手术332人，病床使用率86.87%，化验34 420人次，药厂自制十多种输液37 384瓶，总产值36 500多元。

1979年住院病人中，危重病人转多，共抢救1 048人。其中，小儿科成功抢救三例垂危的新生儿和早产儿，其中一例早产儿体重只有一斤八两。儿科、内科、放射科共同抢救一例罕见病患儿，因肠套叠进行钡剂灌肠引起急性水中毒的病例，家属从南安特地敲锣打鼓到医院送感谢信。作为综合性县医院，1979年3月，门诊增设口腔科、理疗科两个科室，口腔科设立以来共诊疗4 950人次，理疗科建立以来治疗5 370人次，大大方便群众。外科新开展硬膜外麻醉110例，填补了空白；内科应用激素治疗有机磷中毒并发心肌炎27例全部痊愈。妇产科助产士陈美妙钻研业务技术，对女扎技术精益求精，几年来做到了万例手术无事故。

五、1981—1992年　文明创院

1980—1983年，同安县相继设立各（公社）卫生院防疫办公室。设防疫组长1名，防疫员1～2人；添置设备；设传染病室，增强了传染病的管理。1981年9月27日，刘五店港口至香港、澳门正式通航，厦门海港检疫所配合县防疫站始对刘五店港口实行海港检疫。1985年12月，县、乡、村配套预防接种生物制品冷链装备。

1979—1981年，医院受到省人民政府嘉奖，每年均被评为省卫生系统先进单位。1981年增设开诊病理室。1983年省卫生厅验收已基本达到1/3重点县医院业务水平。1984年按省卫生厅创建文明医院，基本达到文明医院的要求。1985年4月，医院被授予福建省"文明医院"牌匾。

1982年8月28日，同安县医院向同安县委县政府提交《关于服农药自杀情况的报告》，披露了1979—1982年6月，三年半间，同安县医院仅在西半县六个公社、一个镇中收治到的服农药自杀者就有663人，死亡66人，而且逐年增加。其中，1979年为146人，1981年为227人。这不包括服药量过大来不及转送就地死亡的，也不包括这些公社卫生院收治数与死亡数，更不包括东半县马巷同民医院和公社卫生院的收治数与死亡数。它比同安县任何一种传染病发病率、死亡率都高，实际上是一种"使人惊骇的瘟疫"。

同安县医院的报告分析服毒自杀的原因不外乎婚姻、家庭纠纷和不足挂齿的小事，但其危害极大，干扰了正常的社会秩序；给服毒者本人带来极大的痛苦或丧失生命，甚至对患者的主要脏器留下后遗症；加重了自杀者家庭经济负担；一人服毒，七八人甚至十余人护送陪伴，对农业生产也造成影响；增加了医院的负担，导致医院管理工作混乱，造成不必要的药品耗损。

同安县医院向同安县委县政府建议：县委与县政府应重视这一问题，各级党组都应把预防服农药自杀列入议事日程，充分发挥共青团、妇联、民兵等各级组织的作用，利用一切可以利用的宣传工具和方式，使人民群众树立正确的人生观，营造一个家庭和睦光荣，服农药自杀可耻的强大社会舆论；加强对农药的管理，应以生产队为单位统一购买、统一保管。个体农户用药时从生产队购买，卖时将农药稀释五倍以上方可卖出。对家庭不和的或有其他纠纷的更应注意严格控制；加倍收取医疗费用，实行经济上的制裁。这份报告用医疗一线详实的数据、实例，为政府的决策提供了重要参考，并给出具体化解问题的可行性建议，至今仍有现实意义。

1982年7月，医院与厦门市第一医院业务挂钩。市一院先后派出四批由内、外、儿科医师及外科护士长组成的医疗队，每期半年驻医院业务指导，帮助医院提高创伤骨科、内科心血管、内分泌等专科水平。1983年请市一院来医院手术一例心脏二尖瓣分离术，1984年元月手术一例脾、肾静脉吻合术及人工股骨头置换术，医院医生做助手。检验科开展了部分免疫检验，健全细菌培养基，使县医院科室基本齐全，能解决当地较常见疾病、多发病及较疑难疾病的治疗和抢救工作。

早在1981年，医院供应室扩建60.2平方米。四层职工宿舍楼1 785平方米；1983年年底再建722平方米病房楼，编制床位280张，设六个病区。1985年竣工交付使用，基本上成为同安县的医疗、教学、研究中心。1984年，县商业局的二层楼房397平方米转给医院；县供销社的二层楼房1 161.1平方米及平屋268平方米折价调入。1985年兴建五层病房楼7 222平方米；1986年9月，住院部迁入新建五层7 222平方米的病房大楼。临床科室：内科Ⅰ病区（以消化系统为主）、Ⅱ病区（以心血管系统为主）各设病床40张，外科68张，妇产科50张，儿科42张，传染科40张；门诊部设内、外、儿、五官、口腔等科，急诊、病理、心电图、B超等室，计20个科室；医技设检验、放射、药剂等科和中心制剂室。行政职能机构设办公室、医务科、护理部、财务科、总务科。1987年9月1日，外科分两个病区，Ⅰ病区以骨外、颅脑系统为主；Ⅱ病区以普外、泌尿系统为主。1987年12月，增设干部病房，床位30张。1989年4月，增设预防保健科。1991年1月，住院、门诊增设肿瘤科。同年7月增设麻醉科、病理科。1992年增设保卫科。

1986年末，全院占地面积20 219.76平方米，建筑总面积11 914.36平方米。其中：门诊1 457.54平方米；病房7 876.25平方米；医技科室1 097.32平方米；行政用房588.56平方米。1986年购进商品房12套；1987年10月又向县皮肤病防治院购进宿舍5套。1990年建临时公用厨房40平方米；职工厨房18间计80平方米；北畔后门建店面13间150平方米，均系简易建筑。1990年10月拆除膳厅、厨房、水塔（均系1969年竣工）、药厂（1974年竣工）共761.1平方米，翻建二层膳厅、厨房、会议厅综合大楼1幢共928平方米，1991年10月竣工；翻建三层中心制剂大楼1幢1 163平方米，1992年6月竣工。其中，1990年10月15日，同安县卫生局提交《关于同安县医院增设肿瘤专科病房床位的报告》给同安县人民政府。报告中说，同安县是福建省肝癌的高发区，肝癌的死亡率全省最高。胃癌、食道癌的发病率仅次于肝癌，列为第二位，严重威胁着同安县人民的身体健康。省卫生厅确定同安县作为福建省肝癌防治研究现场，组织力量进行攻关。省卫生厅于9月17—19日在同安县召开肝癌防治点工作会议，讨论同安县肝癌现场防治点工作计划和具体实施方案。在县委县政府及各级领导的重视下，设立同安县肝癌防治领导小组，批准成立县肝癌防治研究室，是落实同安县肝癌防治研究工作的组织保证。同安县医院现有病床310张。近两年来，病床的使用率均超过120%。为了适应同安县肿瘤患者的诊疗需求，配合县肝癌防治研究工作，拟定在县医院增设肿瘤专科病房床位40张，可以在短期内接诊收治病人。

1980—1986年，设备逐年增添，有 B 型超声波1台、纤维胃镜2件、纤维膀胱镜1件、三导联心电图机1台、超声心动仪1台、脑阻流图仪1台、冰冻切片机1台、双目带光源显微镜1台、显微摄影装置1台、手术显微镜1台、显微手术器械包1件、显微血管器械包1件、牙科综合治疗台1台、牙科综合治疗机2台、牙科治疗椅（油泵）4台、十毫安 X 光机1台、RQ-60型 X 光机1台、三十毫安移动式 X 光机1台、心脏起搏器监护仪1台、同步呼吸机（成人4台、小儿1台）、721型分光光度计1台、电冰箱3台、卧式高压消毒器1台、心电示波器1台、微波治疗机1台、空调机5台、三菱牌救护车1辆。安装内部自动话机33部、电梯2台、0.5吨锅炉1台和洗衣机、甩干机等。1988年购装五百毫安附电视 X 光机1台。1989年添置 ACT-286型电子计算器1台。1990年购置三星牌1.5吨货车1辆、带电脑放射免疫计数器1台、钾钠离子分析仪1台、华南牌体外反搏器1台、进口 B 超探头1台、AST-286型电脑计算器1台。1991年添置日本产纤维胃镜1件、多功能急救系统器材1件。1992年添置金陵牌多功能麻醉机1台。

　　1986年末，编制床位280张，实际开放280张。病床使用率84.10%，病床年周转率38人次；平均住院8.1天；日出院29.14人次；住院病死率2.74%。日均门诊550.6次；日均急诊14.7人次。1986年末，全院人员294人，其中集体职工59人。卫生技术人员238人，医生与护士之比为1∶1.24；床位与人员之比为1∶1.05。1992年末，全院人员381人。其中：集体职工52人，合同制职工14人，卫生技术人员317人。编制床位340张，床位与人员之比为1∶1.12。

1981年4月，同安首批独生子女

　　医院在技术方面持续取得突破和发展。1980年，外科开展甲状腺摘除术、前列腺摘除术、髓核摘除术、全胃切除术，开展食道癌根治术。1981年，病理科开展普通切片、快速冰冻切片、摄影。1983年，内科开展纤维镜检查；内、儿科开展安装按需型心脏起搏器、心电监护；妇产科开展子宫全切除术及子宫下段剖宫术、尿瘘修补术；4月检验科开展免疫二对半检验，在闽南地区最早开展此项目；放射科开展肾低张逆行造影、腮腺造影、膝关节造影、胃肠气钡双重造影。1984年，开展直肠癌腹会阴麦氏联合根治术及会阴部结肠套叠式人工肛门术、心脏二尖瓣分离术、脾肾静脉吻合术、硬脑膜下血肿清除术。1985年，开展B超检查。1986年，开展自体牙移植术、贲门成形术、不育症睾丸活组织检查术、先天性尿道下裂二期矫形术、肾石质切开取石术、静脉路、尿路低张造影术。1987年，开展脑血流图检查，脑脊液培养中检出新型隐球菌。综合治疗头面部较大海绵状血管瘤，开展白内障、青光眼联合手术。1989年，开展白内障囊外摘除植入人工晶体

1988年医院的 KB-500 带点式 X 光机

术。1990年，检验科建立放射免疫测定法，使用离子选择电极法取代化学法测定血中钾、钠离子；病理科能把微波应用于病理组织块制备。

　　1990年，县医院再度获省卫生厅授予的"文明医院"称号。1987—1992年，全县卫生医疗单位，为开发人才，更新技术，明确新概念，转变管理机制，引进新设备，开展新项目，提高服务质量，有计划、有重点地选送人才到外医疗单位进修培训。县医院选送进修一年有22人；中专学习14人；专项进修9个月1人；3—6个月7人；专题短期培训118人；函授大学2人；广播英语学习82人，49人及格；参加护理自学二期95人。1992年，县医院已具备了一定数量的现代化大型医疗器械，能做胸、腹大型手术，各镇卫生院都配装三十至两百毫安的 X 光机，中心卫生院能做腹部手术和难产处理。

1990年4月12日，美国克拉克医师代表团参观县医院病房

1990年4月12日，美国克拉克医生参观县医院妇产科，赠多普勒仪1台。1992年4月27日，美国克拉克医生一行两人到县医院妇产科传授新生儿急救知识，赠送小儿模型一个。医院妇产科主任及护士长参加市第一医院美国克拉克医生举办的新生儿学习班。

六、1993—2002年　粗具规模

1993年4月和11月，分别接待美国犹他州医师代表团来院作学术交流和技术指导（新生儿复苏术），接受捐赠医疗器械和布类，总价值6.1万美元。

1993年3月，医院制剂中心设立，设立董事会，实行独立核算内部股份。4月23日，印尼华侨廖兴国先生及夫人捐资20万元支持医疗卫生事业。10月，福建肿瘤医院到院指导肝癌防治工作，时间为期三年。10月，医院成立了党总支委员会，下设六个党支部。

1994年5月和1995年7月香港金日集团李仲明、李仲树两次捐资142

万元及医院自筹部分资金，建设明树医疗中心，1996年2月投入使用，并在同年世联会期间举行落成典礼。

1994年9月8日，香港金日集团李仲树写信给同安县医院："我为了表达对家乡人民的谢意，为了家乡卫生事业的发展，本人自愿向同安县医院捐资人民币一百〇二万元整，作为县医院兴建壹座诊疗中心经费。"为此，同安县医院向县人民政府报告此事。接到报告后，10月7日，同安县人民政府正式发文（同政［1994］综253号），向省人民政府发出"关于县医院接受港胞李仲树先生捐款"的请示："我县旅港同胞李仲树先生热爱桑梓，关心家乡卫生事业，自愿捐款人民币一百〇二万元，赠给同安县医院兴建诊疗中心楼。"经研究，县政府拟同意县医院接受李先生的捐款，并按其意愿搞好诊疗中心楼的基建。1994年10月24日，福建省人民政府正式发文（闽政［94］侨732号）给省侨务办公室关于接受香港李仲树捐款的批复："同政［1994］综253号报告悉。经研究，同意同安县医院接受香港李仲树捐款人民币一百〇二万元作为建诊疗中心楼。该项工程所需征用的土地，由土地管理部门按规定办理审批手续。在国内交付的人民币捐款，建筑材料自筹解决。"

1995年4月，同安县计划委员会向厦门市计划委员会提交了《关于同安县医院兴建门诊医技综合楼的请示》，请示中提到，"同安县医院是我

1994年，明树医疗中心奠基

1994年5月，金日集团李仲明、李仲树捐款给县医院

县集医疗、保健、科研、教学于一体的综合性医院，对全县人民群众的医疗救护等起主要保障作用"。该院人员编制421人，核定床位340张，年门诊量达30万多人次，年住院床日16万日，年透视2.5万多人次。该院占地19 250平方米，总建筑面积19 862平方米，其中业务用房建筑面积13 033平方米。其中病房大楼为近年所建，其余的病房楼及门诊楼均建于六七十年代。

为改善医疗条件，促进同安县医疗卫生事业的发展，适应医技现代化要求，该院拟拆除建筑面积2 631平方米的三层旧病房楼一幢，翻扩建一幢总建筑面积8 000平方米的门诊医技综合楼，为八层建筑物。其中一层为急诊科：药房1 000平方米，二至四层为门诊、药库、供应室3 000平方米，五至六层为放射科（包括CT、肿瘤放疗）2 000平方米，七层为检验科1 000平方米，八层为理疗科1 000平方米。项目总投资1 220万元。资金来源：县自筹610万元，请求市计委予以支持解决610万元。

1995年4月29日，厦门市计划委员会批复，为切实改善同安县医院的医疗条件，经研究，同意兴建同安县医院门诊医技综合楼，总建筑面积控制在8 000平方米，建设功能包括：急诊科、门诊各科室、药库、供应室、检验科、理疗科、挂号室、财务室等，总投资（含彩超设备）1 220万元。市财政预算内基建拨款610万元，同安县自筹610万元。项目列入1995年市基建前期计划，列为1995年市政府为民办实事项目。1995年，同安县医院门诊医技综合楼大楼动工。

1995年左右，同安县医院已具备一定数量的现代化大型医疗器械，能做胸、腹大型手术。1995年9月1日起，在原外科门诊的基础上，增设泌尿外科、骨科、颅脑外科、胸外科、肝胆外科等专科门诊。

1996年3月，医院正式启动创建"二级甲等医院"。5月1日，厦门市中心血站同安血库在医院明树楼一楼挂牌营业。1996年5月30日，县医院成立以下常设科室——党总支办公室、政工科、急诊科、信息科、设备组（隶属药剂科）、基建办（隶属总务科）；临时设创建等级医院办公室（临时机构）。1996年8月16日，接受世界卫生组织、联合国儿童基金会和卫生部组成的爱婴医院评估组检查验收达标，被授予"爱婴医院"牌匾。10月1日，检验科启用一台全自动血球计数仪。11月，门诊医技大楼投入使用。11月2日，急诊科正式设立科室。11月24日，"明树医疗中心"剪彩。

1996年，同安县医院明树医疗中心大厦落成

约1982年，妇产科医师叶玉叶查房归来

1997年，医院护理操作考核

1997年4月30日，经国务院批准，同安县撤县设区，5月1日，同安区人民政府挂牌办公，同安县医院更名同安区医院。5月9日，医院装备的美国匹克1200型全身CT机正式投用。12月30日，省卫生厅授予同安区医院为"二级甲等医院"。1997年12月至1998年3月，先后在内一区、外二区开展整体护理模式病房，之后在全院范围内铺开。

1998年，同安区医院120人员及配备车辆

1998年1月28日，医院全力以赴抢救围歼"一·二八"持枪歹徒负伤人员。3月1日，医院被卫生部国际紧急救援中心正式授予"国际紧急救援中心网络医院"牌匾。6月1日，在同安区委区政府以及区卫生局、区公安分局的大力支持下，医院在全市率先设立"120急救中心"，开通"120"急救电话，组成院前抢救、绿色通道、院内抢救三个完整"120"急救系统，全天候提供紧急救治服务，投资十万多元的装备通讯联络指挥系统在厦门地区率先开通。

1999年元月，医院获市政府授予的"花园式单位"称号。4月21日，医院投资七万元在同安地区首创安装远程会诊系统，能与上海三级医院、安徽省医院、福建省医院等多家医院实现动态视频、语言、医学数据的实时交互。5月6日，同安区医院体检中心正式投入使用。

2000年元月起，医院门诊收费处取消手工收费，正式实行门诊电脑估价、收费，提供收费查询系统。4月1日，医院开通医疗药品收费电脑查询台。12月15日，医院与福建医科大学附属第一医院正式挂牌建立医学协作关系。

2000年，医院医用高压氧舱运行中

2001年1月9日，厦门市"120急救中心"派驻医院。8月15日，葫芦山烈士陵园划归医院管理使用。8月16日，医院综合档案室通过省级复查验收达标。12月26日，全院开通电脑管理系统。

2002年1月，厦门市人民政府主要领导带队到医院现场办公，决定在同安城南开发区投资1.6亿，兴建一所符合同安未来发展需求的高水平、大型综合性新医院。2002年2月1日，厦门市同安区人民政府向厦门市人民政府提交关于新建同安医院的请示。

请示报告中说：根据厦门市"十五"计划，同安城区将建设成为厦门市北部次中心，随着厦门海湾型城市的逐步形成，同安城区现以每年

0.5~0.8平方公里的速度逐步扩展，在大厦门架构中占据着越来越重要的地位。同安区有人口60多万（含外来人口），占全市总人口的近一半，由于现有的区医院规模小，设备简陋，难以适应城市发展要求和人民群众的医疗需求。因此，极有必要重新择址按三级乙等标准新建医院，其理由有三：

一，现同安医院规模小，承担的任务重。占地面积仅有两万平方米，周边已无发展余地，现年门诊量三十万人次，年住院病人一万余人，日住院病人在380人以上，住院病人数居全市各医院第三位，病床使用率达112%，每年要接收150名大中专院校学生的临床教学任务，处理各种交通灾害等突发事件。单纯在原址上拆建病房楼，只能暂时缓解病人住院拥挤现象，不能从根本上改善和提高医疗功能和服务水平。

2003年8月，同安医院城南院区奠基

二，同安行政中心南迁，城南已成为同安政治、经济、文化中心和工业、高科技开发的集中地区，南部已规划8平方公里的同集高科技园区，美人山已规划为厦门市生活区，潘涂以南将建成规模较大的生活区，

"十五"期间同安区城区面积将扩展至18.9平方公里,城区人口达到20万人,在城南新建一间大型综合性医院势在必行。

三,在城南新建高水平大型综合性医院,是为同安区群众办实事办好事的具体体现,既有利于同安卫生资源的优化配置,又有利于改善和提高同安60万人口的就医环境,更有利于改善投资环境,促进招商引资,带动周边经济的繁荣发展,推动城市的全面发展,提高城市整体功能和品位。

为此,在市委市政府以及市直有关部门的支持下,区政府于2002年1月31日召开相关部门会议,决定在城南规划区内新建一所较高等级的大型综合性医院,在城南规划区中的医院预留建设用地,征地面积123.69亩。

建设规模:根据同安区"十五"卫生发展规划,至2005年全区病床数要达1 600张和现同安区医院历年门诊、住院量均占全区医疗总量的50%以上的实际,确定新建的同安区医院建设规模为病床位750张,总建筑面积58 000平方米。工程分两期实施,首期按550张病床设置,建病房楼、门诊楼、医技楼三位一体,总建筑面积45 000平方米,总投资9 800万元(其中征地1 200万元)。第二期工程拟建传染科病房、肿瘤病房和附属用房。5月30日,市计委批复立项建设城南"同安区医院"(即厦门市第三医院),投资估算约1.6亿元。

2002年11月16日,广东省佛山市发现首例确诊为传染性非典型肺炎(下称"非典")之后,一场突如其来的疫情很快席卷全国。医院以"疫情就是命令"的作风立即行动起来,第一时间向全院医务人员传达卫生部及上级卫生主管部门的指示精神,通报周边疫情;根据卫生部要求,立即做好各项准备工作,全面部署,安排分解各项任务,制定应急预案,组织成立了专门领导小组和诊断治疗专家组,第一时间组织专业人员培训,设立发热门诊和严格对发热病人监控,隔离病房实行"零"报告制度。按"高度警惕、严阵以待、严把关口、就地就近"的原则,按早发现、早报告、早隔离、早治疗"四早"要求,以及确保无死亡、无医务人员感染、无二代感染的"三个确保"严防死守。

七、2003—2020年　突飞猛进

2003年12月18日，同安区医院正式升格更名为厦门市第三医院并挂牌营业，副市长郭振家等为第三医院揭牌。继厦门市第一医院、中山医院之后，三院跻身厦门市三大医院行列。

2003年12月，厦门市第三医院揭牌

2005年7月11日，医院启动创建"三级乙等综合性医院"各项工作。创伤中心、肿瘤中心、腔镜治疗中心成立。张亚狮任创伤治疗中心主任，叶惠龙任肿瘤治疗中心主任和腔镜治疗中心主任，徐彩临任腔镜治疗中心副主任（兼任妇科腔镜分中心主任）。增设血管外科与介入科、泌尿外科两个二类科室。9月，投资1.7亿元的新院主体大楼竣工，市领导杜明聪、郭振家、陈耀中及时任同安区委书记陈昭阳等出席剪彩仪式。

在市委市政府、区委区政府关心支持下，2006年3月，一座投资1.7亿元，占地140亩，建筑面积6万平方米的现代化综合性医院大楼，矗立在同安区祥平街道（今祥和街道）阳翟二路。厦门市第三医院全面完成整体搬迁，搬迁后的三院床位达到700张，成为岛外硬件设施最先进、配套最齐全的医院。2007年5月18日，市第三医院由二级甲等综合性医院升格为三级乙等综合性医院。

2006年3月，医院整体搬迁至祥和街道现址

2011年5月，医院二期工程住院病房大楼建成投用，医院建筑面积增至9.3万多平方米，比老城区旧院址增加了四倍多，占地面积扩大了三倍多，扩容后编制床位达到1 000张。2013年12月，福建中医药大学附属厦门第三医院暨第四临床医学院授牌仪式举行，这也标志着厦门市第三医院正式成为福建中医药大学附属厦门第三医院、福建中医药大学第四临床医学院。

2018年3月27日，厦门市第三医院进入"2017年中国医院竞争力排行榜——省会、计划单列市医院"前一百强榜单，福建省域医院三十强。

2018年4月，第三医院与辖区内同安区中医院、大同街道社区卫生服务中心、工业集中区社区卫生服务中心、新民卫生院、汀溪卫生院、西柯中心卫生院等十三个成员单位成立同安区医院集团。4月17日，同安区举行医院集团成立大会暨授牌仪式，市第三医院院长叶惠龙担任同安区医院集团院长，市第三医院党委书记彭月芎担任同安区医院集团功能型大党委书记。

2007年5月，三院晋升三级乙等综合性医院

2018年9月29日，全院中层领导会议召开，同安区委组织部宣布同安区总医院、厦门市第三医院新任班子成员。彭月芎担任中共厦门市同安区总医院委员会书记；郭之通担任中共厦门市同安区总医院委员会副书记、院长，厦门市第三医院院长，兼任同安区中医院院长。9月30日，同安区总医院揭牌及成员单位授牌仪式在厦门市第三医院举行，作为全市唯一的紧密型医联体建设试点，同安区医疗卫生体制改革迈出新步伐。

作为同安区总医院的龙头单位，厦门市第三医院已成为同安区医疗卫生服务网的龙头和技术指导中心，在承担本辖区内的医疗服务的同时，对周边地区医疗服务起到辐射作用。其中，医院高级职称卫生技术人员从无到有。截至2020年，厦门市第三医院共有高级职称卫技人员249人，中级职称467人。

2018年10月初，厦门市第三医院参加"中国创伤救治联盟创伤救治中心建设单位"授牌仪式，医院正式成为福建省首批加入"中国创伤救治联盟"的两家医院之一。2018年11月16—18日，在杭州G20峰会会议中心召开的中国医师协会内镜医师分会年会上，厦门市第三医院获"中国医师协会气道腔内冷冻医疗医师培训中心"称号，成为福建省首家中国医师协会呼吸内镜医师培训中心。

在2019届中国医院竞争力排行榜中，厦门市第三医院位列2019届省单医院一百强（位于省会城市、计划单列市和直辖市的综合医院）和2019届智慧医院HIC三百强；在2020年，福建省卫健委公布的189所二级以上公立医院满意度调查结果中，三院出院患者满意度调查得分为90.69分，在全省二级以上医院排名位居第44名，全市第2名。

2019年6月20日，由中国卫生信息与健康医疗大数据学会、中国卫生信息管理杂志社联合世界卫生组织卫生信息与信息学合作中心举办的2019（14th）中国卫生信息技术、健康医疗大数据应用交流大会上，医院领取国家医疗健康信息互联互通标准化成熟度四级甲等牌照。

2019年10月13日，厦门市糖尿病足MDT诊疗高峰论坛暨第一届厦门市第三医院足踝外科菁英论坛举行，医院手足外科被中国糖尿病足联盟认证为"糖尿病足防治中心建设单位（福建省）"，这是中国糖尿病足联盟在福建省成立的首家。

近年来，厦门市第三医院从医疗技术、人才、管理、设备、服务上下功夫，各学科稳步发展，门诊量位居厦门各大综合医院前列，医院踏上稳步发展的快车道，为促进厦门市医疗业发展做出积极贡献。全区首个市级名医工作室——邱海波名医工作室在厦门市第三医院揭牌成立；神经内科作为国家级综合卒中中心，在脑血管病救治能力方面已积累几十年的经验，在全省乃至全国颇具影响力；妇产科、神经外科、骨关节科、手足外科、心血管科等部分专科建设尤为突出；医院跻身全国心血管病防治领域先进行列，为国家心血管病中心高血压专病医联体分中心，2021年4月通过中国胸痛中心认证，获得资格。目前，医院是中国基层胸痛中心，国家标准化房颤中心建设单位。

2019年7月6日，厦门市第三医院还与复旦大学附属中山医院厦门医院建立医疗协作关系，在临床专科建设、人才培养、学术交流、科研合作、医院管理、远程医疗等方面开展深层次合作。

面对社会重大疫情，厦门市第三医院医护工作者冲锋在前、逆行战疫，展现了医者担当和医院救死扶伤的百年传承。2003年抗击"非典"疫情。2003年5月9日，翔安新圩诗坂中学119名学生发生群体性不明原因发热，在未确定病因的情况下，市、区领导高度重视，决定立即在新圩卫生院设立临时隔离病房，据此，医院立即组建了由传染科主任王建

2019年7月，与复旦大学附属中山医院合作签约

放和干部病房护士长洪红萍等技术骨干组成的十二人支援小分队进驻隔离病房。对43名较重患者进行八天八夜的隔离观察治疗，经排除"非典"后，患者全部治愈出院，支援队于5月17日凯旋回院。截至2003年6月25日，医院发热门诊共接诊发热病人1 981人次，实行医疗隔离观察病人84人，无"非典"病例报告。防"非典"期间，医院改扩建设施支出（含发热门诊、隔离病房等）10万多元，耗材支出（包括防护、消毒物品）9.92万元，救治费及其他支出6.8万元，发放各种宣传资料近万份，举办防非典培训27场，受训人员3 128人次。

《厦门市同安区志》（1997—2007）记载，2003年4月1日，接厦门市疾病预防控制中心通报，厦门市某航空集团公司赴港培训20人返厦，同车发现2例疑似"非典"病人（后被确诊），密切接触者中有4人家居同安，区疾病预防控制中心迅速对这四人及密切接触者18人实施隔离医学观察，未发生感染病例。2003年5月9日，新圩镇诗坂中学119名学生群体性不明原因发热；5月11日，莲花镇莲花中学19名学生不明原因发热；5月14日，新圩镇诗坂小学、莲花镇罗溪小学、竹坝农场中、小学共36名学生不明原因发热，及时开展流行病学调查及医学观察，排除"非典"疫情。至2004年6月7日，厦门市防治"非典"指挥部办公室发布《关于转发暂停执行非典疫情零报告和公共场所体温监控制度的通知》，全区疫报发热门诊22 929人、发热病人11 080人，实行流行病学调查及医学观察1 260人，不明原因发热学生174人。消杀疑似疫点22.21万平方米，消杀市区人群聚集的公共场所、市场33.12万平方米。

2020年年初，一场突如其来的新冠肺炎疫情开始肆虐，没有硝烟的疫情阻击战全面爆发。疫情发生后，厦门市第三医院党委坚决贯彻落实习近平总书记关于新型冠状病毒感染的肺炎疫情防控工作的重要讲话重要指示批示精神，严格贯彻执行党中央、国务院和省委省政府、市委市政府、区委区政府疫情防控工作总体部署与要求，以党建为引领，充分发挥党组织的战斗堡垒作用和党员先锋模范作用，在防控新型冠状病毒肺炎一线全力以赴拯救生命、守护健康，坚决打赢新型冠状病毒感染的肺炎疫情防控阻击战。

一是全面动员，火速行动。疫情就是命令，时间就是生命。医院党委把疫情防控作为重大政治任务和中心工作，全面动员、全力部署、全员参与，第一时间构筑抵御疫情的严密防线。首先，健全体系。按照"明确任务、明确标准、明确分工"的要求，制定防控新冠肺炎疫情预案，成立疫情防控领导小组，下设八个工作小组，组建新型冠状病毒肺炎疫情防控救治突击队等三支志愿服务队伍，让党旗在防控疫情斗争第一线高高飘扬。其次，党员带头。党委领导班子靠前指挥，全院党员干部和医护人员放弃春节休假，做最美坚守者。全院共有268名党员参加党员天使志愿服务队，一百余名党员参加医院抗击新型冠状病毒肺炎防治党员志愿先锋队，同安区"920·就爱您"志愿服务联盟厦门市第三医院天使志愿服务队中的359名医护人员递交"请战书"，主动请缨前往疫区支援。最后是建强支部。医院党委下属各党支部冲锋在前，先后选派32人支援湖北及厦门定点救治医院，第一时间设立驰援武汉临时党支部，所接管病区收治病人总数在光谷院区16支医疗队名列榜首。

二是关口前移，科学应对。统筹做好疫情防控、医疗救治和保障市民正常就诊需求各项工作，为夺取疫情防控胜利提供坚强保障和有力支撑。

首先是精密防控。立足现有条件，设立发热门诊、隔离病区及普通病区三道关卡，建立门诊部、住院部、急诊部、体检科排查登记制度，突出做实做强发热门诊，严密筛查，抓实抓细防控第一道防线。严防院内感染，积极主动做好医务人员科学防范、轮休调整，确保始终保持强大战斗力、昂扬斗志、旺盛精力。其次是精准施策。按照医护零感染、病人零漏诊、人群零聚集的要求，优化全流程诊疗链，及时有序恢复急诊、门诊、住院等日常医疗工作。建立高风险单元以疫情防控为主、低风险单元以医疗恢复为主的管控原则，每周开展阶段性评估，针对性地开展应急演练。采取集中培训、网络授课等方式，开展防护服穿脱、感染防护、消毒等专业技能培训48场次5 500余人次。最后是精细服务。全面推广导诊、预约诊疗、预约检查、线上支付等方式，减少病患在医院的时间，降低交叉感染的风险。组织力量积极采购防护物资，优先保障驰援一线医务人员所需的医疗防护用品、药品、生活日用品、营养食品等物资，解决他们的后顾之忧。

三是不惧疫情，守护生命。医院就是前线，病房就是战场。全体医务人员在抗击疫情的第一线砥砺前行、不忘初心、践行使命，经受住考验。首先，火速驰援武汉。"不辱使命，听从指挥，立足本职，同心协力，勇于担当，甘于奉献"是29名驰援武汉医务工作者的铮铮誓言，其中13人递交入党申请书，涌现出临危受命的"老黄牛"陈辉民、"贤惠善良，心洁如莲"的陈惠娜等一批先进典型。党员王赫铭两次接受央视采访，她身上那件厚厚的防护服上写的"人间大爱在方舱"，展示了一名共产党员的使命和担当。其次，支援定点医院。2月2日，选派两名业务骨干赴厦门市医疗救治定点医院，对一线医疗救治团队进行补充支援。在出征仪式上，两人分别向所在科室的党支部递交入党申请书，一致表示将不辱使命。最后是共筑"爱心同安"。积极响应"爱心厦门"倡议，结合"双报到"机制，发动所属党组织和广大党员开展爱心结对帮扶，帮助困难家庭、身患重病的老人，志愿协助村（居）疫情防控工作，参与体温检测、现场救治处理、疫情防控宣传，用实际行动践行"医者担当，护佑健康"的誓言。

第二章

仁心仁术

清康熙元年（1662年），民族英雄郑成功驱荷收复台湾，同邑医生随军同往开发台湾。清嘉庆三年至宣统三年（1798—1911年），同安全县仅有中医药五十二家。民国时期，中西医药一百八十九家。民国初，美籍慕姑娘在双圳头行医，是同安县境首位外籍女西医，民国九年（1920年），同安医院创办，西医陆续传入同安。中华人民共和国成立后，1956年全县各类中西医人员仅三百八十七人。

事实上，在同安历史上，中医药学成就斐然。北宋吴夲长期带徒四方悬壶，为民治病，救人无数，宋仁宗赐封"御史太医妙道真人"，明成祖追封"万寿无极保生大帝"，同安县俗称"保生大帝"。北宋苏颂编写医书，校订整理《神农本草》《素问》等医药书籍，宋嘉祐六年（1061年）编成《本草图经》，为后世所传颂。明清两代，同安也是名医辈出，比如吴容、蔡元真、吴瑞甫，德厚艺高，为世人所称道。

医，重任也。以医为仁术，非学术精通，经验丰富，未可肩此重任也。百年沧桑，仁心仁术。同安医院（今厦门市第三医院）经风历雨、砥砺前行、铸就辉煌。这所曾经的教会医院，已成长为厦门岛外大型三级乙等综合性医院。

一、厦门市第三医院医疗技术综述

厦门市第三医院现有编制床位1 000张，占地面积140亩，建筑面积12.8万平方米，内设13个党政后勤管理机构，45个临床医技科室，分别是：内分泌科、消化内科、呼吸与危重症医学科一区、呼吸与危重症医学科二区、心血管内科、肾内科、神经内科、感染性疾病科、发热门诊、肿瘤科、放疗科、胸心外科、神经外科一区、神经外科二区、普外一区、普外二区、中医肛肠科、骨科、中医骨科、手足外科、泌尿外科、儿科、手术室、麻醉科、妇产科、康复科、耳鼻喉科、皮肤科、眼科、口腔科、急诊部、重症医学科ICU、疼痛科、体检科、放射影像科、检验医学科、病理科、超声影像科、心电功能科、内镜室、药学部、门诊部、高压氧、输血科、供应室（排名不分先后）。

目前，医院现有职工1 558人，其中高级职称226人，中级职称450人，博士、硕士研究生102人。2018年，医院门、急诊量96.9万人次，年收住院病人4.4万人次，年手术量1.1万人次。医院拥有德国西门子3.0T超导核磁共振机、六十四排螺旋CT、西门子数字减影血管造影机（DSA）、一千毫安数字胃肠机、数字DR拍片机、体外循环机、直线加速器等一批先进设备，还有百级净化手术室和国内一流抢救技术水平的重症监护室ICU。

第三医院始终坚持把提高群众就医满意度放在首位，围绕"方便、安全、人文"三个关键词，不断完善软硬件环境，持续改善医疗服务质量，让群众便捷就医、安全就医、有效就医、明白就医。医者仁心仁术，群众的优质口碑持续攀升，群众在家门口就能享受到高水平的诊疗服务。据统计，仅2018—2020年，医院共收到锦旗160面，感谢信20封。

近年来，医院从医疗技术、人才、设备、服务等方面下功夫，各学科稳步发展，医院踏上稳步发展的快车道。其中，神经内科作为国家级综合卒中中心，在脑血管病救治能力方面已积累几十年经验，在全省乃至全国颇具影响力。妇产科、神经外科、骨关节科、手足外科、心血管科等部分专科建设尤为突出；医院整体创伤救治水平得到国内认可，现为中国创伤救治联盟创伤救治中心建设单位；医院跻身全国心血管病防治领域先进行列，为国家心血管病中心高血压专病医联体分中心，"国家心血管病中心心力衰竭专病医联体成员单位"；医院已通过中国胸痛中心的认证，获得资格。与复旦中山厦门医院建立医疗技术协作，柔性引进医学高端人才，提高医疗技术服务水平。医院"高位嫁接"国家级顶尖医疗资源，其中，邱海波名医工作室和林江涛名医工作室陆续签约揭牌，这两大名医工作室是近年来同安区获市卫健委批复的市级名医工作室；与福建中医药大学再次深度合作，开设福建中医药大学同等学力硕士研究生（厦门班），培养集"科、教、研"为一体的医学人才；手足外科成为中国糖尿病足联盟在福建省成立的首家"糖尿病足防治中心建设单位"、中华足踝医学教育学院在福建省设立的首家继续教育培训基地；内分泌科被列为"十三五"科技部重点专项推广示范单位等。医院还持续推进医疗联合体建设，加强与福建医科大学吴孟超肝胆医疗医联体、福建省肛肠医疗联合体、厦门市心血管病医院医疗医联体建设等。

二、重症医学科

创建于2003年的重症医学科是医院的重要组成部分，集中收治全院各科各类危重病人，科室以重症理念为核心，通过先进的诊疗设备与技术，对病情进行连续、动态的定性和定量评估，通过有效的干预措施，为重症患者提供规范的、高质量的生命支持，使其在短时间内脱离危险并改善生存质量。

科室主任吴彬介绍，目前，科室是厦门市重症医学副主任委员单位、厦门市重症医学质量控制中心副主任委员单位、福建省医师协会重症医学常务委员单位，2019年设立"邱海波名医工作室"。科室部分医疗技术水平达到国内先进水平，年 ECMO 开展例数10例以上，在严重多发伤、感染性休克、重症 ARDS 的救治上拥有丰富经验，在同安区历次突发公共事件中圆满完成救治任务，在厦门市乃至福建省具有一定学术影响力，并于2022年申报福建省重点专科。

科室先后获"厦门市职工建功立业标兵岗""护理管理先进科室""工

2020年9月7日，抢救急性心肌梗塞合并心源性休克室颤患者

人先锋号""五一先锋号""吴彬－技术创新工作室""厦门市青年五四奖章（集体）"等多项荣誉和称号。

科室学科带头人吴彬，厦门市第三医院党委委员，重症医学科主任、主任医师。福建中医药大学硕士研究生导师。中国医药教育协会重症超声学组常委、福建省医师协会重症医学分会常委、厦门医学会重症医学分会副主任委员。"福建省急救技术状元"获得者，第九届福建青年五四奖章获得者，2015年获"厦门市五一劳动奖章"，2020年获"福建省五一劳动奖章"。

科室目前有硕士生导师1人，主任医师3人，副主任医师4人，主治医师5人，住院医师5人，其中硕士研究生5人。副主任医师以上均有国内顶尖ICU进修及学习经历。有护理人员61名，其中副主任护师2名，主管护师18名，护师32名，护士9名。

科室现阶段开放30张重症监护床位，病房环境优雅整洁。拥有多种国际先进仪器设备：包括1台体外膜肺氧合机（ECMO）、4台血液净化机（CRRT）、3条纤维支气管镜、40台呼吸机、36台监护仪、2台床边超声仪、2台PICCO血流动力学监测仪、1台MostCare血流动力学监测仪、4个PICCO模块、2台床旁血气分析仪、1台深低温冰箱及远程会诊设备。目前国内顶级ICU开展的主要技术项目在医院ICU均能开展。

部分医疗技术水平达到国内先进水平：2007年科室在厦门市ICU中最早开展PICCO血流动力学监测；2011年在福建省最早开展食管压指导ARDS患者PEEP选择工作；2013年厦门市成人ICU中最早开展无创超声心排量监测工作；2014年8月，在厦门市成人综合ICU中最早开展经食管超声及床边重症超声工作；2018年2月，在厦门岛外三级医院最早开展V-VECMO工作，2019年2月，开展V-AECMO工作。

科室收治病种有：心脏骤停、严重多发伤、感染性休克、心源性休克、急性呼吸衰竭，急性肾功能衰竭、播散性血管内凝血、重症急性胰腺炎、重症肺炎、各种重症产科、重症中毒、高危手术后监护。现设有重症神经、重症呼吸、重症心脏、重症创伤、重症康复等亚专科。

2021年全年全科共收治病人数1 623人，较2020年同比增长11.3%，血液净化（CRRT）人数72人，CRRT上机时间4 580小时；血流动力学监测（PICCO）例数41例；体外膜肺治疗（ECMO）11例。APACHE II评分大于15分病例数占收治总数近一半，全年科室抢救1 486例次，抢救成功率95%。没有医疗纠纷及医疗事故发生，深受社会好评，影响力进一步提升。

在致力于抢救病人及提高临床技术能力同时，科室致力于临床科研工作，2021年科室进行两项科研项目，发表3篇SCI论文，举办两场学术沙龙会议；科主任吴彬的学术影响力进一步提高，先后在三场省级学术会议上授课。

2008年汶川地震发生后，陈辉民主任及王兵主任作为厦门专家组成员先后赶赴四川彭州参与抗震救灾；2016年超强台风"莫兰蒂"正面袭击厦门，科室全体医师积极抗击台风，救治伤员，党委委员陈辉民及吴彬主任、周萍护士长彻夜无眠，守候病房七十二小时。2020年新冠肺炎疫情爆发，由党委委员陈辉民带领科室吴资瑶、张永锐、庄吟吟、刘小婧、黄菊花、林曙彬、李超及全院共28名医疗队奔赴武汉抗疫前线，管理武汉协和医院光谷院区病房一部；2022年3月，上海发生大量新冠肺炎奥密克戎毒株感染，全国医护人员支援上海，党委委员陈辉民再次带领全院15名医护于4月7日抵达上海抗击疫情。

科室在技术上攻坚克难，抢占技术制高点。一，ECMO（体外膜肺氧合）：是目前针对严重心肺功能衰竭最核心的支持手段，也誉称为重症患者的"最后救命稻草"，是一项顶尖的生命支持技术，它是代表一个医院、一个地区，乃至一个国家危重症急救水平的一门技术。科室在2016年就已引进，应用该技术至今已成功抢救40例次极其危重患者。二，血液净化治疗（CRRT）：连续性血液净化技术（CBP）又名连续性肾脏替代治疗，在抢救急慢性肾衰竭、脓毒症多器官功能障碍、挤压综合征、重症胰腺炎等危重症使用CVVH、CVVHD治疗模式，在抢救急性肝衰竭、某些重症免疫系统疾病时使用血浆置换（MPS）模式，在抢救重度中毒、高脂血症时使用血液灌流（HP）模式。2017年起，科室创新应用简化枸橼酸抗凝，大大减少CRRT相关风险，提高上机速率及大大减轻工作负担，现阶段科室平均每月CRRT运行时间超过500小时。三，血流动力学监测：目前科室拥有脉搏指示心排血量（PICCO）血流动力学监测、USCOM无创心排量监测、重症床边超声等目前国内外领先的有效监测手段。四，临床新技术应用：在心脏及肺脏均严重衰竭患者中创新进行VAV-ECMO治疗，VAV-ECMO最为复杂，难度及管理要求最高，为国内顶尖水平，是抢救重度呼吸衰竭合并心力衰竭的终极技术手段，已成功抢救3例极重度心肺功能衰竭患者；徒手盲插法鼻空肠营养管置管，免去传统的胃镜引导过程及大大减轻患者痛苦及费用，成功放置60余例，效果良好。

三、妇产科

医院妇产科是集临床、教学、科研为一体的医院重点品牌科室，涵盖普通产科、高危产科、产前筛查、普通妇科、肿瘤、生殖内分泌、盆底、计划生育、复发性流产等亚专科。编制床位128张，医护人员117人。

科室主任徐彩临介绍，妇产科拥有一支训练有素的医护团队，产科对高危孕产妇的抢救具有强大的综合实力，无痛分娩、镇痛分娩成熟开展，对凶险型前置胎盘、胎盘早剥、羊水栓塞、妊娠合并重症胰腺炎、重症肝炎、糖尿病和子痫前期的诊治达省内先进水平。近二十年来，抢救危重病人2000多人，极危重病人221人，取得连续二十年13万孕产妇零死亡的成绩。

目前，妇科微创技术，妇科肿瘤规范化诊治（手术、化疗、放疗、基因检测、维持治疗）达省内先进水平，2002年11月2日，在厦门第三医院率先开展第一例腹腔镜微创手术，目前微创手术达85%，2009年开展腹腔镜下宫颈癌手术，跻身福建省首批腹腔镜四级手术的十六家医院之列。

妇产科党员深入开展创先争优活动，每天为新生命的到来而竭尽全力，以"敬畏生命，如履薄冰"为座右铭，在平淡工作中履行守护生命的职责，为千千万万的家庭托起明天的太阳。

四、骨科

骨科是厦门市第三医院的拳头科室，是"中国创伤救治联盟创伤救治中心建设单位""福建省骨科联盟成员单位""厦门市医学优势亚专科"。该科是厦门市较早开展膝、肩、髋、腕、肘等关节镜及椎间盘镜微创诊疗骨科疾病的科室。

科室主任刘忠国介绍，近年来，医院骨科在创伤、关节、脊柱、运动、小儿骨科等各领域颇有建树，特别在髋、膝、肩、肘关节置换及肩、肘、腕、膝、踝关节镜治疗处于厦门市第一梯队。另外，骨科在全市乃至全省范围内率先使用许多新技术、新项目，比如将3D打印技术应用于治疗复杂髋臼、骨盆等复杂骨折，高难度先天畸形关节置换，上颈椎螺钉固定，骨肿瘤保肢治疗等骨科疑难疾病。在国内较早提出并开展严重复杂多发韧带损伤并膝关节骨折脱位一期异体韧带重建术，复杂胫骨平台骨折一期韧带重建技术为国际公认的领先技术。

目前，医院骨科年收治病人4 000余人次，年手术数量近3 000人次，其中复杂关节周围骨折资料、髋膝关节置换术及微创椎间盘镜、关节镜检查等三、四级手术占比约50%。

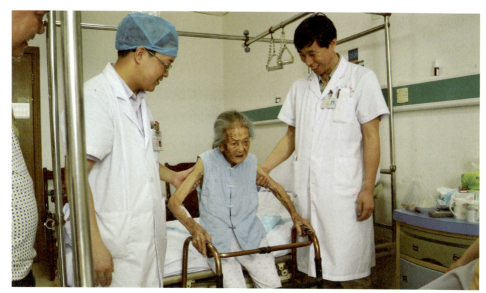

2014年6月，为百岁老人开展骨科手术

五、普外科

普通外科是厦门市第三医院设立最早的重点科室，是集医疗、教学、科研为一体的专业学科，承担了福建医科大学、福建中医药大学、厦门医学院等医学院校的外科教学及临床带教工作，承担进修生的培养任务。普外科现分为普外一区和普外二区，科主任分别是尹忠智和陈斌。

普通外科主要包括胃肠、肝胆胰脾、疝、血管、肛肠、甲状腺、腹部外伤、急腹症等医疗专业，率先在厦门市开展急腹症领域微创手术治疗，将腹腔镜、胆道镜等微创技术广泛应用于普外科疾病诊治，在急危重症病人抢救和疑难复杂病例诊治积累了丰富经验。

同时，普外科践行先进的诊疗模式，为危重、疑难、风险性高手术及高难度手术的患者开展多学科诊疗模式；科室还实现各科资源、优势的最大化整合，有效推进普通外科学科建设，为每位患者（尤其是胃肠肿瘤）制定科学、合理、规范、准确的诊断和个性化治疗方案等，开展了各种直肠癌超低位保肛及复杂的胃肿瘤手术。践行快速康复外科理念，缩短住院时间，促进患者快速康复。

科室曾多次获评"五一先锋岗"、"优秀临床专科"等荣誉。每年选送科室骨干到国内一流医院进修学习国内先进技术，科室医疗技术接轨国内国际先进水平。

六、呼吸与危重症医学科一区

2017年，厦门市第三医院呼吸与危重症医学科一区加入福建省呼吸疾病防治中心联盟，同时成为"国家呼吸临床研究中心·中日医院呼吸专科医联体"慢阻肺协作组成员单位，顺利通过中国医师协会内镜医师分会认证，呼吸一科还被列入中国肺癌防治联盟肺结节诊治分中心、PCCM专科医联体成员单位等。

科室主任孙志强介绍，呼吸与危重症医学科一区医疗骨干熟练掌握并处置专业疑难病及危重病，在提高医疗质量和提高临床诊治水平方面，始终在诊治重症社区获得性肺炎、隐匿性机化性肺炎、肺间质纤维化、血管炎性肺部病变、呼吸衰竭、肺曲霉菌病、气管支气管良性狭窄等疾病方面着力，诊治做到规范化、程序化；独立熟练开展三、四级呼吸内镜诊疗技术，呼吸内镜技术发展快速，技术水平得到国内学界的认可。

科室先后引进日本奥林巴斯等系列气管镜、日本PENTAX电子支气管镜，德国爱尔博CESEL氩气刀、CO_2冷冻治疗仪、北京库蓝CO_2冷冻治疗仪、西安高通低温等离子射频消融仪、新一代数字化肺功能仪及振荡（IOS）肺功能仪等仪器设备。科室重视人文关怀，改善服务流程，增设护送病人入院、陪检等制度，提供多种便民服务。

七、呼吸与危重症医学科二区

呼吸与危重症医学科二区是医院设立最早的重点科室，是集医疗、教学、科研、学术交流为一体的专业学科，是中国医师协会气道腔内冷冻治疗医师培训中心、中国肺癌防治联盟肺结节诊治分中心、PCCM专科医联体成员单位、福建省VTE联盟成员单位。

现任呼吸二科主任卢晔是呼吸内科学科带头人、主任医师、副教授、硕士生导师，内科学教研室主任、内科规范化培训基地主任、福建中医药大学呼吸病研究所副所长。他还兼任中华医学会结核病学分会呼吸内镜介入委员会常委、中国支气管病及介入肺脏病学委员会委员、中国医师协会整合医学分会呼吸病学专业委员会委员、福建省呼吸病学分会委员、厦门市呼吸病学分会副主任委员等。担任《中华结核和呼吸杂志》通讯编委、《国际呼吸杂志》编委等，参与省部级科研课题1项，主持省厅级课题5项，市局级科研课题3项，参与编写著作7部。

科室教科研氛围浓厚，科室及学科带头人曾获第五届全国优秀基层呼吸医师奖、中华医学会呼吸病学年会优秀论文奖、福建省总工会创新大赛三等奖、厦门市医学创新奖三项、厦门市职工技术创新优秀合理化建议奖一项，其所负责"气道智能温度测试仪及气道内温度接触式测量方法"课题申报国家发明专利及实用技术专利各一项。呼吸二科团队发表学术论文50余篇，在国家级、省市级会议病例报告及专题发言，举办省、市级继续教育学术会议6次。

呼吸二科始终致力于提高医疗质量和提高临床诊治水平，推动肺癌的早期诊治、肺间质性病变、血管炎性肺部病变、呼吸衰竭、肺真菌感染、气管支气管良性狭窄等疾病诊治的规范化、程序化。呼吸内镜下介入治疗是科室一大亮点。

八、神经内科

医院神经内科创建于2004年，在创科主任许文勇带领下，秉持"病人至上，严谨创新"的服务宗旨，科室迅猛发展，已成为医院的重点学科，国家级综合卒中中心，全国脑血管防治办微创组协作科室，全国百家"优秀数据管理卒中中心"，厦门市规划重点专科，厦门市"最有人情味"科室，全市专科排名一直稳居前三。科室编制床位60张，实际开放80张，病区分为神经内科一区、二区及重症监护抢救室、神经电生理室、睡眠呼吸监测室、TCD室。拥有医护人员46名，其中主任医师3名，副主任医师7名，硕士研究生10名；其中，副教授1人，硕士研究生导师1人；厦门市同安区第五批、六批专业技术拔尖人才1人；国家级专科学会委员1名，省级专科学会委员3名，市级专科学会副主委2名、常委4名。

　　科室目前拥有全套先进进口专科医疗设备有：四通道TCD、肌电图、诱发电位、数字脑电图、视频脑电图及神经康复设备、心电及脑电监护仪、多导睡眠监测等设备。常规开展脑血管病脑中风救治、头晕和眩晕、脑炎与脑膜炎、帕金森病、痴呆、癫痫、周围神经病、脱髓鞘疾病、睡眠障碍以及神经系统的疑难杂症的诊断与治疗，每天均有多位专家门诊坐诊。尤其科室拳头技术项目有：脑血管病诊治，在厦门地区较早建立完善快速的一体化脑卒中急诊绿色通道，熟练开展脑梗死超早期静脉溶栓、介入动脉溶栓、机械取栓、狭窄血管支架成型及高血压性脑出血的立体定向软、硬通道颅内血肿微创清除术等先进技术，已使数千名病人获益，在闽西南地区具有较大影响力；积极开展脑血管病的流行病学、危险因素调查和中风筛查等临床工作。2018年被中国卒中学会授予"综合卒中中心"，成为福建省为数不多的几家高水平的综合卒中中心之一，即将进入全国高级卒中中心行列，技术力量已迈入国内先进水平。

　　科室主任叶端玲介绍，神经内科在厦门岛外率先建立脑卒中急症患者诊疗的绿色通道，整合多个科室力量成立卒中急性期溶栓、血管内治疗及外科手术专业小组，通过绿色通道抢救病人，为卒中急症患者提供二十四小时的优质服务，每年溶栓取栓的病人数位居厦门市前列。除此之外，近几年来科室大力引进开展各种先进技术，如：粟氏玻片离心法脑脊液细胞学检查、病原学二代测序（NGS），使各类脑膜炎、脑炎能早期得到精准诊断、精准治疗；痴呆、帕金森病等老年退行性疾病及癫痫、睡眠障碍的诊疗已形成特色。这几年补齐教学科研短板，参与完成国家青年基金项目一项，独立完成多项省市级科研课题，获国家专利三项，发表论文数十篇，多次获评福建中医药大学优秀带教科室、医院先进科室。多人次获"福建中医药大学先进带教老师"称号。

九、神经外科

神经外科是医院重点科室，作为厦门市创伤治疗中心，医院每年救治大量颅脑损伤患者，特别在重型颅脑损伤患者的救治领域有着丰富的经验。科室年收治病人3 000余人次，年均手术量600余台。

2016年，闽西南地区首家颅底显微解剖实验室揭牌

科室现分为神经外科一区和神经外科二区，科室主任分别是蒋财谋和张弋，科室拥有设备齐全的电动气动开颅设备、莱卡手术显微镜及神经内镜等先进设备，为帮助临床医师练好基本功，医院还投资设立神经外科颅底显微解剖实验室，这也是闽西南首个神经外科颅底显微解剖实验室。

2016年12月，医院设立福建省首家复合手术室，可同时进行外科手术、介入治疗和影像检查。复合手术室完全封闭，手术室中央是一台可透光的全自动手术床，手术床周边兼容多种高精尖设备，其核心设备以西门子复合血管造影机为代表，价值达1 400万元。这台复合血管造影机功能强大，能在六秒内形成三维立体影像，人体内的血管"地形图"可直观同步在显示屏上显示，医生做手术时可以按图索骥，不再"盲探"。复合手术室还配备有体外循环机、实时心脏超声系统、麻醉机、呼吸机及其他先进辅助设备。复合手术室的设立使神经外科开展手术如虎添翼，除颅脑损伤治疗外，开展各类颅内肿瘤，特别是脑干肿瘤及血肿、颅底肿瘤、椎管内肿瘤和高血压性脑出血的显微及微创手术治疗。

在脑血管病领域，科室能熟练开展全脑血管数字造影（DSA）检查、颅内动脉瘤夹闭术及介入栓塞术、颅内血管畸形栓塞术及畸形血管切除术。科室与神经内科脑卒中中心合作开展急性脑梗塞的动脉溶栓及取栓治疗，迅速打开梗塞的血管，恢复意识及肢体功能，该技术在厦门岛外医院处于领先地位。科室还利用脑立体定向仪的精确定位功能，开展多种颅内病变的脑立体定向手术。

十、胸心外科

医院胸心外科是目前厦门岛外唯一能全方面诊疗胸部外科疾病和心脏大血管外科疾病的科室，是厦门市较早开展胸部微创手术的单位，胸部微创手术率达到85%，其胸部创伤诊疗技术跻身厦门市一流行列。

科室主任洪银城介绍，科室拥有雄厚、技术精湛的人才梯队，拥有先进的医疗设备，现有主任医师3人、副主任医师4人、主治医师2人、住院医师3人，有15人专业的护理团队，配有电视胸腔镜、麦默通乳腺微创负压旋切治疗机、乳腺良性疾病治疗系统、喉返神经监护仪、超声诊断仪、体外循环机、除颤仪、光子治疗仪、振动排痰机、肢体压迫系统、心电监护仪等仪器设备。科室编制床位35张，实际开放床位41张，门诊长期有专家坐诊，年门诊量约2.4万人次。

科室开展胸外科诊治范围包括胸部创伤救治；食管肿瘤、肺肿瘤、纵隔肿瘤、胸膜肿瘤、胸壁肿瘤及自发性气胸、肺大泡等各种胸外科良性疾病的诊治、鸡胸和漏斗胸NUSS微创手术；开展食管癌根治术、肺癌根治术、肺大泡切除术等胸腔镜手术；开展颈部肿瘤诊治，乳腺各种良恶性疾病诊治等。

2008年4月，心脏协作医院揭牌

科室开展心脏大血管外科诊治范围包括：各种先天性心脏病矫治手术、风湿性心脏瓣膜病的瓣膜成形或置换术、冠心病的外科搭桥手术、心脏肿瘤及创伤手术等心脏疾病手术；同步开展大隐静脉曲张不开刀、深静脉血栓栓塞微创治疗、下肢动脉缺血微创治疗、主动脉夹层微创支架手术等血管疾病治疗。

十一、心血管内科

医院心血管内科成立于2001年，先后成为"国家心血管病中心心力衰竭专病医联体成员单位""国家标准化房颤中心建设单位"。2021年4月，第二十四届全国介入心脏病学论坛上，中国胸痛中心联盟为2020年第三批通过认证的医院进行授牌，医院心血管内科获授"中国基层胸痛中心"牌匾，科室胸痛中心建设管理体系、技术力量、质量标准、救治能力、硬件设施等各项指标和数据均达到国家级标准，正式跻身"国家队"行列。

科室拥有医师12名，其中主任医师1名、副主任医师4名、主治医师

3名，住院医师4名。其中4名医师参加国家卫健委的冠脉介入规范化培训并获得冠脉介入资质，保证全年二十四小时均可开展急诊PCI；其中2名医师参加国家卫健委的心脏电生理及起搏器规范化培训并获得资质。

　　心血管内科收治各种心血管疾病患者，包括高血压病、心绞痛、急性心肌梗死、心肌病、心肌炎、先天性心脏病、心脏瓣膜病、感染性心内膜炎、心包炎、心力衰竭、心律失常、急性肺动脉栓塞、主动脉和外周血管疾病、动脉硬化症、高脂血症等。

2015年8月，国际心脏病学专家林延龄院士来访

　　科室主任蔡亚滨介绍，近年来，心血管内科开展了一系列新技术、新项目，全天候开展二十四小时急性心肌梗死介入治疗；选择性冠脉造影、经皮冠脉腔内成形术、冠脉内支架置入术、血管内超声、冠状动脉内膜旋磨术；临时／永久起搏器安置术、ICD植入、心脏再同步化治疗、起搏器体外程控等；动静态心电监测、动态血压监测；左、右心导管检查及压力监测；食道电生理学检查、治疗；256层螺旋CT冠状动脉造影、外周血管介入；心脏腔内电生理检查、射频消融及冷冻消融治疗、左心耳封堵术、

外周动脉（包括肾动脉、下肢动脉）造影＋支架植入术。

心血管内科年手术量700余台，其中冠脉手术量400余台，科室开展手术多为微创手术，创伤小、恢复快，每年门诊接诊2万余人。

十二、感染性疾病科

医院感染科是厦门市最早成立的传染病临床专业科室，集医疗、教学为一体，承担了福建医科大学、福建中医药大学等医学院校的传染病教学及临床带教工作。科室现为福建省肝病医联体理事单位、"中国慢乙肝治愈工程患者援助项目"中心医院单位，获吴孟超院士亲自授匾成为"孟超云医院"单位。

随着国家对公共卫生事业的日益重视，感染科近年来获得快速发展。科室主任马龙介绍，目前设有感染科病区、隔离病区、发热门诊三个病区，现有床位30张；除发热门诊外，另设置肝病门诊、肠道门诊，2021年门诊量为39 189+24 061（发热）人次，诊疗收治各型肝炎及传染性疾病，是厦门市设置较为全面的传染病临床专业科室。

2017年1月，"孟超云医院"授牌

感染科目前总人数39人，有福建省医学会肝病学分会委员、福建省医学会感染病学分会委员、福建省中西医结合肝病学分会委员、福建省中医药学会感染病学分会委员、福建省医师协会感染科医师分会委员各一人。其中，医生12人、护士27人；高级职称6人、中级职称14人；厦门医学会感染病肝病学分会委员3人，其中，副主任委员1人；厦门中西医结合学会肝病学分会委员2人，其中，副主任委员1人。科室技术力量雄厚，后备力量充足，理论知识扎实，临床经验丰富，具有较强的临床、科研及带教能力。

目前，科室开展系列新技术如人工肝支持治疗、超声引导肝脏穿刺检查、慢性肝病的肝纤维化无创诊断检测以及抗病毒治疗耐药监测等，还开展了相关疾病的血清学、分子病毒学和病理学临床检查。

十三、儿科

三院儿科曾是厦门市岛外规模最大的儿科单元体，厦门市最早的儿科住院医师规培基地之一，同时是全国流感监控哨点单位。2020年前，儿科年门急诊量14万余人次，年住院7 000余人次，居厦门岛外三级医院之首，病人来源覆盖厦、漳、泉及周边地区。

科室主任项蕾介绍，儿科现开设儿科专家门诊、专科门诊、普通门诊、二十四小时急诊、二十四小时发热门诊等。病房设置有普儿病区、新生儿病区，共95张病床。现有儿科医师23人，其中主任医师2人、副主任医师5人。3人为中国医师协会新生儿分会全国委员，3人担任厦门市新生儿专科医师分会委员。

危重新生儿救治中心（新生儿病区）是科室特色专科，配置了呼吸机、早产儿培养箱、光疗仪等一流技术设备。常规开展儿科常见病、多发病诊治，对重症手足口病、重症流感等一系列重症抢救积累了丰富经验，有规范化儿童雾化吸入治疗室，常态开展高危儿随访工作和生长发育监测。二十四小时全天候为高危孕产妇陪产，做好新生儿复苏，开展新生儿呼吸机治疗、全静脉营养治疗、PICC置管等技术，能够对重症新生儿黄疸进行新生儿换血术治疗。

作为同安危重新生儿救治中心，厦门市新生儿二级转运医院，医院儿科与厦门市妇幼保健院、厦门市第一医院、厦门市儿童医院新生儿科建立良好的转运关系，保障了危重新生儿二十四小时转运救治工作。

为适应社会发展需求，生长发育专科是儿科新兴专科，能够开展小儿矮小症系统管理、性早熟、骨龄评估等针对性干预治疗。今后将进一步扎实做好区域危重新生儿救治中心工作，加强生长发育、小儿神经、肾脏等专业建设。

十四、手足外科

手足外科成立于2013年3月，经过近十年发展，现有医护各12名，为厦门及周边地区规模位居前列的手、足疾病诊治专科。现为医院的重点发展专科，分手外、足踝两个特色亚专科，其中足踝外科为厦门市唯一具有独立病区及门诊的足踝疾病诊治专科。科室现为中国糖尿病足联盟在福建设立的首家糖尿病足防治中心建设单位；通过了中华足踝医学培训工程（原中华足踝医学教育学院）评审，成为其在福建省设立的首个足踝外科培训基地；为中国中西医结合学会骨伤分会足踝外科专委会在福建首个足踝外科培训基地；并与国内足踝矫形技术最成熟、手术量最大的西安红会医院足踝外科诊疗中心结成协作科室，设立了专家工作站。科室现为福建省医师协会骨科医师分会足踝学组及福建省中西医结合协会肢体矫形与重建分会副主任委员单位。

科室主任肖松介绍，近年来手足外科开展了一系列新技术、新项目，在手显微外科、足踝矫形外科、糖尿病足外科治疗及四肢慢性创面修复等分领域颇有建树。如断肢断指再植及游离（肌）皮瓣移植成功率在业内领先；在全市乃至全省范围内率先开展许多新技术，如游离腕横纹皮瓣及拇甲瓣移植、经跗骨窦入路微创治疗跟骨关节内骨折、腕踝关节镜等小关节镜微创手术；开展经踝关节截骨自体骨软骨移植治疗距骨软骨损伤、复杂神经源性马蹄高弓内翻足、重度拇外翻、成人获得性扁平足、青少年平足及创伤性畸形矫形手术等上百例高难度外科手术，其中足踝创伤规范化治疗、足踝畸形矫正及糖尿病足与慢性创面修复外科治疗技术福建省内领先。

自2019年起，科室连续三年举办国家级足踝继续教育项目学习班暨厦门市第三医院足踝菁英论坛，2021年及2022年连续主办第十六届、十七届全国足踝外科高峰论坛。目前，手足外科年收治病人1100余人次，手术数量1200余台次，其中断指再植、游离皮瓣移植、复杂腕及踝关节周围骨折脱位、腕掌与跗跖关节严重损伤、先后天手足畸形矫正、小关节镜手术等三四级手术占比约50%。2022年医院上划市属以来，学科得到重视和进一步发展，截至11月，手术量已接近1400台。

十五、泌尿外科

紧跟社会发展和技术前沿，2008年泌尿外科正式成立，成为医院发展较快的专科。目前，科室是福建省泌尿外科学会委员单位，科主任担任省、市泌尿外科学会常委、委员。

科室主任郭昭建介绍，经过多年努力，科室医、教、研诸方面得到全市同仁肯定。泌尿系肿瘤、结石及前列腺三大疾病，均较好开展微创治疗，其中，腹腔镜下肾上腺、肾、输尿管、膀胱、前列腺肿瘤根治术，将患者的创伤降到最低。特别是结石方面，科室在全市较早开展经皮肾镜超声气压弹道碎石、输尿管软镜激光碎石技术，走在全市前列。科室开展的体外电磁波碎石数量为全市第一。

科室医护人员23名，其中医师10名、主任医师3名、副主任医师2名、硕士研究生6名，在读博士1名。护士13名，主管护师3名。科室开放床位40张。

科室设置泌尿系统体外冲击波碎石室、泌尿系统结石成分分析室、尿动力学室、生物反馈治疗室、门诊精液采集室、膀胱镜检查室等，开展腹腔镜下前列腺癌与膀胱癌根治切除、尿流改道等较复杂腔镜手术；输尿管软镜下中央型肾囊肿开窗术及肾盏憩室碎石取石术等为近年来开展的新技术。科室还在全省率先开展超细通道经皮肾镜碎石术，各种电子输尿管软镜下碎石等治疗为科室技术亮点。承担省卫健委、福建中医药大学等多项课题研究，组织厦门市泌尿外科学术活动10余场，多位医生在国家、省、市级学术会议上交流。

2021年全年接诊20 000余人次，收治患者2 840人次，开展I～IV手术1 333台，三、四级手术427台，全年体外电磁波碎石室碎石1 226台。

十六、康复医学科

医院康复医学科成立于2011年12月，目前接收病人总数、收治病种等在厦门乃至闽南地区均位居前列，是集医疗、教学、科研为一体的专业学科，目前承担福建医科大学、福建中医药大学、厦门医学院等医学院校的临床带教工作。

科室主任陈重捷介绍，科室设有运动治疗室、作业治疗室、物理因子治疗室、言语认知治疗室、吞咽障碍治疗室、传统治疗室、ADL训练室等治疗室；拥有无创神经调控技术的经颅直流电刺激及重复经颅磁刺激、三维步态动作捕捉及训练系统、动静态平衡测试及训练系统、龙门式电动减重及训练系统、SET悬吊训练系统、虚拟情景互动康复训练系统、体外膈肌起搏器、吞咽电刺激、神经肌肉治疗仪、肌电生物反馈仪等多种先进仪器及设备。

科室设有康复工程室，可以为各类患者提供矫形器装配。在神经重症全程康复管理、昏迷促苏醒与神经调控技术、肺功能康复与气道管理技术、吞咽障碍康复治疗等方面处于厦门市康复医学领域领先水平。2022年，科室自主开展喉镜下吞咽功能评估，为福建省首创。

十七、消化内科

消化内科是医院集医疗、教学、科研为一体的特色专科，承担了福建中医药大学、福建医科大学、厦门医学院等医学院校的临床带教工作及住院医师规范化培训的教学任务。科室一直秉承技术为本、病人至上、服务优先的理念，不断提高诊疗水平，改善医疗服务，着力满足病人需求，构建和谐医患关系。

科室主任王银介绍，目前，消化内科年门诊近60 000人次，年出院2 500余人次，年胃肠镜近18 000人次。消化内科常规收治各种消化系统常见及疑难危重疾病，包括各种原因所致消化道出血、急慢性胰腺炎、肝硬化、肝功能衰竭、消化性溃疡、胃食管返流病、炎症性肠病以及缺血性肠病等。常规开展胃肠镜检查、超声内镜、胶囊内镜等内镜下诊断技术等；开展消化道早期癌及胃肠道良性肿瘤内镜下切除术、经口内镜下食管下段括约肌切开术、十二指肠镜下治疗、经皮内镜下胃造瘘术、内镜下逆行阑尾炎治疗、急诊内镜下止血（包括食管静脉曲张破裂出血内镜下治疗）、消化道支架置入等内镜下治疗。

消化内科倡导大肠息肉全程管理理念，较早开展消化道早癌的筛查工作，在消化道早癌的防治方面积累了丰富的经验。对于急性消化道大出血及其他疑难、危重患者，采用多学科诊治模式，成功救治了大量疑难危重患者。

十八、中医肛肠科

近年来，在科室主任沈鸿革带领下，在科室医务人员共同努力下，中医肛肠科不断发展，其中，痔病微创手术治疗跻身厦门市领先行列，医院柔性引进福建省人民医院肛肠科主任石荣为科室名誉主任，每月定期来院坐诊，指导复杂性肛肠手术，助力医院肛肠科技术提升。

中医肛肠科在厦门市率先开展痔病的微创治疗，具有疼痛轻、复发率低等优点，让患者拥有更加舒适的术后体验。凭借丰富的经验，娴熟的技巧，科室每年的 TST、PPH 手术量在厦门市遥遥领先；复杂性高位肛周脓肿、肛瘘术后的极低复发率、对肛门括约肌功能的保护以及术后的疼痛管理得到就诊患者的认可。

目前，科室积极探索新技术应用，开展环状混合痔 TST 大 C 环术、内痔消痔灵硬化剂注射术、高位复杂性肛周脓肿、肛瘘的虚实挂线术、一次性肛门管保留灌肠等新技术。

2019年，科室承办痔疮吻合器微创手术治疗经验交流大会；2020年，承办福建省中医药学会第二十一次肛肠学术交流会；2021年，参与厦门市医师协会结直肠肛门外科专委会成立大会。

目前，中医肛肠科年收治病人1 000余人次，年手术近1 000次，年收治量及手术量呈逐年递增趋势。

十九、肾内科

2003年3月，肾内科开展首例血液透析治疗。自此，医院肾内科成为同安区唯一可进行血液透析治疗的医疗单位。科室是厦门岛外成立较早、比较完善的肾脏内科，为同安区尿毒症患者、肾脏病患者就地治疗提供高水平的医疗服务。

科室主任陈重艺介绍，科室目前拥有医学会肾脏病学专业和血液透析专业省级委员2名，科室拥有德国、日本进口血透机32台，住院床位24张，先后开展血液透析、血液透析滤过、血液灌流、血脂吸附等血液净化治疗项目和经皮肾穿刺活检术、人工动静脉内瘘成形术、深静脉置管术。科室年门诊量达到32 000人次，年血液净化治疗次数超过20 000人次。

　　口述历史是记录历史的重要形式，可以留住既往的历史，对抗我们的遗忘，还原历史的真相，抚慰乡愁，有抢救重要史料的作用，是"历史的创造者与历史的研究者共同书写着刚刚逝去的历史的文本"。

　　口述，让历史更加全面，更加接近具体的历史事件真实。在采访中，我们追昔逐往、细致访查，与厦门市第三医院历史进程中的创造者、参与者、见证者面对面，共同回望历史、书写历史、还原历史，力图再现一所医院穿越百年的风华，重新打量潜藏于历史深处的细节，记录百年征途留下的深浅不一的印记。

　　通过口述历史，聚沙成塔，我们看到了一座县级医院的风雨历程，如何从小到大、从弱到强，到跻身市级区域性医疗中心。这条探索成长之路，凝聚了一代代三院人的心血、创新、胆识。建设一个崭新的新院区，从县医院到市医院的更名，由二级甲等医院到三级乙等综合性医院的升级飞跃，每一步步履维艰，每一步弥足珍视。星光不负赶路人，江河眷顾奋楫者，厦门市第三医院这艘大船，在新时代的浪潮中乘风破浪、行稳致远。

一、党建引领厦门市第三医院高质量发展

——专访厦门市第三医院党委书记彭月艿

采访对象 厦门市第三医院党委书记彭月艿，福建厦门翔安人；1982年，同安县医院妇产科护士；1989年，同安县医院团总支书记；1997年，厦门市第三医院政工科科长；2003年，厦门市第三医院党总支副书记；2008年，厦门市第三医院党委副书记、纪委书记；2011年，厦门市第三医院党委书记；2013年，兼任福建中医药大学附属厦门第三医院副院长；2017年，厦门市第三医院党委书记、同安区妇联副主席（兼）（正处级）；2018年，厦门市同安区总医院党委书记、厦门市第三医院党委书记、同安区妇联副主席（兼）（正处级）。

　　记者：我们了解到，您从参加工作开始，从一线的医护工作者到三院的管理者，几十年来一直在三院工作，亲历了三院发展的历史进程，见证了三院发展的风雨历程，推动了三院前行的重大事件，和我们说说您刚参加工作时医院的情况。

彭月芗：我毕业后，在1982年2月28日到同安县医院工作，担任妇产科护士。那一年我只有18岁，当时医院条件简陋，全院病床数约250张，人员编制270人，科室14个。门诊只有两层楼，一栋住院楼也只有三层，当时妇产科在3楼，病床30张。不过，一年医院妇产科分娩量却将近4 000人，这一数据不仅在厦门，在全省排名也比较靠前。虽然工作量大，科室当时的住院医生却只有4名，人员紧张，护士承担了科室的大量工作。那时，设备比较简陋，最先进的设备是一台五百毫安的X光机。

1989年，我调整到医院办公室工作，从1982年到1989年近十年间，医院妇产科的技术突飞猛进，尤其是妇科肿瘤切除手术开展不少。当时的产科承担了同安全县大部分的孕妇分娩工作，也经常下乡开展结扎、放环等计划生育工作。

记者：您长期在妇产科工作，有经历什么印象深刻、感人至深的故事吗？

彭月芗：我长期在妇产科工作，抢救产后大出血的产妇，急需用血时，我们常常是现抽现给，不少医护人员加入应急无偿献血的行列。当时我们上夜班，每晚的夜宵是医院发放的两包马蹄酥，共四个。医护人员常常舍不得吃，看到无家属陪护或者来自边远地方的患者，就送给她们充饥，现在想起来，这些场景历历在目，特别温暖。

我记得当时接待过一位来自同安莲花镇高山村的肿瘤患者，她卖了一头牛来治病，最后顺利切除了肿瘤。康复后，为了感谢我，她特地从高山上走了很远的路来到医院，把带来的茶叶兜在衣服里，专门等到我凌晨一点下班。虽然我最终婉拒了她的茶叶，可她质朴地表达感恩之情的方式让我非常感动，患者的那种感激之情，即便是过去了几十年，我还很清晰地记得那一幕，能够为群众做一点事情，我们的内心很欣慰。

还有一回发生在我值夜班时，每次上夜班，我们护士都是竖着耳朵在注意病房动静。当天夜里八点多，有一位住在单人间的产妇，刚刚诞下男婴不久，一直到术后第三天她才出现青霉素过敏性休克反应。当晚，产妇距离我五十米开外，我就隐约听见杯子摔碎的声音，本能反应，我立马拔腿就跑，奔向产妇所在的病房，她的情况十分凶险，不过，由于发现及时，产妇最终被顺利抢救了回来。

记者：从二十世纪九十年代到二十世纪初，医院发展驶上快车道，尤其2006年以后，医院发展更是日新月异，您重点说一说医院更名带来的影响。

彭月芎：1989年，我在医院担任团总支书记，开始从事医院的行政管理工作。2006年，医院从同安大同街道搬迁到位于祥平街道（今祥和街道）的新院区，开启了医院发展的新里程。

医院更名带来了长远的影响。同安区医院更名为厦门市第三医院，医院从小小的卫生院，到县医院、区医院，再到厦门市第三医院。管理从不规范到规范，从不怎么被认可到被广泛认可。更名为厦门市第三医院，最大的感触是，对医院引进人才发挥了巨大作用，以时间换空间，医院由此引进了大量专业人才，为医院的升格奠定了坚实的基础，学科也实现了跨越迭代发展，尤其2013年至今，医院学科发展"内科外科化，外科微创化"，微创技术在医院全面、成熟开展。

医院不少学科从无到有，比如三院的呼吸科、泌尿外科等；不少二级学科得到长足发展，比如血透室、重症医学科等二级学科发展；一些强势品牌学科持续涌现，比如在厦门全市公立医院中建立了首个单独分设的手足外科治疗病区，开展一系列断肢、断指再植的精湛技术，客观反映了三院在高新技术治疗领域的探索和进步。医院还积极推进医疗体系的改革创新，在医院内部建立13个职能科室，使之形成科学完善的管理架构，其中有在全市建立了首个多学科组成的脑卒中治疗中心等。

随着专业技术力量的夯实和硬件水平的大幅度提升，医院还建立了医学前沿平台，开展了一系列具有代表意义的手术。2016年12月，厦门市首个复合手术室在医院投用，该平台实现了外科手术、介入手术和影像检查的有机结合，很好地解决了基层急救的问题，不仅为内外科发展奠定坚实基础，也为同安乃至周边心脑血管疾病患者带来福音。

再比如，神经内科开展的脑血管微创治疗技术达到国内先进水平，该学科成为国家卫健委微创锥颅引流治疗脑出血的协作单位；胸心外科、心血管科也得到迅猛发展，促使三院成为厦门岛外率先开展心脏外科手术的医院，心血管科开展介入治疗，每年抢救心梗病人上百例，被厦门心脏中心纳入覆盖全市的胸痛中心管理体系。

记者： 2013年12月，厦门市第三医院升格更名十周年，是医院发展的一个重要历史节点，对比更名前，市第三医院的医疗、教学、科研水平得到了质的飞跃。医院各领域取得了哪些代表性的进步？

彭月芽： 2003年，同安区医院正式升格为厦门市第三医院，拥有悠久办院历史的老医院获得重要发展机遇。从老城区搬入"新家"的十年，是三院发生翻天覆地变化的历史时期，医院基础建设全面提升。

2003—2013年这一时期，三院紧紧抓住被市委市政府列为市级重点医院发展的契机，以大牌医院的大手笔，加快了硬件建设，医院基础设施的规模实现华丽蝶变，特别是随着二期工程住院病房大楼在2011年5月建成投用，医院建筑面积增至9.3万多平方米，比老城区旧院址增加了四倍多，占地面积扩大了三倍多，扩容后编制床位达到1 000张。

这一阶段，医疗设备得到全面更新提升，三院先后投资近一个亿，装备了德国西门子1.5T超导核磁共振仪、一千毫安数字胃肠机、美国六十四排螺旋CT机、数字DR拍片机、直线加速器等高精尖医疗设备以及急、门诊窗口配套的服务设施，尤其进一步加强了科研基地建设，这样使全院医疗设备投资额增加到2.9亿元以上。当时，全院临床医技科室设置齐全，设有38个业务科室，年门诊、急诊量达91万余人次，收住院病人4.5万余人，手术量13 000多台次。

医院的发展，人才是关键。三院大力实施人才战略，采取"双管齐下"的办法，一方面加快了本地人才的培养，在普遍鼓励支持医务人员业余攻读高一级学历，参与各种业务培训和学术交流的同时，重点为一批中青年技术骨干外出深造创造条件，进一步优化人才成长环境。同时，通过拓宽人才引进渠道，先后从北京、上海等城市，引进数十名高级优秀人才担任学科带头人。设立"邱海波名医工作室""林江涛名医工作室"等市级名医工作室，助推精准开展俯卧位通气ECMO诊疗技术等高难度治疗。人才战略的实施，为医院造就了一大批适应现代医学发展的专业技术人才。

到2020年年末，医院共有卫生专业技术人员1 322人，其中高级职称260人，中级职称419人，博士和硕士研究生97人。

为了更好地培养人才，医院还注重平台搭建。医院优先招标采购人才急需的仪器设备，优先支持重点学科的实验室建设，积极为学科带头人提供优越的工作条件和良好的科研环境。医院进一步强化应急体系建设，每天有一名院领导二十四小时驻扎医院值班，遇到危重病人抢救，院领导第一时间到达现场坐镇指挥，使危重病人在第一时间得到有效救治。

随着优质人才的引进，专业技术力量的壮大，加上先进医疗设备的配套提升，三院综合实力显著增强。到2013年，医院已转型成为厦门岛外集医疗、教学、科研、预防保健为一体的大型三级乙等综合性医院，2020年医院成为国家级胸痛中心。不仅如此，医院还成为全国综合卒中中心、国家心血管病中心高血压专病医联体分中心、中国创伤救治联盟创伤救治中心建设单位（福建省内仅有两家）。在2020年中国医院竞争力排行榜、省单医院一百强等专项榜单排行榜中，位列省单医院一百强行列。

记者：党领导下的公立医院党建工作，事关人民群众的健康福祉，厦门市第三医院是如何做好党建工作，探索党建引领下医院高质量发展的现代医院管理体制和治理体系建设的？

彭月芎：医院始终坚持党委领导下的院长负责制，坚持和加强党的全面领导，坚持党的民主集中制，充分发挥党委把方向、管大局、作决策、促改革、保落实的作用。始终把党的建设融入医院发展大计，贯穿于医院的管理全过程。在医疗与服务的高度融合中，充分发挥公立医院的党建引领作用，坚持阵地建设和内涵建设两手齐抓，使党建成为医院团队凝聚力和改革创造力的重要动力。尤其是在抗击新冠肺炎疫情战疫中，医院积极主动派出医护人员参加援湖北、上海、海南、泉州、福州以及思明区、集美区、同安区等地疫情防控工作，体现公立医院公益性和忠诚担当。

医院党建工作亮点迭出，践行医者仁心，彰显大爱无疆。医院党委下属15个党支部，党员320名。医院党政班子成员团结协作，在各分管领域发挥了重要作用。党委秉承"奉献、友爱、互助、济困"的宗旨，坚持以政治建设为统领，充分发挥党组织战斗堡垒作用和党员先锋模范作用，以党建促业务，以业务促发展，积极履行社会责任，努力解决群众关切的"看病难、看病贵、看病累"问题，守护群众身心健康，做到主题党日有温度、抗击疫情有坚守、干事创业有担当，让党旗在一线飘扬。

一是深入抗疫一线，彰显忠诚担当。新冠肺炎疫情爆发以来，医院党委把一线作战作为党性教育的生动实践，全体党员干部第一时间投入抗击疫情防控工作，党员纷纷主动请缨前往抗疫一线。党员干部陈辉民、陈海挺等31名白衣战士义无反顾冲到抗疫一线，与时间赛跑，与病魔较量，以过硬作风、精湛医术、多学科联合，出色地完成各项任务，涌现出陈辉民、陈惠娜等一批先进典型，党员王赫铭两次接受央视采访，产生了良好的社会反响。

医院党委积极组建医疗救治专家组，及时跟进疫情态势，坚守各自岗位，做好预检分诊、咽拭子采集、抗体检测、影像检查等工作，协助把好出入关卡，默默守护万家灯火。从2021年9月13日同安疫情爆发至2021年11月4日，累计抽调核酸采集人员4 000余人次，完成同安全区300万人次核酸检测等采样任务。

二是以群众为中心，提供"一站式"优质服务。为方便群众就医，第三医院长期推行"无假日医院"。配备预约挂号结算打报告多功能自助机、院内导航系统、开通医技全预约等，积极打造"六大中心"，同安区总医院实现上下联动，医疗资源统筹共享，实行一站式双向转诊服务，提高群众健康获得感。

针对患者就医排长队、预约、结账等痛点难点问题，推进信息化建设，利用手机APP、微信公众号等平台，方便患者预约、导医、查看就医记录、用药情况、检验检查报告，让"信息多走路，病人少跑路"。同时，完善移动支付方式及结算窗口，配备床边结算推车，让患者在病房内就能办好全部住院缴费流程，实现诊疗信息、费用结算、信息查询等"一站式"服务。

三是围绕中心工作，开展精准服务。医院党委围绕同安区委工作重心，深度参与同安文明创建、新时代文明实践、乡村振兴等，积极组织党员利用专业特长，开展主题党日等各类活动，搭建起联系群众的新桥梁、新纽带，为群众提供实实在在的优质服务。社会公信力不断提升，在全省满意度测评结果公布，厦门市第三医院出院患者满意度在厦门市排名第四名，在三级综合性医院排名第二名。

不仅如此，医院党委配合政府深入开展精准扶贫工作，对接新疆、甘肃省临夏州康乐县、广河县、宁夏闽宁等地的全面医疗合作，将三院精湛的医疗技术和优质的医疗服务送到西部地区。同时，推动远程会诊，让欠发达地区的群众，也能享受到优质的医疗服务资源。

四是深化基层服务，守护群众健康。医院党委整合优质专家资源组成分院医疗业务管理团队、急救团队、公共卫生协作团队等多支专家团队对接各个分院，在业务指导、技术支持、管理提升等多方面有效增强分院的基层综合能力。

医院将主题党日、义诊活动相结合，定期组织党员、专家、医生下乡开展义诊主题党日活动，主动到行动不便、生活难以自理的患者家中开展健康体检，指导功能锻炼等。其中钟巧珍、杨宝雪等离退休老党员们，二十七年来风雨无阻，深入偏远乡村、城乡社区开展义诊送健康活动，行程十万余里，累计受益群众近23万人次。

医院党委还深度开展"党建＋志愿服务"，开展"党员先锋岗""党建品牌创建年"等城市基层党建工作。组织党员进社区报到，亮身份开展义诊、急救技能培训等志愿服务活动，以优质的服务、精湛的技术、良好的作风，为广大群众提供医疗服务。仅2019—2021年开展义诊咨询110次，共1 309人次参加，受益群众近9 000人次；"万人献爱心、慈善一日捐"活动，4 233人参与捐款，金额381 890元；无偿献血活动415人成功献血，献血量达96 610毫升。

（黄文水）

二、构筑厦门市区域医疗中心

——专访厦门市第三医院原院长彭小松

采访对象 彭小松，江西人，2021年2月起至2022年1月，任厦门市第三医院院长。

记者：*院长上任以来三院迎来新发展，这段时间以来，您主要专注于哪些工作？*

彭小松：我是2021年2月底来厦门市第三医院工作的，我们必须主动服务，走下去，到临床科室去，到一线去发现问题，了解问题，解决问题。这几个月来，我带领团队以问题为导向，密集地走访、调研，通过调研深挖数据，查找短板，提出建议，找到措施，为科室解决一些实际问题。通过走访、优化、复盘、提升，真正为科室"把脉"。我们根据公立医院绩效考评的实际情况，设立有实操性的指标，作为公立医院高质量发展的指挥棒，指导各科室对标对表，当各科室都能够做到了，整个医院的效率也就提上去了。

记者：您就任院长以来，开展了不少人文医院的建设探索，同时格外重视医疗设备的迭代升级，具体跟我们介绍一下。

彭小松：建设人文医院三院一直在路上。医生和患者之间，就像人与棉被的关系，棉被本身没有温度，是因为盖在我们身上，我们把温度传递给棉被，棉被又替我们保存了温度，彼此温暖，医生和患者正是彼此温暖的关系。比如我们的手足外科，致力于公益行动，就吸引了很多的患者慕名而来。我们还为全同安的学生建立视力档案，为他们免费筛查视力等。

先进的医疗设备，是一所高水平医院的基石。目前，厦门市第三医院已经发展成集医疗、教学、科研、预防保健为一体的大型三级综合性医院，拥有如体外膜肺氧合（ECMO）、德国西门子Prisma科研型3.0T磁共振、联影3.0T超导核磁共振机、美国GE 256排512层螺旋CT、128排螺旋CT、西门子数字C臂血管造影（DSA）等一系列先进医疗设备，含复合手术室在内的净化手术室15间等。

记者：关键时刻看担当，在疫情防控期间，市第三医院发挥了同安区疫苗接种主力军的作用，具体情况如何？

彭小松：出于疫情防控的需要，按照国家标准，三院发热门诊的改造迫在眉睫。一是我们在一个月内就把方舱CT做起来了，发热门诊就诊、检验、取药等流程一体化，发热门诊实现了闭环管理。二是在疫苗接种上，院内接种刚开始一天只能接种完成三四百人，同安区的接种量一度上不去，上级要求我们要快速提高接种能力。我们毫不犹豫接下任务，对接种区进行了优化改造，理顺分诊、登记、接种、等候留观等步骤，过程非常顺畅，最高峰时，院内一天的接种量达到5 000人次；后来到了同安区体育馆的新冠疫苗临时接种点，由三院医护人员主导，接种量节节攀升，一天最高是2万多人次，一个接种台一天的接种量最高达700多人次。从2021年年初到2021年9月，三院共完成接种量90多万人次。

记者：在2021年8月，疫情防控期间，厦门市第三医院的多个视频走红，这样的新闻宣传产生了良好的社会反响，能说说背后的故事吗？

彭小松：抗疫期间，三院的宣传有力量，为什么有力量？我认为，我们的新闻宣传有这样一个特点：非刻意为之的宣传，我们的医护工作者训练有素，新闻能捕捉到这样的画面，看似偶然，更是一种必然。

举例来说，《心疼又感动！网友"偷拍"医护人员脱防护服》新闻视频在《厦门日报》官方平台播出，这个堪称教科书级别脱防护服的视频，不到一分钟，却达到了1 000多万人次的点击量；还有一个新闻视频《听！有水滴下的声音》，仅在央视频移动网有280多万人次的点击量。两个视频的主角，都是烈日下坚守的厦门市第三医院的医护工作者，她们顺利地完成每一环节的核酸采集任务，脱掉密不透风的防护服，衣服可以直接拧出水来，每个瞬间都让人心疼。这样的画面，展现了三院人专业的技能和良好的精神面貌，特别让人感动。

记者：医院发展，人才为先。厦门市第三医院在柔性引进人才方面不遗余力，医院是如何通过"高位嫁接"优质医疗资源，带动医院人才梯队的跨越发展？

彭小松：柔性引进人才，引入市级名医工作室，助推学科发展，厦门市第三医院"高位嫁接"优质医疗资源，引进高层次人才，为医院的人才培养和专科发展注入新动力。目前，已有邱海波名医工作室、林江涛名医工作室等两大市级名医工作室进驻医院。

作为同安区首个名医工作室，东南大学重症医学研究所邱海波名医工作室落户医院后，邱海波教授及刘玲教授、潘纯教授等多次莅临三院指导，名医大查房、疑难病例诊治、会诊等成为常态。邱海波教授是国内著名重症医学专家，"高位嫁接"这一顶级医疗资源的一年多来，三院重症医学科发展突破救治瓶颈，俯卧位通气、VV-ECMO救治技术等高难度治疗手段精准开展，重症患者救治水平得到快速提升。

2021年9月10日，厦门市第三医院林江涛名医工作室也签约、揭牌，医院正式"高位嫁接"国家级顶尖医疗资源——北京中日友好医院呼吸与危重症医学科。这是邱海波名医工作室落户后，三院迎来的第二个市卫健委批复的市级名医工作室。

中日友好医院呼吸与危重症医学一部主任林江涛，其名医工作室专家阵容强大，林江涛教授系国内呼吸与危重症医学著名专家，主任医师，博士生导师，国家卫健委"有突出贡献的中青年专家"，国务院特殊津贴专家。林江涛名医工作室团队专家将在三院开展临床医疗、重症会诊、视频查房、疑难病讨论、支气管镜手术等临床诊疗工作，同时指导三院组建呼吸重症监护病房（RICU），开展不同通气模式抢救各类型呼吸衰竭，提高危重症抢救的成功率。

记者：2021年10月，2021年度中国现代医院管理典型案例评选结果揭晓，厦门市第三医院申报的项目"运营数据分析及绩效考核提升医院超声科管理水平"荣获"优秀奖"，作为厦门市唯一的获奖项目，具体介绍一下项目亮点？

彭小松：评选活动由国家卫生健康委能力建设和继续教育中心举办，共收到251家医院670个案例，经过三轮评选最终评选出获奖单位。活动旨在挖掘、总结、提炼、推广各地建立现代医院管理制度的典型经验，推动现代医院管理制度不断完善，全力推进公立医院高质量发展。

随着超声医学在临床诊断中的应用越来越广泛，超声科质量管理水平发挥着举足轻重的作用，强化超声质量管理是医院面临的重点发展问题。现实中，如何有效提升超声质量控制与管理水平？提升超声临床诊断与学科发展？这是这个案例研究的初衷。

市第三医院运营部与医务部、质控科、财务科、病案室、信息科等职能科室，通过对超声科进行数据分析、实地调研、发现问题、运营数据通报，实施超声科分时段预约诊疗、优化就医体验、强化专业设置与学科管理等措施。经过四个月的持续改进，超声科在诊疗服务、质量控制与管理水平等方面已初有成效，最终形成了这一典型案例。

记者：同安区成立总医院，由厦门市第三医院牵头同安区中医院、同安区皮肤病防治院以及九家卫生院（社区卫生服务中心）等构成。作为全市唯一一家紧密型医共体建设试点，您对同安区总医院建设怎么看？

彭小松：同安区总医院建设不是负担，更不是一个外壳，而是机遇，是三院发展的重要助力。市第三医院正在紧密抓住国家医疗中心、国家区域医疗中心、省级医疗中心、市级医共体、区域医共体建设的机遇，同安总医院紧密型医共体的建设，将整合优质资源，为三院发展带来新的动力。

同安区总医院建设，充分利用厦门市已搭建完成的较为先进的信息基础架构，即"美丽厦门智慧健康"信息平台，建设一个统一、互通、共享、协同的同安区总医院分级诊疗服务平台和智慧同安医疗系统，为临床医生、社区医生、居民个人、卫生信息管理者提供智能健康管理一体化服务。

一是打造总医院医疗数据中台。通过庞大的数据，实现区域医共体信息、业务、管理、服务四大贯通，让信息多跑路，让群众少跑路，通过信息化铺路建设，患者能够就近便利享受到三院所有的医疗服务；二是构建总院、社区、居家全流程医疗管理服务体系。搭建专为同安区总医院定制的 i 健康分级诊疗服务平台，发展以总院为中心的远程医疗健康服务。三是推进总院业务高度集成，提升六大中心运行效率。六大中心分别是区域影像中心、区域检验中心、区域心电中心、区域药品中心、病理诊断中心、区域消毒供应中心。

总医院的目标，就是要让90%的辖区居民患者能够就近解决问题，享受到三院高质量的诊疗服务。

记者：厦门市第三医院的发展，目前处于什么样的一个时间卡点，谋划医院的长远发展，在目标管理上，有什么具体筹划？

彭小松：三院正一鼓作气谋发展，当前正处在发展关键节点上，不加快发展就会被边缘化。目前，同安新城医院、四川大学华西厦门医院即将开业，一开业的话，随着服务的半径不断扩大，群众有了更多的选择，逆水行舟，不允许三院的发展不紧不慢，甚至怀有松口气、歇歇脚的想法，也不允许三院按照原有的节奏和工作模式发展，三院必须增强发展的紧迫性，在先进理念指引下推动超常规发展。

在发展的关键节点上，必须牢牢把握住窗口期，重点做大做强特色优势专科，加强多学科协作能力，把医疗服务做好，提高医疗质量和医疗技术水平，改善整体精神面貌，让患者感受三院优质的医疗服务，从而增强群众的满意度、放心度，赢得更多患者的信任。

从长远发展来看，一是厦门市第三医院要创建区域医疗中心，扎实立足同安区，辐射带动岛外及周边地区；二是厦门市第三医院要在两年内，争创三级甲等综合性医院。我们要在医疗质量、医疗安全、医疗队伍、医疗环境等方面，着力推动医院的高质量发展。

（黄文水）

三、从县级医院到市级区域性医疗中心的跨越

——访厦门市第三医院原院长叶惠龙

采访对象 厦门市第三医院原院长叶惠龙，福建漳州人；1995年以人才引进方式进入厦门工作，1996年，任同安县医院肿瘤科主任；1998年，任同安区医院副院长；2002年9月，任同安区医院院长；2003年9月，任厦门市第三医院院长；2018年8月，从厦门市第三医院院长任上退休。

记者：*您作为引进人才，到同安医院工作后，进行了不少开创性的手术并力推医院学科的整合发展，和我们分享一下经历。*

叶惠龙：我是1995年11月从长泰到同安工作，作为人才引进，成为同安县医院肿瘤科的一名医生，到同安工作之前，我的身份是长泰县第二医院院长。入职半年以后，1996年下半年，我担任医院的肿瘤科主任。

刚到同安县医院时，当时医院能开展的主要是胃切除、疝气、阑尾等手术，其他大手术还未能普遍开展。我到医院后，在当时院领导支持下，利用专业优势，带领团队开展所有胸部、腹部的大手术，比如肺癌、食道癌、胃癌、直肠癌等部位的根治手术等。

当时出于医院发展的需要，还推动了科室整合。目前，厦门市第三医院胸外科，其前身就是三院肿瘤外科。2007年，医院把肿瘤外科拆开，保留肿瘤内科，负责放射治疗；而肿瘤外科骨干则作为胸外科的班底，新创建胸外科。至于腹部肿瘤手术，则归并给了普外科。通过学科的整合，使三院外科发展更加专业化，使分工更为科学合理。

记者：*人才是医院发展的基石，您就任院长以后，在人才建设、科室建设等方面，有哪些具体做法？*

叶惠龙：2002年9月中旬，我被正式任命为同安区医院院长。补齐人才短板，是我就任院长后工作的一大重点。一是要大量招聘具有本科学历及以上的人才，当时向全国各地招聘，尤其是紧缺的高级职称人才。

当时全院职工只有三四百人，本科生不超过30人，高级职称人才不足10人，全院日常住院病人也仅有200多人，主要原因是病人对技术和医生的不够信任。2003年，"非典"疫情发生时，医院找不出几个正规的呼吸科医生，人才极其短缺。

二是要把原来居于重要岗位，对不适应临床发展需求的岗位进行优化调整，在三年内，使临床医生学历全部达到本科化。到了2005年，医院基本实现本科化，同安区医院人才结构从原来的大中专学历为主转变为本科及以上。截至2018年，厦门市第三医院共有高级职称卫技人员220多人，引进了大量人才，如蒲斌、郭之通、王兵、郭昭建、卢晔、孙志强、王银、刘忠国、陈雷等，我们医院自身也培养了大批高级人才，如许文勇、徐彩临、陈辉民、洪银城、吴彬、陈斌、肖松、蔡亚滨等，使医院整体医疗技术水平达到厦门市较高水平。

三是根据发展的需要，对医院科室进行二级分科调整，实现精细化。科室"大杂烩"这条路已经走不通，其中大外科分成胸外、普外、泌尿外科、骨科、神外，用了三四年时间，走上更加专业化的道路。大内科也分成呼吸内科、消化内科、肿瘤内科、神经内科、感染科、心血管内科、内分泌科。

2006年设立厦门岛外最早的重症监护病房（ICU），从6张病床开始逐渐投入3 000多万元，建立的厦门岛外最早、最专业的ICU病房，配有34台呼吸机，3台血液透析机以及ECMO机，形成全封闭、全层流的重症监护病房，处于全市较先进的水平。从6张病床开始到30张病床，为急危重病人的抢救提供了有利条件。

二十年前，全院的设备也很简陋。刚当院长时，只有两台闲置的国产呼吸机，没有血透机，连抢救用的支气管镜没有，更谈不上有磁共振等大型医疗设备了。2003年，医院添置了厦门地区最早的一台1.5T的磁共振设备，之后还陆续添置大型设备，使得危重病人能够得到救治，医院的设备水平看齐厦门市岛内一流的医院。到了2016年和2017年，前后用了十余年时间，医院基本拉平与岛内一流医院的设备差距，配备了DSA、直线加速器、3.0磁共振等，更为难得的是，用于购买设备的资金，基本靠医院自力更生，最终完成设备的迭代升级，使医院发展处于良性循环状态。

记者：担任院长后，您大刀阔斧建强平台，推动医院新院区的建设，当时的背景和情况跟我们介绍一下？

叶惠龙：上任以来，我致力于搭建平台，当时旧院区在同安大同老城区，已难以适应医院发展，我们全力推动新院区建设。2001年，我还是主管行政及新院区建设的副院长，当时的背景是，厦门市人民政府要在岛外各区推动医院建设，一开始拟在旧院区建设300张床位的新院区，市里专家来同安反复论证，认为旧院区在老城区空间狭小，建成后交通也容易拥堵，市里当时对同安医院的定位，拟打造成为大型区级医院的典范，编制500张床位，那时候旧院区已有200多张病床。

当时市政府主要领导带队来调研，2002年5月30日，市卫计委批复立项建设城南"同安区医院"（厦门市第三医院），确定医院从大同老城区搬迁到祥平街道（今祥和街道）阳翟，启动新院区的建设，当时新院区建设就是以500张床位作为设计的标准。规划三院新院区建设，原来征地计划是60亩左右，但为了医院未来的发展，最终征地100多亩，为医院后续发展打下了良好的基础。

当时有不少人以为规划500张床位够用了，事实并非如此，医院发展太快了。2006年，新院区第一期550张病床，2008年，又启动新院区二期建设250张床，达到了800张床位，同时加上传染病房建设，新增100张床，随着2011年二期的投用，达到了900张床。但是到了2013年，病床又满了，住院病人数每日均超过1 000人，最高峰时近1 200人，病房走廊到处住满病人，病人住院"一床难求"。为此，2014年申请医院三期的建设，随即启动的三期建设新增300张床位，目前达到了1 200张床位。

记者： 除了医院场地物资等平台建设，据我们所知，您还从医院名称的更名，从人才引进等方面出发推动医院发展。

叶惠龙： 我就任院长后就着力推动医院更名工作，2003年9月，同安区医院更名为厦门市第三医院获得上级批复，2003年12月18日，厦门市第三医院正式挂牌。医院的更名是平台建设的一部分，对医院的发展也至关重要。

要想把医院的平台做大，实现从一个区级医院到市级医院的跨越，成为厦门市第三医院，这一步非常重要，难度也很大，我们当时立足于从更高的要求，去推动医院的发展，搭建更高的平台，去引进更多的专家、人才，从而做大医院、造福群众。

事实上，这一步的跨越，是在市、区两级党委政府和相关部门的重视和支持下完成的。医院的更名，这是软实力的体现，也是品牌输出。我记得，一开始医院打算搬迁到老城区之外，一些老职工思想上还有些顾虑，因为从闹市区搬迁到当时偏僻的地方，心理上接受不了，也理解不了，我们院领导做了大量解释工作，说明只要做大做强，就是会吸引四面八方的人来。因此，必须做强医院平台，要做大就必须走出去，医院的干部职工也都理解了并极力支持，使得医院搬迁工作得以顺利进行，医院也得到了快速发展。事实证明，医院整体搬迁是医院发展的良好契机。

记者：事实上，软平台的建设不仅是更名，医院的内涵发展也至关重要，说说您当时的想法和重点做法。

叶惠龙：对，我们在软平台建设上，还注重跟进医学发展的步伐，尤其是新技术在医院的应用。现代医学技术发展重点在什么地方，我们就紧跟趋势，比如腔镜技术。当时新技术的开展，在三院快速应用，尤其是妇产科的腔镜技术。我2018年8月底从院长任上退休，这十六年三院保持了没有一例孕产妇死亡的纪录。2018年，在香港艾力彼第三方医院评价机构公布的"2017年中国医院竞争力·省会市属／单列市医院一百强"排行榜中，市第三医院进入前一百强。厦门市第三医院位列厦门市级综合医院实力第三，仅次于厦门市第一医院和厦门大学附属中山医院。

三院致力于创建等级医院，2007年5月，市第三医院由二级甲等综合性医院升为三级乙等综合性医院，二级医院到三级医院，要求比较高，比如医院的内涵发展、技术水平有没有达到三级，管理是否科学，能为群众提供什么样的服务，医疗安全、医疗规范是否做得好，这种等级医院的评审，重点看三个方面：一是管理水平，二是技术水平，三是规模水平，是否达到了国家的相关规定和要求，我们当时就是按照国家标准，对标对表创建。

同时，按照教科研方向，努力使医院在综合实力上有跨越。在厦门市第三医院升格更名十周年之际，2013年12月28日，福建中医药大学附属厦门市第三医院暨第四临床医学院正式授牌，院校合作向更深层次迈进，标志着市第三医院医疗、教学、科研水平同步质的飞跃。医院真正成为区域性医疗中心。三院通过几年的接续发展，真正是从一个区级医院迈入市级医院的行列。规模从我刚入职时的三四百人，到退休时职工有近1 600人，副高及以上职称的职工有250多人。

记者：您担任厦门市第三医院院长这么多年，有没有一些事件，至今让您感动于心？

叶惠龙：我对医院感情很深，医院也倾注了我们的心血。管理这么大的一所医院，让人感动的事情很多，其中有三件事让我最感动。我想说，三院的医护人员太可爱了，他们为了抢救病人，可以这样无私奉献。

第一件事，发生在2003年"非典"疫情时，那时医院没有几名呼吸科专业医师，可新圩一所学校发生群体性发热事件，上级要求三院派医护人员前往新圩镇对发热病人开展隔离治疗，当时医院决定把干部病房所有的医护人员率先进行集中，赶赴新圩镇对发热学生进行封闭式的隔离观察治疗。任务紧急，时间紧迫，干部病房的所有医护人员接到指令后没有一个人退缩，他们甚至来不及向家人道别一声，都义无反顾奔赴一线去了，前后持续了三周时间。我记得，从接到任务通知到出发前往学校，只有两个小时，他们中很多人没有回家，直接从医院出发，最后在学校隔离了三周，圆满完成任务。可以说，关键时刻，三院医护人员义无反顾。

第二件事，三院妇产科连续十六年没有发生过一例孕产妇死亡案例，要知道，这背后是多少人的艰辛付出。经常是三更半夜，医院一有事情，十来分钟，一下子所有妇产科主任、ICU、手术室的骨干医生，医护人员全部到位，通宵达旦地抢救病人，没有一个人有怨言，只为把病人从死亡线上抢救下来。

第三件事，2016年"莫兰蒂"超强台风发生时，整个医院都停电了，台风把很多设施都弄坏了，所有医生，没有一个人离开，他们就守在病房，守在病人身边。当时有个病例，是同安一所学校的一名学生，破损的玻璃造成重伤，胸腔大出血，心跳、呼吸都停了，医护人员在没有电的情况下，将患者迅速抬到手术室，在电力中断的情况下，没有空调，医护人员汗流浃背、全身湿透，打着手电筒，将这名重伤的学生抢救过来。在台风天的战役，检验了三院人是一支有战斗力的队伍，为了病人的安全，他们可以付出所有。

其实，很多三院的医生，买房子与医院一路之隔，他们总想着，一旦医院有急事，需要他们的时候，能够第一时间抵达。

记者：不管是平台建设还是技术革新，成效往往显而易见，我们想了解一下，这么大的一所医院，如何管理好、经营好，看不见的管理艺术如何发力？

叶惠龙：厦门市第三医院的管理方式方法，一是严格按照国家的法律法规办事，医院的发展都要在法律法规的框架下，制定各种行之有效的、严格的规章制度，让医院的每一件事都有章可循、有据可查，让医院的每一个人都按规范做事。比如医护人员的诊疗，严格按照诊疗规范进行，医院的发展，都要纳入正常的轨道。用一些科学的方法和措施，对医院的发展进行监测与管理，包括制度的建立和后续监督管理的结合，使医院能朝着正确的、可持续发展的方向。

同时，作为院长要做好表率，以身示范，从而激发干部的积极性、主动性、创造性；在工作中可能遇到各种的投诉、纠纷等，院长必须勇于担当；还要能够严于律己、宽于待人，关心医护人员，对医护人员的工作，尤其是他们所承担的事务，能够给予充分理解与支持，使职工能全身心、无顾虑工作。在日常，也通过各种途径，帮助技术人员解决他们的后顾之忧，比如医护人员子女就学、住房等。我特别注重通过制定各种规章制度，做好顶层设计，从制度上关心职工，让职工的事情有人理、有人管，通过制度让职工受益，形成整体的良好氛围。

在厦门三院任职期间，最大的感受是全体干部职工的爱岗敬业、勤恳工作，厦门三院发展到今天是几代人努力的结果，也是全体干部职工的团结一致，辛勤耕耘努力的结果，更是市区党委、政府及各级卫生主管部门鼎力支持的结果。个人的力量是微薄的，但聚沙成塔，千千万万的力量汇聚在一起，造就了今天充满活力的厦门市第三医院。

（黄文水）

四、未来三院这艘"大船"将行稳致远

——访厦门市第三医院原院长郭之通

郭之通，1961年2月生，山东博兴人。1984年毕业于蚌埠医学院医疗系获学士学位，同年就职安徽省蚌埠市第三人民医院，1997—2006年，历任科主任、院长助理、常务副院长。2006年以重点人才身份引进到厦门市第三医院神经外科，历任科主任、院长助理、副院长、院长，2021年退休。

记者：2006年，您放弃安徽三甲医院优越的工作环境，加入厦门市高级人才引进计划，来到厦门市第三医院，是什么让您决定做出这么大的职业转变？

郭之通：到厦门市第三医院之前，我是安徽蚌埠市第三人民医院常务副院长，这家医院早在1996年就被国家原卫生部授予三级甲等医院，是安徽省首批集医疗、教学、科研、预防为一体的国家三级甲等医院。当时我所带领的神经外科是省级重点学科，率先在全省开展显微神经外科手术，神经外科的专业水平在安徽省名列前茅。

医院要发展，人才是第一要素。当时，厦门市第三医院在全国各地大量引进人才，医院也找到了我。一开始我是比较犹豫，因为这样的职场转换必然带来两方面的落差：其一，从三级甲等医院到二级甲等医院，平台变小了；其二，从三甲医院的常务副院长到二甲医院的科室主任，这意味着我得从头再来。

得知我的顾虑，时任厦门市第三医院院长叶惠龙极力邀请我过去看看医院，然后再做决定。我当时被叶惠龙院长的坚持打动了，看得出来他是一个惜才、爱才的院领导。

当时我到厦门市第三医院参观时，医院正在筹备搬迁新院区事宜，参观完三院的新院区之后，我很震撼，一改以往的观点，毅然决然地选择到三院任职。我做这个决定并非心血来潮，而是在厦门做了周密的调研：其一，当时三院新院区规划了三期，分期实施建设，我参观的时候一期已经建好。新院区的规模很大，而且还是厦门经济特区的一家市属医院，我认为三院还是很有发展潜力和前景的；其二，我研究了当时同安的常住人口和流动人口情况，是一个人口相对较多的行政区；其三，我也研究了当时厦门神经外科的整体水平，其中不乏拔尖人才，我到厦门来也有学习进步的空间。

记者：您初来厦门市第三医院时，神经外科的发展情况如何？您是如何将神经外科打造成厦门市第三医院的"金字招牌"？

郭之通：我到厦门市第三医院后就给自己立下目标，要把到三院工作当成我的二次创业，从头再来，发挥自己的专长，把三院的神经外科做大做强，造福更多同安乃至周边的老百姓。

我刚到三院的时候，神经外科的医生大概八人，整体技术力量还是比较薄弱。当时，医院骨科收治了一位高颈段神经鞘瘤患者，当时医院没有人能做这台手术，准备邀请省里专家来做手术。了解到这个情况，我主动请缨做这台手术，因为这类型的手术此前我在安徽做得还是比较多的，我有信心能做好。事实也是如此，手术非常成功，目前这名患者愈后良好。我清楚地记得，这台手术是三院搬迁新院区之后的第一台手术，整个医院都为之振奋。

一花独放不是春，万花齐放才能春满园，我一直认为，只有全面提升全科医务人员的综合素质，才能将三院的神经外科建成一流的品牌。我当时根据科室的实际情况，制定了科室发展规划及神经外科医疗常规，提出科训：做一台手术，出一个精品；治一个病人，交一帮朋友。我一直跟科室的医生说，做医生要有底线，要有同理心，一切要从病人的实际需求出发，看淡利益，病人的信任和理解就是我们刻苦钻研、勤奋工作的巨大动力。

同时，神经外科设立了神经外科显微解剖实验室和神经外科重症监护病房，我要求年轻医生要认真学习显微神经外科技术，提高各级医生的显微神经外科基本技能。神经外科手术显微镜有一个主镜和两个副镜，我在手术过程中，要求年轻医生通过副镜认真观摩学习，进行一些辅助性操作。

经过长期学习积累，年轻医生从副镜的位置提升到主镜位置，能独当一面开展高难度手术，我认为这就是技术传承，也是将科室做强的重要一环。

记者：在您的带领下，厦门市第三医院神经外科率先在厦门岛外开展了哪些前沿诊疗技术？

郭之通：厦门市第三医院率先在厦门岛外开展颅内动脉瘤夹闭术、脑立体定向下颅内微小肿瘤微创显微切除术和脑血管疾病的血管内治疗，使脑部极其微小的肿瘤在高倍显微镜下无处遁形。显微手术改变了以往顶上开"天窗"切除肿瘤的传统手术方法，大大减少了患者脑部出血及组织损伤，最大程度地保护了脑部功能，使患者得到及时有效的诊治。

经过一段时间的发展，三院神经外科的诊疗技术得到质的飞跃，填补了岛外医疗史上的空白。我到三院两年后，恰逢厦门市医学会神经外科分会换届，我当选为副主任委员，另外三院神经外科还有两名医生当选常委，两名医生当选委员，这无疑是对三院神经外科发展成果的肯定。

记者：您从哪一年开始担任厦门市第三医院院长？在您任职期间，厦门市第三医院软硬件方面发生了哪些变化？

郭之通：我是2018年9月开始担任厦门市第三医院院长，上任后我深感医院要发展，一些软硬件设施需要及时完善升级，为此，我经常到区里要资金扶持。同安区一直以来对三院的支持力度也很大，仅2020年就拨款1.7亿元支持医院建设。

上任之后，我对医院的绩效考核奖励机制提出改革方案，阻力很大，但我知道只有进行改革，三院这艘"大船"才能行稳致远。改革方案是我在对多家大型医院进行调研后，结合三院实际情况制定出来的，新的考核方案将大比例奖金向多做手术、做高难度手术的医务人员倾斜，此举志在鼓励医务人员持续学习，不断提升专业水平，敢于突破创新，避免"吃大锅饭""养懒人"的现象出现。

2020年，三院的医教研一体化发展之路又迈出坚实一步。当年9月，福建中医药大学同等学力硕士研究生（厦门班）开班仪式在厦门第三医院举行，在同安区人民政府的支持下，校院共建集临床技能实训中心、研究生教学平台等为一体的研究生科教大楼，厦门市第三医院以此为契机，与福建中医药大学共同做好高层次医学人才培养工作，深化医教协同，使得医院人才培养再上一个台阶。

记者：您在厦门市第三医院任职期间，您参与、见证了医院哪些发展大事件。

郭之通：从2006年到厦门市第三医院，到2021年退休，在三院的十五年间，见证了三院发展规模不断扩大，发展成果丰硕喜人，作为一名参与者和见证者我很骄傲，在这里，我谈三个有代表性的事件：

其一，随着岛内外一体化的不断推进，以及同安工业集中区的进一步发展，厦门市第三医院收治的创伤类危重病人越来越多，如果这一类危重病人长距离转运到岛内医院医治，就会大大耽误病情。基于当时的区域发展情况，2012年，厦门市第三医院投入三千多万元，建设当时岛外规模最大、设备最好的重症监护病房。新设的重症监护病房包括全层流的设备和中央监控设备，配有三十四台呼吸机以及三台血液透析机，处于全市领先水平。除了服务岛外居民，重症监护病房还接收来自晋江、安溪、长泰转院的急重病人。此举不仅提高了医院的综合水平，也助力岛内外医疗水平进一步拉近。

其二，2018年9月，厦门同安区总医院揭牌仪式在厦门市第三医院举行，由此，同安区所有的公益性医疗卫生资源正式组建成一个以三院为牵头医院的紧密型联合体。这是当时厦门唯一的紧密型医联体建设试点，同安区通过组建全区性总医院，在推进医疗卫生体制改革中率先迈出里程碑式的一步。

此后，我的身份也多了起来，是同安区总医院党委副书记、院长，厦门市第三医院院长，兼任同安区中医院院长，不仅仅是我肩上的担子更重了，整个同安区赋予三院的使命和责任更大了。三院是牵头单位，拥有优质集中的资源，通过技术帮扶、人才培养等手段，发挥对基层的技术辐射和带动作用，基层卫生院的医生可以到三院进修，三院的专家可以下沉到基层卫生组织做指导。这就要求三院要修炼好"内功"，不断进取，才能更好地发挥带头作用。

其三，2019年10月31日，值得三院人铭记的日子，这一天邱海波教授与三院签署合作协议，正式在厦门市第三医院设立邱海波名医工作室，这是同安区设立的首个市级名医工作室，是三院，乃至同安医疗水平发展的一大盛事，今后同安老百姓在家门口即可享有国家顶级专家的服务。

邱海波名医工作室专家阵容强大，工作室领衔人邱海波教授系国内重症医学著名专家，他带领团队对三院临床医疗、重症会诊、疑难病讨论等临床诊疗工作及教学、科研进行全方位指导，三院相关专业人员也可前往中大医院进行短期的培训、进修学习，提升三院重症医学学科队伍建设水平。可以说，邱海波名医工作室是三院引进高精尖技术、加强学科建设、推动培养高端卫生人才、不断提升医疗技术和服务水平的创举。

如今三院已走过百年奋斗光辉历程，站在新的历史起点上，三院也迎来了新的发展机遇，我相信在一代又一代的三院人的接续奋斗中，三院这艘"大船"在未来能航行得更稳、更快、更远。

（颜梅丽）

五、十年磨一剑，医院迎来跨越式发展

——专访厦门市第三医院原党委书记张亚狮

 采访对象 厦门市第三医院原党委书记张亚狮，翔安区马巷人；1998年7月，从同民医院副院长调任同安区医院副院长；2003年7月，任厦门市第三医院党总支书记、副院长；2008年5月，任厦门市第三医院党委书记；2009年9月，正式退休。

记者： *您1998年到同安区医院工作，2002年，同安区医院正式开建新院区，这五年，是医院蓄力发展的五年，也是谋划突破的五年，说一说当时的情况。*

　　张亚狮：我是1998年调到医院工作的，到2002年，全院的床位仅有340张，设置32个学科、14个护理单元、6个医技科室，在职职工462人。2002年时，同安区医院担负着全区50多万人口的常见病、多发病和急危重病人的治疗抢救任务，年门诊量达30多万人次，住院病人一万多人次。一直到2006年，新院区建成后，首期医院的床位增长到550张，全院职工1 100名。

　　早在2001年，医院骨科荣获"厦门市经济技术创新工程示范岗"称号。当时在开展单、双髋头节置换术，重建钢板内固定治疗骨盆骨折和四肢复杂骨折的复位内固定术已达到市级医院水平。医院神经外科开展各种颅脑外伤的手术治疗，能够开展大脑半球胶质瘤切除术、脑室内肿瘤切除术等大型手术。医院还常年与厦门市中山医院、第一医院神经外科业务交流，先后派4名医生到上海医科大学附属华山医院等医院进修，当时神经外科的医疗水平已接近厦门市级医院水平。急诊科急诊抢救能力大大增强，心血管内科、神经内科、泌尿外科、肿瘤科等专业更具优势，医院基本形成"院有专科、人有专长、人无我有、人有我强"的格局。

　　作为厦门经济特区发展的腹地，同安战略地位日益凸显。为此，建设一个面向未来、面向现代化的大型综合性医院，是同安发展所需。

　　记者：2003年，同安区医院正式更名厦门市第三医院，位于同安城南的新院区2002年破土动工，2005年9月主体如期竣工，当年底投用。2002—2005年这四年，是否是医院发展历史的重大转折期。

张亚狮：2002—2005年确实是转折期，医院设备大跨步提升。2003年，医院连一台上500万元的医疗设备都找不到，上千万元设备更是不敢想，许多病人为了做一项重要检查，就得舟车劳顿跑到岛内或周边地区医院。从2002年开始，医院狠抓医疗设备的更新添置。这三年间，先后投入近亿元从国内外引进一大批高新医疗设备：如德国西门子1.5T超导核磁共振仪、美国十六排螺旋CT机、一千毫安数字胃肠机、数字拍片机（DR）、数字血管造影机（DSA）、钴-60放疗机等一大批先进医疗设备。

这四年，医院大力实施人才发展战略，不定期选派医务人员到上海、北京、广州等地区进修，鼓励和支持医务人员利用业余时间攻读高一级学历；同时注重人才引进及梯队建设，先后从哈尔滨、北京、上海、山东、安徽等地区的三甲医院引进高级优秀人才数十名充实临床一线，如心血管内科、呼吸内科、普外、血管外科与介入科、肿瘤科等，使医院的二级学科逐步完善，而且每个学科配有高层次的专业技术骨干。据统计，到2005年，全院职工889人，其中卫生专业技术人员688人，主任医师12人，副主任医师36人，中级职称137人；博士2人，硕士13人，本科生145人，临床一线医务人员均为本科学历及以上。

这四年，医院致力建设"创伤急救中心、腔镜治疗中心、肿瘤治疗中心"三大"拳头产品"。作为福建省道路交通伤员救治定点医院，医院在骨科、神经外科两个重点专科基础上，加大胸腹外科建设及人才引进培养力度，装备螺旋CT、核磁共振、神经外科手术显微镜、ICU重症监护系统等，引进血管外科、断肢（指）再植技术，形成四肢、脊柱、断肢等创伤急救，胸、腹创伤急救，颅脑创伤急救等相互独立又相互配合的一个整体。

同时，医院推进腔镜微创治疗中心，先后购进具有国际水平的腹腔镜、宫腔镜、阴道镜、关节镜、胸腔镜、电子胃镜等一批先进设备，引进和培养了一批专业技术人才，三年间独立完成400多例的妇科疾病腹腔镜手术，以此辐射骨外科、胸外科、神经外科、支气管镜、肿瘤介入、前列腺支架置入等微创诊治技术的相继开展。

医院的肿瘤治疗中心集手术、放疗、化疗介入为一体，开展手术治疗、放射治疗等，形成肿瘤内科、肿瘤外科、放射治疗、介入治疗等肿瘤疾病治疗的整体。医院还有ICU重症监护病房等；进一步细化临床二级科室，先后设立发热门诊、呼吸内科、神经内科、心血管内科、肿瘤内科、血管外科与介入科等专科。

医院还加大后勤服务社会化管理进程，积极为临床一线服务；医院公开向社会承诺一年三百六十五天开诊，确保"120"五分钟到位；实行人性化服务，急诊病人先抢救后收费；开设急救绿色通道，对急危重病人实行挂号、收费、取药、检查、住院"一条龙"服务；发放敬老优惠卡，免收伤残、贫困户、高龄老人、离休老干部挂号费；取消节假日、双休日普通门诊急诊挂号费；在急诊科开设二十四小时服务热线，方便病人寻医问药等。

截至2005年，医院拥有病床550张，设置42个学科、16个护理单元、6个医技科室，年门诊诊治病人近40万人次，年收治住院病人近两万人次，抢救急诊病人约八万人次，手术病人三千多人次。

记者：*2007年，厦门市第三医院迎来三级综合性医院的评审，当时医院综合实力如何，请从不同角度介绍一下当时的发展情况。*

张亚狮：到2007年，厦门市第三医院已成为厦门岛外规模最大的集医疗、科研、教学、预防保健于一体的大型综合性医院，也是国家级爱婴医院、省道路交通事故伤员救治定点医院。当时，随着厦门市区域规划调整，医院被列入厦门市三大重点发展医院之一进行重点建设。医院充分把握这一契机，对照三级综合性医院评审标准及开展"医院管理年"活动，抓管理、抓质量、抓服务，整体医疗及服务水平上了一个新台阶。

2006年3月，厦门市第三医院整体搬迁至祥平街道阳翟二路2号新址，院区占地面积123.69亩，建筑面积56 181.66平方米，医疗业务用房47 210.6平方米。医院编制床位550张，2006年实际开放床位620张，中期规划床位750张，长期规划床位达1 200张。设置有职能科室18个，急诊科、门诊部、ICU及临床一、二级科室15个，开展临床学科项目22个，医技科室15个。医院当时有职工1 112人，其中卫生技术人员824人。医院床位与卫生技术人员之比1：1.5。医师总人数217人，床位与医师之比1：0.39。具有高级职称70人（正高19人，副高51人）。博士1人，硕士研究生19人。

　　2004年定编床位340张，实际开放400张，年门急诊量33.91万人次，住院病人数1.51万人次。总手术次数3 361人次，危重病人抢救次数2 710人次，危重病人抢救成功率80.15%。2006年定编床位550张，实际开放620张，年门急诊量41.45万人次，住院病人数2.18万人次，总手术次数5 294人次，危重病人抢救3 048人次，危重病人抢救成功率83.90%。到2007年，医疗设备价值已超亿元，其中1万元至10万元设备307台（套），10万元以上设备147台（套），50万元以上大型设备11台（套），100万元以上的设备13台（套），1 000万元以上的设备1台（套）。具有十六排螺旋CT、1.5T超导型核磁共振（MRI）、数字血管减影机（DSA）、双板DR、数字胃肠机等大型设备。

　　当时，医院专科建设突出区域特点，为了进一步提高外伤救治水平，医院确立以骨科、神经外科等创伤急救科室为医院重点专科。三年间，引进高级人才4人；建立神经外科实验室；增加床位配置，两科均各配备2个病区，开放床位各自达到90床。2006年，两个重点专科共抢救急危重颅脑、四肢等外伤病人500余例，成功率达到95%以上。

记者：厦门市第三医院搬迁到新院区后迎来长足发展，一直到您退休前，这几年，三院在关注民生和缓解群众"就医难"领域，有哪些作为？

张亚狮：2007年，市第三医院由二级甲等综合性医院升格为三级乙等综合性医院。随着同安大开发、大建设的进行，技术人才和务工人员大量增加，同安人口数量成倍增长，我们加快同安工业区门诊部建设，如期完成医院二期工程建设，使250张病床在2008年年底投入使用。

　　医院加强了急救应急体系建设，医院除加快创伤重点专科建设外，在抢救硬件措施上进一步完善，建设融急诊接诊、诊断、检查、急救、手术、治疗、观察、重症监护等为一体的急救急诊部。

　　医院通过提高医疗技术，扩大诊疗范围，破解群众"看病难"。如呼吸内科引进副高人员3名，选派青年骨干医生到外地进修学习，加强科室人才梯队建设，先后引进肺功能仪、多导睡眠仪等先进设备；开展难治性气胸、大咯血、肺癌、支气管支架置入术及支气管动脉介入治疗术，使科室从无到有，从弱到强，成为医院重点专科。

为了解决农村常见的消化道疾病的诊疗问题，我们引进超细胃镜、超细电子肠镜等高新仪器，群众随时到医院均能够得到诊疗。医院加强重点专科建设服务民生。比如重点发展心血管内科，从全国各地引进学科带头人，成功开展冠脉介入治疗（PCI），医院还投入巨资购进体外循环机，建设心脏手术室，引进人才组建了胸心外科，成功完成各类心脏手术。

同安是肝癌高发区，医院感染科建立肝病专业组，对癌前病变进行综合防治，做到早发现、早治疗，对于小肝癌和早期肝癌进行外科手术治疗，使病人五年生存率得到提高，进行肝癌根治术近百例；医院还添置直线加速器，射频消融治疗仪等。

同安区孕产妇住院年分娩数3 500余人次，医院连续多年保持孕产妇死亡率为0，医院还添置了多功能彩色多普勒超声仪，提高了先天性畸形胎儿的诊断水平。

（黄文水）

六、为百姓创造更多医学奇迹

——访原同安区医院院长刘恭样

采访对象　刘恭样，1943年11月生，福建厦门同安人。曾任福建生产建设兵团二营十六连卫生所负责人、福建三明林业职工医院办公室副组长、三明永安贮木场医疗所全科医生。1979年9月起在同安县医院就职，先后任职外科医生、医务科副科长、医务科科长、副院长、院长，2003年退休。

记者：初到医院工作您主要负责哪些工作？当时医院发展情况如何？

刘恭样：我是1979年9月到同安县医院外科任职，当时医院位于同安繁华的中山路，也就是现在同安中医院所在的位置。作为同安区域的龙头医院，一直肩负重责，在改革方面做出表率。

受当时医疗条件限制，和很多医院一样，医院科室设置并不像现在这么精细。入职后不久，我结合医院当时的情况，牵头从大外科中析出创伤外科，而后又带头成立骨科。科室细分，对于提高疾病诊治的精准率是很大的帮助。当时，医院为医护人员创造了多元的进修学习机会，比如到北京、上海、福州等地知名医院进修学习，带回专业技术和科室管理经验，然后慢慢地将医院的科室建设得更细更全。2000年，在医院成立八十周年之际，医院已设有内、外、骨、妇、儿、传染、肿瘤、五官、口腔等三十多个临床医技科室。

记者：从一名外科医生到院长，您在医院奉献了二十四年，亲历过医院的变革，哪些方面至今您仍印象深刻？

刘恭祥：二十世纪九十年代初，同安县医院创建院级"120"急救中心，比厦门市医疗急救中心"120"开通时间还早。我记得很清楚，当时使用求助电话号码为7120120，这个号码是医院花了6 000元购买的，成为当时同安百姓熟记于心的生命热线。

医院"120"急救中心创建后，成为"关爱生命、拯救生命"的绿色通道，组建了一支召之即来、来之能战的队伍，做到有求必应、有危必救、争分夺秒。急救中心实行二十四小时随叫随到服务宗旨，不分节假日，二十四小时为急诊病人提供热情、优质的接诊、导诊、转送等一条龙服务，使同安人民的生命健康多了一重保障。

医院"120"急救中心的运营，为交通事故伤员、工地伤员、自然灾害伤员等突发事件伤员提供了更为高效的救援通道，挽救了很多人的生命，赢得了群众的广泛赞誉。1999年，超级台风正面袭击厦门，一些百姓在这场台风中意外受伤，医院"120"急救中心以最快的速度及时转运、抢救伤员。

还有一例患者我至今仍印象深刻。当时某工地现场有一位作业人员的肚子被钢筋刺穿，命悬一线，很多人都觉得应该是没救了。"120"医护人员赶到现场后，立即开展救援，以最快速度转运到医院抢救。可喜的是，经过医务人员奋力抢救，最终将这名工人从"鬼门关"拉了回来。

医院"120"急救中心的建设备受肯定，被卫生部国际紧急救援中心认定为"卫生部国际紧急救援中心网络医院"，被厦门市人民政府授予"厦门市科技进步表扬奖"。

记者： 您任职期间，医院在软硬件方面发生了哪些变化？

刘恭祥： 在谈医疗设备之前，我想跟你讲下以前跟现在就医方式的变化：现在患者就医，医生大多会先让患者进行相应的检查，根据检查报告进行疾病诊断。但在以前，科室设置不够精细，医疗设备相对匮乏，医生得凭借自己的专业能力和经验先诊断患者的疾病，再进行相应检查，显而易见，疾病诊断准确率肯定不如现在。

医院一直很重视先进医疗设施的配置，二十世纪九十年代，医院就拥有大型美国产（二手）全身CT机、日产五百毫安岛津X光机、美国产贝克曼全自动生化分析仪、美国产心电活动平板测试系统等一大批高新医疗设备。

随着医院不断发展，门诊数量也不断增加，在我担任院长期间，多次对原院区进行扩建，满足患者就医需求。值得一提的是，医院发展不仅得到上级部门的支持，也得到社会爱心人士的大力支持。1996年，金日集团李仲明、李仲树兄弟捐资142万元兴建"明树医疗中心"，为医院发展添砖加瓦。

二十世纪九十年代，医院发展取得瞩目成绩，1994年被联合国儿童基金会、世界卫生组织、国家卫生部授予"爱婴医院"称号；1996年，医院跃升为二级甲等医院；1998—2000年，被认定为"卫生部国际紧急救援中心网络医院""福建省道路交通事故救治定点医院""文明医院""精神文明先进单位""花园式单位"等。

2001年，我深切感受到原院区规模已经无法满足日益增长的就医需求。医院地处同安区繁华地段中山路，土地稀缺，想继续扩建难度很大。当时我向上级部门提议择址建设新院区，保障医院良性发展。在市委市政府的关心、协调下，2002年，选址于同安区祥平街道（今祥和街道）的新院区奠基开工建设，占地140多亩，占地面积是原院区的三倍多。

记者：您在医院任职期间，发生过哪些故事，让您备受鼓舞或震撼？这些事件对医院发展产生了什么影响？

刘恭样：关于这个问题，我跟你讲两个故事吧。我的父亲在我三十六岁的时候因脑溢血死亡，这件事情对我触动很大。随着医学技术的提升，现在对于脑溢血的治疗有了更好的医学方案。可见，医学的进步，不仅可以挽救一个人的生命，更可以幸福一个家庭。

后来我成了一名外科医生，二十世纪七十年代，我在三明地区林业职工医院任职时到三明地区第一医院学习时，在老师的带领下，就曾给患者做过开颅手术。在当时，没有辅助医疗设备可以对脑部病灶进行精准定位。也就是说，开颅前医生没有影像资料可以参考，得根据经验判断病灶位置然后进行开颅，这对医生来说是个极大的挑战。

即使放在当下，颅脑外科手术都是一项高风险手术。这一领域很难，但只有努力攻克才能给更多的人、更多家庭带来希望。在任职院长期间，我很重视神经外科的建设，培养起了一批有实力有担当的医生，同时大力推动先进设备的采购，有了这些设备的辅助，医生在开展颅脑外科手术前可以更精确地了解病灶位置和情况，手术过程也可以更精准地切除病灶，这对于提高颅脑外科手术成功率具有很大的帮助。

二十世纪九十年代，医院已经能开展较高难度的颅骨外科手术，我们的团队在艰难的领域勇于攻坚克难，这对我来说备受鼓舞，对当地的百姓来说更是福音。

记者：您在医院工作、奉献了大半辈子，对于医院未来的发展，您有什么期待？

刘恭祥：《医学生誓言》有这样一句话：健康所系，性命相托。厦门市第三医院是一家值得百姓托付的医院。2020年，我78岁，因肝硬化门静脉高压出血在"鬼门关"走了一遭。当时我告诉孩子，一定要把我送到厦门市第三医院治疗，我在那里工作了大半辈子，我对医院的实力有信心，我放心将我的生命托付给他们。

当时我在ICU抢救了四天，最终医生们把我从"鬼门关"拉了回来。现在我的身体恢复得很好，除非天气恶劣，不然我每天早上我都要环同安古城运动，我很感谢厦门市第三医院的医护团队，给了我再一次享受美好生活的机会。

对于第三医院未来的发展，我充满了信心，也充满了期待，我相信未来很多医学难题能在这里被攻克，医院一代又一代的医务人员也将为百姓创造更多的医学奇迹。

（颜梅丽）

七、坚持人才战略，驱动科技强院

——访原同安县医院党支部书记叶水砻

采访对象 厦门同安人，1984年3月部队转业到同安县医院担任党支部书记，2004年退休。

记者： 经过发展，二十世纪九十年代医院发展到了一个怎样的水平？

叶水砻： 当时医院底子薄，加上财政投入跟不上快速发展的医疗保健需求，医疗仪器设备及院容院貌与达标条件相差甚远。根据这种情况，我们注重抓基本建设，促进医院的全面发展。

首先是解决医疗用房。在市委市政府、区委区政府及海外侨胞的支持下，拆除了原旧病房大楼，兴建了面积9 567平方米的门诊医技大楼及1 260平方米的明树医疗中心，构成了新的占地建筑布局。医院面貌

焕然一新，病员的医疗休养环境和医务人员的工作条件得到了较大的改善。

其次是投资引进设备。为满足群众医疗、保健的需求，医院除了财政拨款外，还通过自筹基金、职工集资、合作开发等多种形式和渠道，共投资400多万元先后购置引进彩色血流超声仪、美国匹克1200型全身CT、日本岛津五百毫安X光机、全自动生化分析仪等和成套全自动化制剂生产线高新设备，重新修建配电房，供电量增加到360千瓦，新增内部电话交换机160门。全院百万元以上大型设备四件，为提高临床诊疗水平提供了必要条件。

最后是健全科室设置，设置了必备的管理组织。根据医院管理的要求，进一步完善管理机制。注重把医疗质量摆在首要位置，建立院科两级质量管理体系，制定切实可行的质量管理方案，做到目标明确、计划合理、措施落实、分级管理、各负其责。对医疗护理质量进行监督、检查、评价，并及时反馈和改进。同时在原来门诊观察室的基础上建立健全了急诊科。增添抢救设备及药品器材，完善了急诊抢救的各种规章制度，医院的应急能力明显提高，并且增设ICU病房及中医病床，使医院的功能更加完善。

记者：夯实医院硬实力的同时，医疗技术水平情况怎么样？

叶水岙：首先是抓"三基"理论考试和专科技术考核，医院成立了"三基"考核组进行辅导与考核，全院性组织考试，要求人人过关。通过反复多次培训和考核，医护人员的业务素质有了明显提高。

针对病历书写质量良莠不齐的情况，医院也分别组织各级医护人员学习，主治医师和科主任层层把好病历质量关，提出不合格病历不出科，将病历质量与奖金、晋升挂钩。通过平常抽查与季度检查相结合，把检查结果进行讲评和书面通报、反馈，病历质量明显提高，不但消灭了丙级病历，甲级率也得到提高。同时，护理部门不断强化管理，制定了护理工作计划，科室坚持每日工作检查和护理工作考核，并进行自查自评，使全院护理工作逐步走上规范化、标准化的轨道。

当然，最重要的是加强重点专科的建设。当时医院根据同安区实际情况及疾病发生规律，确立了具有人才优势的骨科为院重点专科，编制床位30张。制定了一整套的规章制度及重点专科发展规划，加强自身建设，不断提高学科水平。包括开展了全髋关节置换术、拇指再造术、胸腰椎管狭窄减压术等较高难度的手术，均获成功。

记者：人才是医疗水平的关键，当时医院培养人才方面有哪些举措？

叶水岙：是的，医院始终坚持科技兴医、科技强院，而科技离不开人才支撑。为了培养人才，医院大力鼓励医护人员开展科研，撰写论文，制定了"继续医学教育制度""外出参加学术活动的规定"，对在区、市获奖者医院采取再奖励措施。到1993年，全院医护人员共有142篇论文在国家级刊物，44篇在省级刊物发表。有国家级大会论文交流38篇，省级论文交流76篇，市级论文交流8篇，开展新技术新疗法64项。

同时，为了不断扩展业务范围，挖掘潜力，我们还注重发展其他专科特色。通过派出进修学习的办法，重点培养了一批专业人才，使心血管内科、泌尿外科、神经内科、神经外科、肝胆外科、妇产科、肿瘤科、传染科等专业在同安区都具有明显优势，使全院的建设和发展上新档次，为广大人民群众的身心健康做出应有的贡献。

记者：要培养人才也要留住人才，当时医院在这方面有哪些配套服务？

叶水岙：首先是创造优美舒适的工作、生活、就医环境。当时医院以创建卫生城市为契机，在医院可绿化区域进行绿化。铺设水泥路面，重建生活区及环北公厕，维修病房，规范职工食堂；在门诊、病房安装公共IC卡电话，增设院区灯光、路标、示意图，为群众提供优质、安全、文明、整洁、舒适的医疗环境，逐步把医院建成花园式单位。

其次是丰富员工业余生活。院工会、共青团、女工委员会主动组织各项活动，发挥工会、青年突击作用，在医疗、护理、医技、后勤保障，财务管理和医院两个文明建设中发挥主力军的作用。组织慰问孤寡老人，到山区义诊，送医送药到病人家里。利用节假日举办各种庆祝、文艺活动等。同时，医院注重规范图书室，也丰富图书、杂志和报纸等，许多职工利用业余时间到图书室借阅查找资料，为搞科研撰写论文提供有利条件。

记者：医疗卫生是特殊行业，在行风、院风建设方面，我们做了哪些工作？

叶水岙：医疗卫生行业与人民群众息息相关。加强医疗卫生行业的行风建设，提高全体职工讲文明、树新风的良好作风是时代赋予的重任。当时医院针对存在的服务态度生硬，话难听，脸难看，推诿病人，收受"红包"，开大处方，服务质量差等影响声誉的问题进行整顿，广泛开展"以病人为中心"，创省十佳医院、全国百佳医院的创建活动。根据百佳医院二十条标准，在行风整治工作中，重点抓端正服务思想，增强服务意识，改善服务态度，提高服务质量；坚持医院行风整治"五个一"及行风整治"十不准规定"，采取层层签定责任状，成立行风建设领导小组，建立群众来访来信及处理反馈情况登记簿，围绕服务，加强整改；开展以病人为中心，一切围着病人转的便民利民措施；加强门诊、急诊工作，把好门诊、急诊质量关；开通"120"急救中心和绿色通道；提高医疗护理质量，规范文明用语等措施。

通过一系列整改措施，群众反映的服务态度差、红包等热点问题得到遏制；作风、收费、医疗质量等问题进一步加强和完善，群众对医院的满意度逐步提高。

记者：二十世纪九十年代，医院得到长足发展，主要原因是什么？

叶水岙：最重要的是有一个坚强有力的领导班子。医院领导班子同心同德，集中精力投入医院建设中。新的领导班子到位后，十分注重加强班子自身建设，组织认真学习，统一思想，指导工作。坚持讲学习、讲政治、讲正气。带领全院职工任劳任怨，努力拼搏。

1997年以来，医院确立了"抓管理，促医德医风好转，提高医疗技术水平；抓经济，促环境设备完善，提高职工生活水平"的工作重点，领导分工合作，目标明确，职责清楚，对分管的范围及科室尽职尽责，对医院行风建设，改革措施，经济管理核算，社会主义精神文明建设，等级医院的巩固提高，医疗业务工作，"120"急救中心的建立，医保及党建等工作，持高度负责的态度，做了大量工作。

其次是狠抓职工思想建设。狠抓对职工的职业道德及职业纪律教育，加强对医务人员的医学道德教育，提高职工的医学道德水准，自觉遵守医德规范。结合医院实际，落实以病人为中心，文明优质服务十八条措施，使广大职工树立"病人第一，质量第一，服务第一"的观念，坚持"救死扶伤，全心全意为人民服务"的宗旨，弘扬白求恩精神，培养有理想、有道德、有文化、有纪律的"四有"职工。

在全院上下的努力下，医院涌现出四名"三德兴兴医奖"及"林巧稚精神奖"，三名"特区二次创业功臣"及像陈春宝这样的好党员。保持了省卫生厅授予的"文明医院"称号，先后多次被省、市、区各级党委政府授予"先进单位""先进基层党组织""精神文明先进单位"及计生、征兵工作等先进集体。有50多名职工荣获省、市、区优秀党员、先进工作者、优秀青年知识分子、林巧稚精神奖、技术状元等光荣称号。

（黄静怡）

八、医院百年发展史可分成三阶段

——访原同安区卫生局局长欧阳明亮

采访对象　欧阳明亮，1955年8月出生，1976年12月参军，1997年10月转业。1999年任同安区委组织部副部长，2003年12月任同安区卫生局局长，2011年12月任同安区人大法工委主任，2015年8月退休。

记者：*您初任同安区卫生局局长时，医院的发展情况如何？*

欧阳明亮：纵观厦门市第三医院的百年发展史，我觉得可以划分为三个阶段：一是脱胎于旧社会雏形，二是经过燃烧岁月的洗礼，三是经历改革开放、市场经济裂变的考验。作为同安人，我见证厦门市第三医院的发展，作为同安区卫生局局长，我参与厦门市第三医院的建设。我是2003年年底接手卫生局工作，2011年年底离开卫生系统，这正好是厦门市第三医院发展的快速期和关键期。

2003年，我接任同安区卫生局局长工作第一年，恰逢医院获批更名，我当时也参加了更名仪式，活动虽然很简朴，但现场气氛很热烈，大家都为之振奋。将厦门市同安区医院更名为厦门市第三医院，从表面上看，只是更换院名，往深处看，医院从区级医院跃升为市级医院，获得更多资源和支持，助力医院做大做强，创建了三级乙等医院。

可以说，更名后，医院的发展进入快车道。医院更名级别跃升后，吸引一大批拔尖医疗人才前来就职，其中2006—2010年从全国各地引进的人才最多，比如郭之通、蒲斌、余鸣秋、崔勇、陈梅，都是学科带头人，他们带来先进的医疗技术和科室管理经验，大力提高了医院的软实力。

记者：您在卫生系统任职时，见证过哪些医院发展的里程碑？

欧阳明亮：在我担任同安区卫生局局长期间，见证了医院的更名、创评三级乙等医院、新院区建设搬迁等大事件。医院更名后，时任院长叶惠龙提出"三步走"的发展理念：一是做大做强二甲，二是争创三乙，三是创造条件上三甲。

2006年搬到新院区之后，各科室人员配置不断调配升级，当时科室主任级别以上的任命都要经过卫生局，所以对于医院人才引进和人事调动我是比较清楚的。医院党委和卫生局党委密切配合，认真把好引进人才的德才关，共同把各科室的医疗人员配全、配强，所以2007年创评三级乙等医院的时候就很轻松地过了。

医院跃升为三乙之后，各科室的发展也得到量的积累和质的飞跃，最典型的就是妇产科。当时妇产科从全国各地引进一批人才，支撑了科室的发展，随着后来分娩产妇剧增，医生和护士经常忙不过来，业务量最大的时候占了医院十分之一。

以前，很多同安人宁愿舟车劳顿也要到岛内生孩子，医院升级之后，发生明显的变化，不仅越来越多的同安人选择在厦门市第三医院生孩子，连周边漳州、泉州的产妇也选择来第三医院分娩。如2011年，有一次我到市第三医院，遇到一位操外地口音的产妇家属，我就问他们是哪里人，一问才知道是晋江人。我当时就问他们为什么舍近求远来同安分娩？他们说看中的是厦门市第三医院的医疗技术、医院风气、医疗环境，是他们的亲属在市第三医院分娩之后觉得服务和技术水平都很好，便介绍过来。

因为业务量不断增加，当时医生和护士也经常跟院领导反映忙不过来。卫生局知道这个情况之后，在人才引进和人员调配方面给予大力支持，确保了医院的有序运行和持续发展。在当时，医院整体发展水平和综合实力比较高，在岛外也是数一数二的。

记者：请您谈谈厦门市第三医院是如何发挥同安区龙头医院的作用？在带动区域医疗发展方面，做了哪些贡献？

欧阳明亮：厦门市第三医院占了同安医疗系统的半壁江山，在专业技术、诊疗服务、党建工作等方面，厦门市第三医院的成绩都是区域的领头羊，抓好厦门市第三医院的医疗工作，使其形成区域的标杆，对带动、提升全区医疗水平有很大的促进作用。

厦门市第三医院不仅仅是一家医疗机构，有时也承担同安区各镇街卫生院干部、医生的培训工作，类似于区域内的医疗培训、科研机构，比如全科培训、传染病预防培训等都在厦门市第三医院开展。

在人事管理方面，厦门市第三医院也有一套比较完善的激励机制，当时我还叫同安区中医院、各镇街的卫生院来厦门市第三医院取经学习，再根据医院或卫生院的实际情况制定激励办法，提高在职医务人员的积极性，避免出现"养懒人"的情况。

记者：请谈谈您担任卫生局局长期间，政府及主管部门对医院有哪些支持政策？

欧阳明亮：第一是土地支持。位于同安中山路的旧院区规模小，限制了医院的发展，建设新院区迫在眉睫。当时在用地非常紧张的情况下，同安区政府征用地理位置较好的140多亩土地给医院建设新院区。

二是资金支持。2004年，新院区在建设的时候，根据规划设计预算，第一期的建设资金就需要1.6亿，这对当时的政府财政情况来说是笔不小数目。在区财政很困难的情况下，政府仍然非常重视医院的建设，市、区两级政府给予了资金支持，全力保障医院的发展。

第三是医疗器械采购方面的支持。同安区政府每年都有预算资金给市第三医院，有一次，医院向卫生局申报购买当时比较先进的螺旋CT，需要的经费比较多。卫生局作为政府的组成部门和医院的管理部门，既要考虑区政府的财政能力，也要顾及医院的发展需求，这是个两难的决定。

当时院长叶惠龙极力争取，他说新螺旋CT在成像清晰度方面比旧的螺旋CT高出很多，可大大提高影像诊断的准确率，这台设备对医院的医疗水平的提高来说很重要。最终我也被他的坚持打动，努力向政府申请下了这笔资金。时间也证明，叶惠龙当时的考虑是专业的，且具有前瞻性，这些先进设备的配置给医院的发展带来了很大的促进作用。

记者：您遇到过的与厦门市第三医院相关的感人故事，能在一定程度上反映当时医院职工的精神面貌或工匠精神？

欧阳明亮：有两个场面，我印象最深刻。一个是2003年"非典"发生期间，当时我虽然还没到卫生局任职，但我关注到这个事情。当时新垵镇一个村庄有二十多人出现发烧症状，疑似"非典"病例，全村实行封闭管控措施，只进不出。当时情况紧急，需要医务人员进村支援，厦门市第三医院医务人员踊跃报名，义无反顾逆行，出征前向着党旗握拳宣誓的场景历历在目。

还有2020年新冠疫情爆发时，我虽然退休了，但由于曾在卫生部门工作过，对市第三医院情况比较关注，在新闻上看到第三医院医疗人员出征前往武汉抗疫一线支援的场面，"三院人"身上那种救死扶伤、舍身为国的精神，真的令人动容。

此外，"三院人"身上还有一种勤奋钻研的精神，他们在学习中不断提升诊疗服务水平。前院长叶惠龙，他在从医生涯中非常勤奋，潜心学习前沿技术。有一次，他为了学习微创手术，独自一人到上海学习进修半个月。学成归来后又将这一前沿技术传授给其他医生，有效地提高了医院微创技术水平和综合医疗水平。

记者：厦门市第三医院发展已历百年，请您谈谈对医院百年发展的感受。

欧阳明亮：百年风雨兼程，砥砺前行，厦门市第三医院在几代人的共同努力下，取得今天的成绩实属不易，实现了经济效益和社会效益双丰收。对厦门市第三医院，我有着很深厚的感情，我为有机会见证、参与医院建设发展感到自豪。在奋进的新时代，厦门市第三医院将迎来新的机遇与挑战，我相信"三院人"一定能答好令人民满意的新时代答卷，创造更辉煌的成绩。

（颜梅丽）

九、谱写呵护银城百姓健康的新篇章

——访原同安区卫生局局长李挺生

采访对象　李挺生，1945年出生，1964年入伍，1985年转业，1986年任同安县卫生防疫站党支部书记，1989年任同安县医院院长，1991年任同安县卫生局局长，1999年卸任同安区卫生局局长，2005年退休。

记者： 您初任同安县医院院长时，医院的发展现状如何，任职期间您主要做了哪些工作？

李挺生：我是1989年12月到同安县医院担任院长，必须要承认当时县医院的医疗水平、医疗设备、队伍建设跟厦门岛内的医院有着不小的差距，只能说是基本满足了同安当地百姓的就医需求。

我当院长的时间并不长，满打满算还不到两年的时间。当时的县医院已经拥有林继禄、钟巧珍、刘思勉、兰玉英、吴英英、郭明霞等一批属于同安老百姓心目中比较信任的技术骨干，我主要围绕改善服务态度、改善医院环境、调动职工积极性、引进设备等方面展开工作。

医疗服务态度是医疗服务质量的重中之重，围绕改善服务态度，当时我们院领导狠抓行业之风，通过整顿、学习、教育，引导全体职工树立以病人为中心的思想，不断提高思想道德素质和医护业务素质，把治病救人摆在首要位置，积极建立和谐的医患关系，真正做到为患者着想，为患者服务。

当时有职工反映医院食堂（1969年竣工）和药厂（1974年竣工）破旧问题，我多次到厦门市计委社会处去争取资金。当年社会处专门有一笔资金帮助基层解决问题，根据我反映的情况，社会处派人来现场调研，发现食堂和药厂确实年久失修，又老又破，于是拨款用于食堂和药厂翻建。1990年10月，同安县医院拆除食堂、药厂。翻建二层食堂、厨房、会议厅综合大楼1幢，共928平方米，于1994年10月竣工；翻建三层制剂大楼1幢，1 163平方米，于1992年6月竣工。此举改善了医院工作环境，做好了后勤保障工作，调动了大家工作的积极性。

工欲善其事，必先利其器。医院一直很重视先进医疗设施的配置，1990年，同安县医院购置了带电脑放射免疫计数器1台、钾钠离子分析仪1台、华南牌体外反搏器1台、进口B超探头1台、AST-286型电脑计算器1台。1991年添置日本产纤维胃镜1件、多功能急救系统器材1套。随着一大批医疗设备的引进，以及在同安县卫生局的牵头下从湖南引进了一批技术人才，1991年1月，同安县医院增设肿瘤科，同年7月增设麻醉科、病理科，县医院的科室配备日益完善，门诊量与日俱增。

记者：您后来去了卫生局任局长，政府及主管部门对医院有哪些支持政策？

李挺生：我还在县医院当院长时，有件事我就一直耿耿于怀，就是县医院的门诊环境差、空间小，患者一多的时候就显得十分拥挤，门诊作为医院的门面，给群众留下的却是不好的印象。1991年7月，我到县卫生局当局长，同时也是县人大代表，于是我提了个议案：修建同安县医院门诊医技大楼，改善医疗环境。

该议案得到县委、县人大、县政府的大力支持，将其列为县委县政府为民办实事项目之一，由厦门市政府和同安县政府共同拨款800万，盖了一栋八层楼的门诊大楼，也就是现如今同安区中医院的门诊大楼。当时门诊大楼一盖起来，群众就医环境可以说是得到极大的改善，大家都很高兴。

在人才引进方面有一个人我印象比较深，那就是叶惠龙。叶惠龙是我从长泰引进到同安县医院当肿瘤科主任，后面成为厦门市第三医院的院长，带领着医院发展十几年，可以说是功不可没。在1995年，根据县领导的意见及同安县医院发展需求，我专程去长泰引进长泰县第二医院院长叶惠龙，然后也是通过叶惠龙，引进同为长泰人的徐彩临，现在徐彩临是厦门市第三医院的党委委员、妇产科分管领导。

记者：您在卫生系统任职时，见证过哪些医院发展的大事件、典型故事？

李挺生：在任职期间有两件事让我印象比较深，一个是自1993年以来，同安县政府积极响应联合国儿童基金会和世界卫生组织向全球发出的创建"爱婴医院"的号召，在全县范围内按计划、有步骤地开展创建"爱婴医院"活动。同安县医院积极响应，于1994年被联合国儿童基金会、世界卫生组织、国家卫生部授予"爱婴医院"称号，充分起到区域的领头羊作用，对带动、提升全区医疗水平有很大的促进作用。1997年底，同安区也是顺利通过联合国儿童基金会的评估，成为"爱婴区"。

还有就是1999年同安区在全市率先开通"120"急救绿色通道，全天候提供紧急救治服务。当时我们是在报纸上看到龙岩开通"120"急救绿色通道，我们觉得这是一件非常有必要且十分利民的好事。于是我带着同安区医院院长刘恭样一起到龙岩考察学习，回来后就在全区范围开通"120"急救热线，同安区医院创建"120"急救中心，搭建起一条拯救生命的"绿色通道"。当时同安有些地方算是比较偏僻的，就医不便，尤其是面对突发状况，就医不及时容易造成不可挽回的后果，也正是开通"120"急救绿色通道，在当年挽救了许多患者，广受同安百姓好评。

记者： 厦门市第三院发展已历经百年，请您谈谈对医院百年发展的感受？

李挺生： 一百载风云激荡，对于三院现如今的发展，放在当年我们是想都不敢想的。当年受限于经济条件，我们只能立足当下，一步一个脚印慢慢发展。现如今的三院已经步入发展的快车道，发展速度用突飞猛进来形容都不为过，但不变的是全体职工艰苦奋斗的光荣传统和与时俱进的为民情怀。希望接下来三院在党和政府的关怀下，继续努力拼搏，不断开拓创新，奋力攀登医学高峰，继续谱写呵护银城百姓健康的新篇章。

（陈万泉）

十、集资办药厂生产葡萄糖，
贴补医院发展经费

——访原同安县医院副院长钟巧珍

**采访
对象** 钟巧珍，漳州龙海人，1960年2月加入中国共产党，1981年起任原同安县医院副院长，1997年4月退休。

记者： 您到医院工作时，医院的发展状况如何？

钟巧珍： 我是1966年从部队转业，先是去同民医院，随后在1970年到同安县医院工作。那时候县医院刚好盖了新院区，也就是现在同安区中医院的位置，盖了一栋五层的大楼，当时在同安已经算蛮好的条件了。新院区有床位不到200张，设有内科、外科、小儿科、妇产科、传染科等科室，同时还有手术室、药房、化验室，配置还是比较齐全的。不过当时的医生、护士不算多，差不多有百来名职工。

　　虽说有了新院区，不过当时的医院还是很穷的，都是勒紧裤腰带过日子，要发展也是很不容易。医院要发展，但是没有钱怎么办？记得在二十世纪七十年代中期，所有职工一起出钱，大家用集资的方式办了一家药厂，专门生产葡萄糖，一来可以自己使用，二来也可以赚钱补贴医院发展。就是这样，大家有钱出钱，有力出力，医院迎来了快速发展期。

　　记者：您刚刚提到迎来了快速发展期，具体是如何发展的？

　　钟巧珍：其一医疗技术的发展。虽然当时没有经济条件引进高端人才，但我们通过人才培养，也是开展了许多先进手术，让同安的百姓不用再长途跋涉就医，赢得百姓的好口碑。例如医院当时与厦门市第一医院开展共建，第一医院经常派各科室专家过来指导，手把手教学，这些专家在同安县医院一待就是一年半载，对医院医疗技术发展有很大的助力。同时医院也会派骨干医生外出进修，例如李昭铨到省肿瘤医院进修，回来就成功开展了数十例食道癌手术；高斌到上海华山医院进修，回来成功开展了开颅手术；还有叶松柏成功开展泌尿外科手术，叶惠玲成功开展肺部手术等，大大填补了医院许多先进手术的空白。要说发展最好的，当属妇产科，从1982年国家提出计划生育，往后的十几年里，妇产科没有发生过一起死亡事故，数以万计的婴儿在此诞生，所以在1994年，同安县医院被联合国儿童基金会、世界卫生组织、国家卫生部授予"爱婴医院"称号。

其二是设备引进。当时院领导都深知在医疗行业，要想有好的发展，离不开高科技设备的辅助。二十世纪八十年代初期，通过企业捐助、政府出钱、员工集资等形式，医院引进第一台彩超机，随后又引进全身CT机、X光机、心电系统等设备。当时要着手引进这些设备十分不易，医院把钱都花在刀刃上，其他地方都能省就省，比如床单破了就缝缝补补，床坏了就修理一下，就是这么把钱省下来，让医院得以快速发展。

直到1996年，也是我退休的前一年，此时的同安县医院已经有过多次扩建，人才、技术、设备都有了质的飞跃，1997年年底，同安县医院成功跃升为二级甲等医院。

记者：*这一路的发展注定是辛苦的，有没有遇到什么感人故事？*

钟巧珍：当时除了缺钱，也是很缺人手，一个人当好几个人用，大家都毫无怨言，这一点让我一直都很感动。比如我当护士长的时候，兼任内科、儿科、传染科三个科室的护士长，有些时候手术室缺人，我还得去手术室帮忙。那会上半夜的班是晚上六点到凌晨一点半，经常是来的病人多了，直接帮忙干到天亮才下班。记得有一天早上我去接班，妇产科一位护士就坐在椅子上睡着了，我去叫她起来，她说她一个晚上接生了17个小孩，得休息一会。一晚上接生17个小孩，放在现在可是难以想象的数据。还有像外科医生，当时病人多，重病号也多，外科医生隔一天就要值一次班，都是非常辛苦。而且当时医院工资很低的，补贴也很少，但大家都不计较，感觉就是秉持着一颗医者初心，就这么一路拼过来。

当时和谐的医患关系也让我记忆犹新。记得有一个患者，老是在病房里抽烟，一开始我们还不知道情况，就一直劝他不能在病房抽烟，后来隔壁床的才告诉我们，他家里穷，一天就吃一顿饭，抽烟是为了扛饿。大家知道情况后，医生护士一起凑了很多粮票给这个患者，让他去买吃的。这样的事情时有发生，像当时有很多病人交不起钱，也都是我们医生护士一起掏腰包来救治他们。据我所知，直到现在，这样的爱心也一直在厦门市第三医院延续，我想这也是一家医院不可或缺的一种传承。

记者：退休后，您组织起了一支志愿服务队伍，都是在做些什么事情？

钟巧珍：我1997年退休，当时就是想着继续发挥余热，为党、为国、为社会做点力所能及的事情。一开始是与三秀社区共建，我们两三个刚退休下来的党员到社区给居民们开展义诊、讲课，普及卫生健康知识。后来发现效果还不错，就由医院牵头，组建起了一支退休党员义诊服务队。随着越来越多志愿者加入，我们有固定开展的三场活动，每周到老年活动中心义诊、上课，每月农历初一到梵天寺义诊，每月农历初十到莲花佛心寺义诊。每次现场都很热闹，像赶集一样，十里八乡的群众赶来量量血压、测测血糖、寻医问诊，还有不少慢性病患者也定期来领取免费药物。

别看我们都是一群老人家，但参加义诊活动大家都很积极，比如像队伍里面有陈盟珍等人住在岛内，坐一个多小时公交也要过来参加义诊活动。比如在莲花佛心寺义诊时，有些患者出门不便，我们经常长途跋涉十几里到患者家中，查看患者情况，手把手教家属如何照料、如何做康复。

这样的活动一直持续到新冠肺炎疫情来袭，受疫情影响才停止。虽然我年纪太大了，没有办法再继续参加志愿活动，但这支志愿队伍还在，相信等疫情过去，大家还是会再出发。

记者：您一路见证医院的发展，对于医院未来的发展有什么想说的？

钟巧珍：风雨砥砺，岁月如歌。在同安县医院工作二十七年，我早已把医院当成了自己的家。从同安县医院，到如今的厦门市第三医院，我至今仍在密切关注医院的发展，可以说医院能有现在的成绩，是非常不容易的。我也相信，在百年三院新的征程上，伴随着新一代三院人的砥砺奋进，三院必将再创辉煌，将医院打造成为老百姓满意的现代化三级甲等综合医院。

（陈万泉）

十一、把病人当亲人，把医院当成家

——访厦门市第三医院原院直支部书记马铭益

采访对象　马铭益：1972年，放射科医士；1980年进入办公室，历任办公室主任、保卫科科长、人事科科长、工会主席等，2006年12月退休，退休时任院直支部书记。

记者：马主任，您是什么时候到医院工作的，当时负责什么岗位？

马铭益：我是1972年到医院工作，那时叫同安县医院，经过学习培训半年之后我到了放射科工作。1980年，我又调到办公室，之后就一直在办公室工作。

记者：1972年到医院时，当时医院发展怎么样？

马铭益：我刚来医院时，当时员工就几十个人，人很少。条件也非常简陋，虽然是新房子，但科室也没有专科，都是综合科，医疗设备也很简陋，当时医院就一台两百毫安的X光机，防护也不好，照出来的影像也稀里糊涂，只能仅供参考，大的检查更没办法做。医疗人员都是从部队、卫生员转过来的，还有的员工是原来在私人医院，后来合并过来的，中专、大专的毕业生非常少。由于医疗设备条件不足，医疗人员比较少，那时候我们能做的手术很少，可以做阑尾炎、胃切除手术，但其他一些大手术，我们是不敢做的，都得叫病人去厦门岛内或者漳州、泉州。你看现在，变化这么大，无论是床位数量、建筑面积还是人才技术，我退休十二年，回来我都感觉自己找不到路了。

记者：您觉得变化这么大的主要原因是什么，或者医院发展的重要转折点是什么？

马铭益：我在医院三十几年，前后经历了八任院长、书记，我认为每任院长都在当时的实际条件下，考虑医院的基建、员工工资、医疗设备采购等关乎医院发展的事情，每一任领导都很辛苦，都在一定程度上推动了医院发展。

记者：那您对哪一任领导印象比较深刻？有没有什么具体事件？

马铭益：对于我们医院来讲，我印象最深刻的可能是叶惠龙院长，他来的那几年后，感觉整个医院焕然一新。我记得他那时从长泰一个医院调来。后来经过竞争上岗，他上任成为院长。

在我看来，最佩服他的一点就是，他的思维和眼界。当时，医院在同安中医院旁边，他说如果一直在同安中医院这边的话，医院是没有发展空间的。于是他提出医院迁址，在各方支持和他的大力推动下，医院迁出来了。其实医院迁址只是第一步，接下来他又提出医院更名。

起初，我也想不通沿用了五六十年的院名为什么要更名，毕竟院名用了这么久。当时有的医院还把院名改回老院名，我们竟然要改掉。他说，我给你算算更名的好处。他说，第一，如果我们还是叫同安区医院的话，就只是区级二级甲等医院，医院至少得要市级的，才有资格采购配备重要医疗资源，区级医院由于身份门槛的限制，很多重要的高端的医疗设备无法进入医院，有钱也买不到；第二，升级为市级医院之后，才能更好地引进优秀人才和医疗技术。更名之后，我们平台高了，把广告打出去，能更好地招聘优秀人才；第三，改名之后有利于医院扩大规模。同安四十万的人口，但我们规模太小，科室不齐全，只能看一点小伤小病，同安人民生病了都跑厦门岛内和泉州，改名后列入厦门市级管辖，群众对我们的信任也会提高，大病也敢在同安治。

听他这么一分析，我确实觉得他想的不是当前，是未来几十年的医院发展，他的眼界真的远大。因此，虽然当时许多人不同意，但我就开始给他们一个个做思想工作，从医院发展的角度去分析，最终大家都同意更名了。

记者： 更名之后医院的发展怎么样，和原先设想的是否一致？

马铭益： 更名之后，平台提高了，医院顺利招聘了一大批优秀的人才，学科带头人一下子引进五六个，主任医师、专家都进来了。这在我们以前真的是想都不敢想。但是，我们当时也遇到一个问题，就是医院没有足够资金去采购设备。为了解决这一问题，我们就是"两条腿走路"——医院没有资金就去借，去贷款，也和厂家谈分期付款。那时，我和厂家谈，就说这些高级设备需要的资金较多，也不是轻易能卖出去，与其放着闲置，还不如我们医院分期付款，比如先百分三十、百分五十，这样厂家也能回笼资金，我们也能用到设备，互惠互利，后面我们就有了做心电图、彩超、CT的这些设备。这个问题是顺利解决，其实也是我们医院领导既有魄力又有经济头脑，随着大环境的改变，领导思维也提升了，不会"等、靠、要"，这样医院才能在原来的基础上大发展起来。2003年，同安区医院正式升格为厦门市第三医院。2006年，厦门市第三医院全面完成整体搬迁，搬迁后的三院从投资、占地、建筑面积以及床位等，都是当时岛外硬件设施最先进、配套最齐全的医院。

记者： 在您的职业生涯中，您自己的工作有哪些印象比较深刻的事情？

马铭益： 2006年医院完成整体搬迁后，我也快退休了，我就想办这个乔迁的庆典。第一，我邀请了从医院调动出去的领导、医生，请他们回家看看医院的巨大变化。我想着就是让这些去到别的医院的人，给我们打打广告，让全市都知道三院的巨大变化，那次回来一百多位，效果还是很好。第二，我又邀请三院的"女婿"回来看看。医院里离不开女医生、女护士，她们将很多的时间都奉献给医院，可能家庭里很多事情要她们爱人多照顾一些，我们想邀请"女婿"也来参加庆典，也是感谢他们对我们医院"女儿"的爱护、扶持，希望他们多多支持和体谅。第三，我还邀医院的老同志，还有社会各界人士、华侨，他们为医院的建设包括设备投资、招商等工作都尽心尽力，为我们寻求解决问题的办法，也是趁机感谢他们的慷慨解囊、献计献策。其实我们医院的发展，都离不开政府、医院领导、职工和社会各界人士的帮助，所以借着这个庆典，表达我们医院最真挚的感谢。

记者：您说医院发展离不开职工，那您觉得医院职工有让您感动的事情吗？

马铭益：医院能发展下去，离不开医院领导和职工的艰苦奋斗、自力更生，这是最根本的。我举两个例子，我们最早的一个老院长，他当时的口号就是"新三年旧三年缝缝补补再三年"。那时他住在医院里，每天早上起来第一个任务就是去关所有的路灯，因为当时交水电费都很拮据，所以能省则省。在医院内形成勤俭节约的氛围，像一个口罩都要经过一层一层的申请然后分配，以前口罩是纱布的，大家都是脏了重新洗洗，晒干了再用。白大褂工作服大家也都是缝缝补补，实在不行了再换新的。

其次，职工很少请病假、公休，大家都觉得不能倒下，因为倒下工作压力就传给别人，很多人一年下来都没请过一天假。一开始八〇年的时候，超满勤人员占比差不多是20%，到我退休那一年就到了90%。后面，我们对连续五、十、十五、二十、三十、三十五年超满勤的职工进行表彰，感谢他们的敬业奉献、吃苦耐劳精神。

记者：像职工这么尽职尽责把医院当成家，您觉得主要原因是什么？

马铭益：我觉得可能是我们思想政治工作做得比较好。那时候我们就开始抓思想学习这块，包括党员会议等，反复强调的是领导班子的团结，集体决策后心往一处想，力往一处使，坚守职责去带领医院，从而在医院内营造团结一致、敬业奉献的良好氛围。同时，我们领导都非常关心职工干部，待遇、其他福利等方面都会尽量争取，帮助解决。像2003年时，我组织了第一批工龄三十年的老职工去北京，之后每年开展人文关怀活动。

要留住人才，就要留住他的心。医院的发展是离不开人才的，人才是医院持续发展的强大后劲，我们要做的就是稳住职工干部的心，让他们产生主人翁意识，把医院当成家一样去建设。很多时候晚上在抢救一位病人，明明没有叫某一位医生，但他还是自己主动来了，真的是把病人当亲人，把医院当成家。

记者： 把医院当成家，是对医院感情最深的体现，能谈谈您对医院的感情吗？

马铭益： 看着医院规模从小到大，医疗水平由弱到强，这么多年真的十分感慨。医院对我而言，真的是另一个家。对我来说，医院的同事，是同事、朋友，更是家人。虽然我退休了，但我时常回来走走看看，医院浓浓的人情味让我觉得我始终是这个家的一分子。

（黄静怡）

十二、放弃深圳高薪工作，选择留下开救护车
——访厦门市第三医院原总务科科长蔡华侨

蔡华侨：厦门人，1959年7月，同民医院勤杂人员，1968年同安县医院总务科勤杂人员，1983年同安县医院总务科副科长，1989年同安县医院总务科科长，2004年7月厦门市第三医院总务科科长退休。

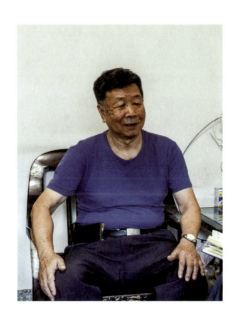

记者：您是什么时候到医院任职的？

蔡华侨：我是1959年7月份进入医院，那时做的是打扫卫生之类的后勤工作。后面，我开始在医院学开救护车。

记者：那时医院的发展怎么样？

蔡华侨：那时医院就只有一栋旧的大房子，病号全住在里面，床铺都没有，就是睡地板。全院只有几位医生，包括护士、后勤人员在内，差不多只有七十个人。那时候，我们医院只能做阑尾这类小手术，不敢做什么大手术，医疗设备配备不足，连X光机都是侨胞送的，还是二手的。医院就一栋楼，地方小，房间少，那台X光机还没地方装，后来专门把一个房间隔起来装这个设备。由于环境实在很简陋，设备也不齐全，一些病人由于医院没办法做CT、磁共振帮助诊断，就只能去厦门岛内或者泉州。

记者：您觉得医院开始大发展是什么时候呢？

蔡华侨：改革开放之后，我感觉变化最大，那时开始医院的基础设施建设。政府非常重视和支持，出人出钱出力。我印象比较深的是，那时阳翟某个地块被村民租给一位台胞种植番石榴，不同意土地给政府征收，土地征收就进行不下去，我们医院实在没有办法，能谈的都谈了，后来政府出面，帮我们去谈，区领导都谈了好几次，最后好不容易谈下来了，医院建设用地得到保障。只有先建设起医院新楼，把硬件设施提上来，才能收纳更多病人，一些之前不能看的病，不能做的手术慢慢就可以做了。

记者：您在开救护车的时候有什么印象比较深刻的事情吗？

蔡华侨：1960年的时候，医院才有第一部救护车，是新加坡一位华侨捐的。以前没有救护车的时候，很多病人从翔安大嶝来同安，很麻烦，还需要过海，没有车只能用担架抬着，像大坪、小坪村的病人过来，那时山路也只能或背或抬。一般那时候都是病情比较严重了，才会来医院，很多病人就因为当时运输条件差给延误了。所以，那时候我就立志一定要学会开车，拿到证。1967年时，我就独立开车了，同安哪里有病人需要我就出去载。当时医院只有我开救护车，所以一天都不能休息，有时候一天要六七趟，去那些比较偏远的山区村去载病人。冬天很多时候半夜收到病人需要用车的消息，虽然很冷还是爬起来。因为我快一点出车，就能快一点把病人送到医院，不能耽误病人的救治。

记者：那时候小汽车都特别少，会开车的人更少吧？

蔡华侨：是啊，1959年时，全同安只有4辆车，所以那时候会开车的人很稀缺。其实那个时候，医院的工资不高。我记得15岁进医院，那时医院人手不足，后勤、卫生员、采购这些我都有兼顾，一个人当好几个人用，第一个月领13块。有朋友一直推荐我开大巴去深圳，说工资能开得很高。

记者：您没有去深圳就职，而是留在医院，是因为什么？

蔡华侨：那时没想过什么待遇问题，就觉得说开救护车能为抢救病人出一份力。如果我走了，还要再培养一个人开救护车，可能会影响病人接收和救治工作。领导也很关心我，所以还是决定留下来。其实我们在医院工作的员工，都不会说图回报，都是想着怎么把工作做好。

记者：您说领导很关心，那当时医院整体工作氛围是不是很好呢？

蔡华侨：是啊，每任领导都很关心我们这些退休老员工，到现在每两年都组织退休员工免费体检一次，对职工包括家属也是能帮忙的就尽量帮忙。医生也都为医院发展尽心尽力，他们做手术常常一站站七八个小时，护士也很辛苦照顾病人。我觉得医院风气好、氛围好。

记者：看得出您对医院感情很深，能谈一谈吗？

蔡华侨：我从15岁进入医院到退休，是工龄最长的老员工，可以说一生都在医院里度过。在医院认识了我老婆，她那时是护士。后来我们结婚生子，孩子长大后也在三院工作，全家人都在医院，医院真的就像我自己的家，希望医院发展更快更好。

（黄静怡）

十三、县医院全年分娩量曾是全省县级医院最多

——访原同安区医院护理部主任陈新珠

 陈新珠，1973年，从三明到同安县医院工作，初任县医院妇产科助产士，1998年从同安区医院护理部主任任上退休。

记者：能说说你刚到县医院工作时，产科的条件和设备情况吗？

陈新珠：我从福州助产学校毕业后，1963年先是到三明的医院上班，1973年到同安县医院上班，第一个岗位是妇产科的助产士，之后长期在妇产科工作。刚到医院上班，医院条件还是很简陋，印象深刻的是，那时在产房里，没有手术专用的立灯，使用的是烧煤油的马灯，医院里虽有白炽灯，但光线都不太亮。

　　一到冬天，妇产科的产妇特别多，常常是产妇在下半夜匆匆送来医院生产，可是当时床位很紧张，连产科的走廊都加满床位，可还是不够用，只能一名孕妇发一张草席打地铺，甚至连阳台晒衣服的空间，以及隔壁小儿科能用的空间都用上了。

　　那个时候设备也是紧缺。妇产科里只有两个氧气瓶，还是手推式那种，哪个产妇最需要氧气就推到哪一床。科室里的早产儿保温箱也只有一个。

　　记者：听说当时同安县妇产科在全省很有名？

　　陈新珠：当时同安县妇产科在全省确实有名，因为每年妇产科的分娩量在全省的县级医院中是最多的，这一记录保持了很久。

　　虽然妇产科的工作量非常大，可医护人员却很少，当时妇产科的助产士只有6名，有的助产士发着高烧还坚持在岗位上。一到晚上我们特别忙碌，晚上加班医院通常都会发马蹄酥给大家充饥，可是助产士经常是忙得连吃马蹄酥补充体力的时间都没有。妇产科助产士的这种高强度工作，一直持续到1982年，彭月芎等6名新护士的到岗才得到改观。

　　记者：二十世纪七八十年代，县医院的医护人员都是艰苦朴素干工作，院领导也不例外？

　　陈新珠：那时医护人员都很敬业，院领导更是率先垂范，当好艰苦朴素、勤俭创业的标兵。

妇产科一位护士长叫曾璋英，她是厦门市的劳动模范，非常敬业，正月初一推病床护理产妇时，有一根脚趾头可能是踢到铁床，骨折了，她没在意，两三个月下来都在忙工作，后来才诧异，怎么脚一直都没好呢，一检查才发现，原来是脚趾头骨折了。

当时不仅医护人员勤俭节约，工作服洗破了，缝缝补补继续穿。那时院长是杨和亭，也非常勤俭，一大早他一上班就检查走廊、病房的灯有没有关。有一回，一位护士找他讨几块拆下来的旧砖头用来垒灶，他天一亮就跑到现场去清点砖头的数量。

全院从上到下都艰苦朴素，因此医院的财务工作也做得特别好，被省里当成典型表扬。

记者：*说说您眼中医院的变化，以及对医院发展的关注。*

陈新珠：救死扶伤，县医院有着良好的传统。记得有一回，洪塘镇出了事，伤者一路流血，送到医院时因失血过多，人已经休克了。担架上的伤者送到医院，平放在地面上，伤者浑身是血，为了防止二次伤害，护士就跪在地板上，一点一点地为伤者输血，前后输血1 000多毫升，等血压上来了才赶紧送到手术室。

我到医院工作时，全院医护人员只有100多人，等我1998年从护理部主任退休时，仅护理人员就已经近300人，护理人员的学历也从原来普遍是中专，到大专学历占大多数。人员朝着专业化方向发展，平时业务训练抓得紧，护理人员每年都要举行技术竞赛，妇产科都是想尽办法，提高大家的技术水平，平时苦一点多出汗，真正遇到事情的时候，就能比较从容应对。

我在医院工作了25年，对医院感情很深，现在退休了还继续当志愿者、监督员，持续关注着我们医院的发展，现在医院发展壮大了，我们深感欣慰。

（黄文水）

内科老护士长余桂英（右二）为小朋友体检

同安县医院首批连续五年超满勤人员（1973—1978）

　　历史是昨天的新闻，新闻是明天的历史。报纸提供了直面历史和感受历史的重要途径，也为文史、新闻等工作者深入了解和研究重大历史事件，提供了不可多得的珍贵文史资料。

　　在厦门市第三医院的百年历史进程中，见诸报端的新闻最早可追溯至二十世纪七十年代末，一直到二十世纪九十年代末的二十多年间，这里有救死扶伤的好榜样，有坚持原则的好班子，有迎接新生命的人，还有可贵的医德等等，我们看见的不仅仅是医院盖新楼、进设备，还有一群护佑生命、坚守敬业的良医。

　　进入2000年之后，医院在报端的出镜率，呈井喷之势，这并非偶然。2000年前后，厦门市第三医院发展驶上了快车道，医院的发展壮大、技术革新、精准布局，在厦门市医疗卫生事业格局中，其重要性日益凸显。本章通过系统挖掘、整理，从报端视角入手，记录医院发展的高光时刻，还原医院历史的重要瞬间。

　　高楼拔地而起，设备专精特新，人才全国引进，医院日新月异。一组组的报道有数据、有实例、有力度，医院的跨越式发展，通过一次次高难度的手术，一台台紧跟行业前沿的设备，以及医院发展变革的每一次华丽蝶变，生动诠释了大医精诚、医者仁心，共同见证了跨越百年的如磐初心、使命如山。

一、救死扶伤的好榜样 ①

一天，同安县医院外科医师林双辉忙着为病人查病送药。突然，银行投递员给林医师送来一张一百元人民币的汇款单。汇款单上写着："你们治好我的病，救了我的命！为了表示我内心的无限感激，特寄去一百元，请收下。"

位于同安大同中山路旁的旧院全景

原来，马来西亚籍华人建筑工人陈福，原籍福建省惠安县，三十多年前逃壮丁，背井离乡，出洋谋生。他患胃病多年，在海外一直没治好。

---

① 《福建日报》1979年4月6日第3版。

前年偕妻子吴亚妹来探亲，也打算治病。不幸途中腹部剧痛，由护送人员送往同安县医院。

一到医院，领导和医务人员热情接待，立即为他检查。经过医生详细诊断，确诊为急性消化道穿孔，引起弥漫性腹膜炎，并有肺结核。病人脸色苍白，处于半休克状态，必须及时进行手术。同安县统战部和厦门市外事组也连夜派员和外科主治医生赶到同安医院协助治疗。同安医院领导立即抽调有丰富经验的医务人员，组成抢救小组，进行认真研究，制订手术抢救方案。根据患者病历，长途旅行，体质虚弱，有明显脱水这些情况决定进行手术，原计划只施行抢救性手术，给穿孔修补，但在剖腹探查中发现十二指肠球部有一个近两厘米直径的溃疡穿孔，又因患者手术前血压很低，手术时处于休克状态。在这紧急的情况下，是给患者作简单穿孔修补手术呢，还是给患者作溃疡切除的根治手术？医生护士本着救死扶伤的人道主义精神，一致认为只要有一点希望，都应全力抢救。于是，大家当机立断，给患者输入全血四百毫升，施行胃大部切除。手术后医院给予特级护理，许多医生、护士为了陈福安全脱险，废寝忘餐，细心观察，耐心护理；医院领导一天数次亲自深入病房，了解病情，解决问题。根据需要和病人的爱好，医院积极替患者购买猪肝、牛奶、蛋类等副食品，做到饭菜多样化，使患者病情迅速好转。陈福躺在病床上看看老伴，再看看守护在自己身旁的医生护士，兴奋之情油然而生，不禁流下了感激和欣慰的热泪！

经过十一天的精心治疗和护理，陈福终于痊愈出院。为酬谢医护人员热诚相待，特地买了一大包毛巾、香皂等物品，要赠送医护人员，都被医护人员婉言谢绝。他特地做了一面写着"救死扶伤，实行革命的人道主义"的锦旗送给医院。

陈福返回居住国后，为表示内心的感激，特地给为他手术的林双辉医生寄来人民币一百元。林医生收到汇款单后，立即请银行退回原主。并回信给陈福说，人民医生必须救死扶伤，实行革命的人道主义，能为病人解除病痛感到最大幸福。

（同安县卫生系统报道组）

二、一个坚持原则的好班子 ①

——记同安县医院党支部

同安县医院现有职工二百十二人，病床二百五十张，平均每天接受门诊病人四百多人次，住院病人二百二十人以上，病床使用率达百分之九十点二，任务繁重。但是，全院职工在院党支部的带领下，团结一致，艰苦奋斗，积极、认真、负责地做好各项工作，多次被评为县的先进集体、市医疗卫生工作先进单位。

发扬民主　维护团结

这个医院有九名支委，除正、副书记与一名分管政工的干部外，其他支委都分散在各个科室。支委一班人坚持"群言堂"，不搞"一言堂"，民主空气浓。一九七三年，上级批准医院盖座职工宿舍，支部领导原想从节约的原则出发，搞了一个建筑设计样，拿到支委会上讨论，大家认为，原设计没有考虑到职工生活便利，是脱离群众的方案。领导接受支委们的批评，深入职工进行调查，重新进行设计，最后做到了领导、群众都满意。

这个医院的党支部书记邢克贤、副书记杨和亭，都是参加过解放战争和抗日战争的老同志。他们从来不论资排辈，在政治上平等待人，也敢于自我批评。有一次，老邢在党小组会上批评了一位党员，态度简单生硬，说理不够，对方接受不了。会后，老邢意识到自己的态度不对，就主动找对方检讨，使受批评者受到感动，也自觉地检讨了自己的缺点。老杨今年六十六岁，是全院公认的红管家，但是在工作中有时较主观。比如，医院要购置工友的劳保雨鞋，他只想到节约，不考虑到工友中有男有女、

---

① 《厦门日报》1979年7月10日第1版。

脚大脚小的实际情况，主观决定一个科室一双。结果，有的人穿不上，有的人还是没鞋穿，群众提了意见，他就主动改正了。

同安县医院党支部就是这样，坚持民主集中制的原则，凡是重大的事情，支部一定要集体研究，不是一两个人说了算，更不把自己的意见强加于人；谁有意见，就摆到桌面上，不背后议论；一成决议，就各负其责，努力办好；有了缺点，勇于作自我批评，并认真改正。同志们说他们是生气勃勃、团结战斗的坚强集体。

愿当公仆　　不搞特殊

这是同安县医院党支部领导的重要特点。他们从来不利用自己的职务之便，开领贵重药品，私派医院汽车。凡是上级拨来的供应物资，即使是自己需要也总是让给职工先买，从不抢先。

支部副书记杨和亭，是分管后勤工作的，从不占公家一点便宜，就是自己遇到困难，也尽力不增加组织负担。有一年，他的父母、老伴不幸相继去逝，经济上发生困难，组织上多次研究给他补助，他都拒绝了。去年评工资时，群众认为老杨参加革命早，工资级别低，一致同意让他提升一级。但老杨首先考虑的是职工的调级问题，主动把自己的这一级工资让出来了。

老邢有个孩子是留城对象，前年招工时，上级给医院分配了两个名额，而全院却有四名留城对象。经过评议，老邢的孩子评上了。可是老邢认为，自己是领导，应该照顾职工才行，就主动把名额让给其他同志。后米上级又给医院分配一个名额，老邢不经评议，又主动让给另外一个同志。老邢的这种风格，群众深受感动，纷纷向支部反映，认为领导关心职工是好的，但领导的困难也要解决。有关部门知道了这件事，又给医院增加了一个名额，才妥善地解决了问题。

主管办公室工作的支委黄报国，一家六人住在一间二十平方的房子里，去年调整房子时，原来要分配一个套间给他。可是，当他看到另外一位同志孩子大，困难更多，就主动把这套房间让给别人。

这所医院包括领导在内，只有五名行政干部，连个通讯员都没有。支部领导每人身兼数职，每天不仅要处理许多重大事情，还要承担打开水、扫地板、送报纸等勤杂工作。农忙季节，又要参加农场劳动。好的领导作风，带出了一支好的职工队伍。几年来，他们艰苦奋斗，自办农场，节约开支，克勤克俭干革命，自筹了四十多万元资金，新盖了病房、门诊大楼、药厂和职工宿舍，改变了医院面貌，改善了医疗条件，更好地为伤病员服务。

坚持原则　不讲私情

坚持原则，不徇私情，是这个支部领导的另一个特点。有一次一位县委干部托人从香港进口一些药品治病，要用海关税单作凭证向医院报销。另一位局一级领导，未经医院同意，自己跑到另外一个医院住院，花了医药费七百多元，也要医院在公费医疗费项下报销。尽管这两位同志都是上级领导，也确实有病。但医院领导认为，他们的开支不符合财务制度，据理解释，不给报销。

一九七六年，医院门诊大楼基本完工，而门窗玻璃一时购买不到，医院派人到省卫生局求援。省卫生局的个别人一开口，就要医院用救护车送去白糖一百斤。经办的同志回来一汇报，大家都表示反对，认为这是一种不正之风，不但没把白糖送去，还当面向省卫生局领导提出严肃批评。对上级，他们坚持原则，不讲私情。对医院内部，他们敢抓敢管，从不马虎。前年，医院要盖大楼，基建三材一时供应不上。有人建议从农场拿出部分农产品，与有关部门"以物易物"，领导认为这种作法不符合党的原则，拒绝了。有段时间，社会上有股风，一些单位利用福利费买手提包、雨衣等物资分发给职工，而他们却坚持把福利费用在职工集体福利和困难补助上。

"四害"横行时期，无政府主义思潮泛滥，有些职工随便违反制度。对于这种行为，医院是抓住不放的。小儿科一位医生，连续两年探亲超假，第一年对他进行了教育，不听；第二年又超假二十天，党支部坚决按章办事，扣发他半个月的工资。还有一位医生，生活作风犯了错误，又不接受批评，知错不改。医院坚持原则，给予工资降级处分。群众高兴地说，党支部领导是非分明，处理恰当，打击了歪风邪气，使正气伸张。

好党风带出好院风。几年来，同安医院已形成"医生不分科，护士不分班；虽然有分工，困难大家帮"的新风尚。许多同志上完白天班又上夜班；一个科室忙不过来，其他科室就抽人帮忙；病房工友病了，卫生工作就由医生、护士主动来承担，从来没有发现踢皮球现象。连续几年，出勤率都达到百分之九十五以上。去年，全院出满勤、超满勤的职工，就达到百分之六十七，全院医务人员本着"救死扶伤，实行革命人道主义"的精神，想病人所想，急病人所急。有时病人太多了，病房住不下，住走廊；走廊住不下，就住学习室，住治疗台上，从不把病人拒之门外，深得群众赞扬。

（周易之）

三、我市七单位十一个劳模受表彰[①]

同安莲花公社农科站气象哨和蔡启瑞赴京参加全国授奖大会

本报讯 在十二月二十四日举行的省农林、财贸、文教、卫生、科研战线先进单位和劳动模范表彰授奖大会上，本市七个先进单位和十一位劳动模范受奖，分别获得嘉奖令和金质奖章、劳模证书。

这七个省先进单位是：同安县莲花公社农科站气象哨、郊区前线公社农械厂、同安县新店公社欧厝大队、同安县汀溪水库管理处、厦门石油站三〇八油库、厦门市第九市场蔬菜商店、同安县医院；十一位劳动模范是：严金富、钟文川、黄大兴、许永谦、张福瑞、郑国强、陈鼎滨、蔡启瑞、洪如诗、余丽卿、陈思化。

又讯 本省赴京参加全国授奖大会的有十三个先进单位和七名劳模。其中有同安县莲花公社农科站气象哨和蔡启瑞。

---

① 《厦门日报》1979年12月29日第1版。

四、陈美妙：做结扎手术近万例无事故 [①]

同安县医院助产士陈美妙，十年来，做出了结扎手术近万例无事故的优异成绩。

陈美妙对计划生育工作有着高度的责任感。她认真摸索，不断改进操作技术，做到动作轻、拿得准、时间短。原来手术一个要十多分钟，现在只用七八分钟时间。在手术中，她严格把好消毒关。有的妇女进入手术室思想紧张，她就耐心做思想工作，取得受术者的密切配合。陈美妙技术精、责任心强，深受群众的赞扬。

几年来，找陈美妙做手术的人越来越多。为了满足群众的需要，她经常放弃休息时间，深入农村社队和部队营房，为妇女做结扎手术，同时帮助社队培养了十名结扎手术医生。

（方水暖）

五、可贵的医德 [②]

——记台胞、同安医院医生杨博文两三事

1980年3月27日下午，同安人民医院内科突然接到一位用单架抬来的垂危病号，她脸色苍白，神志模糊，脉搏触不到，经检查，病人血压"0"，血色素只有2克。这是严重的休克。一位医生赶到病房，发现病人的呼吸

---

① 《厦门日报》1980年3月28日第2版。
② 《厦门日报》1980年8月3日第2版。

和心跳都相继停止，他立即给病人做胸腔外心脏按摩，紧张地施行人工呼吸和四联针心内注射，三分钟后，病人的心脏虽有些复跳！但仍然无法自动呼吸。护士一会儿给病人进行静脉推注代血浆，一会儿又为病人注射呼吸兴奋剂。那位医生顾不得一天工作的劳累，坚持为病人做胸腔外心脏按摩，直到病人的心跳、呼吸逐渐恢复。这个医生就是大家熟悉的台胞杨博文。

杨博文医生对病人的负责态度、为抢救病人不辞辛苦的事例，何止八桩十桩呢！

1980年4月2日晚上，杨博文和内科的其他同志一起抢救苏某，经过几个小时的紧张抢救之后，病人的神志、心跳、呼吸都有了明显的恢复，按照常规除了值班的医生护士外，其他的医务人员都可以回家了，科室杨博文回到家里，怎么也睡不着，他想：病人患的是中毒性休克，虽然抢救脱险，但病情还不够稳定，可能还会有其他变化。

于是，他一骨碌地跳下床来，外衣一披，就一个劲地赶回医院。那时已是凌晨两点钟了。他看着苏握的病情较稳定，才放下了心。

前年中秋节黄昏，杨博文医生正参加县台胞座谈会，突然，洪塘公社防保院几位同志急冲冲地来到会场，把杨博文请了出去，说苏店大队有个病号，生命危在旦夕，正在洪塘公社防保院进行抢救，请求杨医生前去帮忙。杨博文听了二话没说，和防保院同志急忙跳上车。一下车，杨医生便三步拼作两步地跑到病人面前，立刻插手诊断，抢救治疗，一直忙到病人完全脱险之后，他才高高兴兴地回家休息。当他回到家时，公鸡已经开始报晓了。

（陈延钳　高伯贤　陈明悦）

六、改善服务态度　提高医疗质量

—— 同安县医院深入开展"五讲四美"活动①

　　本报讯　同安县医院党支部，把开展"五讲四美"活动作为思想政治工作的重要内容来抓，促使医院改善服务态度，提高医疗质量。

　　为了使病人有一个较好的治疗环境，这所医院的书记、院长带头，医务人员人人动手，利用节、假日时间栽花种树，美化院容。今年春，他们先后围砌小花圃和小花台，种植冬青、树苗和各种花草。

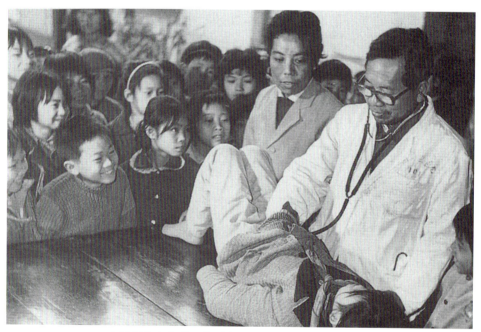

二十世纪八十年代，原院长、副主任医师林继禄工作中

---

① 《厦门日报》1981年7月10日第2版。

　　他们开展了"假如我是个病人"的专题活动，处处为病人着想。汀溪公社褒美大队女社员李某怀孕七个月，因患妊娠毒血症而住院治疗，病情比较严重。住院的第四天，她的家属突然要她出院，经再三的劝阻无效。产科医生郑金玉、叶玉叶，担心李某出院后不能得到治疗，有生命危险，立即向领导汇报。院领导马上与汀溪公社联系，在公社卫生院和大队干部的支持下，终于把病人追了回来。经过医护人员的精心医治，孕妇安全地分娩出腹中的死胎。医院党支部还注意引导全体医护员工树立文明行医的思想，进一步充实和完善了死亡病例分析、疑难病症会诊、差错率讨论以及护士长夜间查房等各种规章制度，不断提高医疗质量。果园公社布塘大队一女社员因难产施行剖腹手术，手术后持续高烧，拆线时发现刀口感染，左下腹有一包块，鸣音亢进。院部立即组织产科、内科、外科进行病情分析，查找感染原因，及时地施行了后穹窿切开，排除脓液的治疗方案，很快地使病人转危为安。他们还吸取这一教训，全面地检查了高压消毒的效果，努力提高消毒质量。外科护士长林秀卿为了掌握高压消毒炉高热消毒效果，虽身患急性胃肠炎，仍带病守在高压消毒炉边，观察、记录，亲自把好消毒关。

　　在开展"五讲四美"的活动中，同安县医院医务人员学习雷锋的精神，及时帮助病人解决各种困难。病人曾卿患耳源性脑脓肿，因病情恶化需要转院，但难于筹集转院的费用。医院想方设法帮助她解决。临转院前，副院长钟巧珍、护士长彭航琼、护士洪美莲、李美丽、打字员叶礼芳，还把自己平时节余的五十多斤粮票送给她转院用。有一次，南安县有个老大爷到医院寻找精神失常的女儿，无路费回家。共青团员黄小越知道后立即用自己的钱为其父女购买车票。传达室的陈葱同志还用三轮车送他们到车站乘车，使其父女得以顺利回家。

（清良 忠信 世珍）

七、迎接新生命的人①

——记市劳动模范、助产士曾璋英

她是一个迎接婴儿诞生的人，职务是同安县医院妇产科助产士长，共产党员，名叫曾璋英。谁都知道，助产士的主要职责是接生，与她们成天打交道的对象无非是孕妇、婴儿、污血……但没有她们，有多少母亲要承受更多分娩的痛楚，又会有多少婴儿将窒息在难产母亲的怀胎中。曾璋英就是在这样一个平凡而伟大的岗位上，从青年到中年，整整度过了二十几个春秋。从她手下接生出的婴儿，恐怕无法用数字来计算了。他们有的早已走上工作岗位。有的正在求学，有的还在襁褓中，吮吸着母亲的乳汁……

二十世纪八十年代，同安县医院住院部大楼

---

① 《厦门日报》1982年5月12日第2版。

在妇产科里，曾璋英处处于律己，以身作则。她从普通的助产士提拔为助产士长后，身份变了，但她仍然是以前的曾璋英，不同的是所担负的责任多了、重了。她的工作范围似乎永远也没有明显的界限，只要哪里需要，就在哪里出现。一次，管理布类的工友突然生病，病房里各种布类、手纸等急需周转，可钥匙却在工友家中。她悄悄取来钥匙，一声不吭地顶这个工友干了十几天。类似这样的"顶替"工作，她都做得不嫌多。

从一九七三年至一九八一年的九年间，曾璋英年年超满勤，日工作量平均在十小时以上。逢年过节，她总是尽量安排其他同志休息；也不知有多少年，她没有与家人在一起吃过一顿除夕夜的团圆饭。去年除夕的那一天，她从上午一直工作到晚上八点多钟才回家，一推门，她愣住了：爱人与孩子们全都在等她吃年夜饭。女儿告诉她饭菜已热了多次了。原来，孩子与爸爸"达成协议"，无论如何今年一定要等妈妈回来吃团圆饭。助产士长有一句习惯的话："只要能满足同志们的要求，我再苦、再累也感到欢乐！"她的确是这么的一个人。在县医院工作十七年，仅为母亲丧事才回过家乡一次，前后仅仅三天。

曾璋英同志患有严重的慢性青光眼病，工作一劳累就会感到头炫、恶心。她爱人见她过度劳累，几次提出为她请假，她总是不同意。在她的心目中除了工作，还是工作！往往有这种情形，下班回家刚端起饭碗，可一听说医院抢救难产病人，她撂下饭碗就走。有一回，她和爱人去看电影，影片才开头，突然她单位的救护车赶来请她回院参加一孕妇的剖腹产手术。她二话没说，拔腿就走。

曾璋英的辛勤劳动受到了人们的尊敬和爱戴，一九八一年她被评为市劳动模范、卫生系统先进工作者，省卫生系统先进工作者。

（陈澎）

八、市第三医院二期病房大楼开工 ①

连日来，记者在同安和翔安采访，经常听到群众对厦门市第三医院医德医风及医疗水平的盛赞之声。许多群众异口同声地告诉记者，市第三医院已经发展了，进步了，完全脱胎换骨。这引起记者的好奇。刚进驻本报岛外记者站的记者对它的印象还停留在三年前——一所中型医院。真的变大变好了吗？带着半信半疑的心情，记者昨天来到位于同安城南、同集路边的厦门市第三医院。从同安城区乘公交车到第三医院，只要五分钟。远远就看见它的雄姿。市第三医院占地一百多亩，处于未来同安新城市的圆心。司机告诉记者，这里的公交车很多，直达到各乡镇，没几分钟就有一班，很方便。医院外面一停靠站，往来厦门的每趟公交都经过这里。在宽敞、干净、漂亮、崭新的门诊住院大楼，人来人往，患者很多，但井然有序。在医院的后面，记者看见一个工地正在施工。问一下施工人员，才知道是医院二期病房大楼，该大楼在1月6日已开工建设了，目前开始进行地下室施工。

记者了解到，该大楼设计有250个住院病床位，总建筑面积2.1万平方米，预计2009年年初投入使用，连同已投入使用的一期门诊病房大楼，届时市第三医院总病床将达到1 000张，将成为岛外国有公办医院规模最大、具有高超医疗技术和良好医德医风的三级乙等综合性医院。

（林森泉）

---

① 《厦门日报》2008年1月10日第7版。

九、市第三医院挂起"放心"牌[①]

　　4月13日，对于同安及其周边百万居民来说，他们又多了个放心就医的好地方：福建省医科大学附属协和医院心脏外科、福建省胸心外科研究所、福建省冠心病研究所在位于同安的厦门市第三医院举行隆重的协作医院揭牌仪式。此举意味着同安及其周边的心脏病患者在家门口就能得到技术水平更高、医疗条件更好的治疗。

　　对于突发心血管病，最佳效果就是就近急救。市第三医院挂起这一块心脏牌子，使同安周边的老百姓可以实现就近就快治疗。一位台商告诉记者，如今，服务水平和医疗质量越来越被投资者和居民青睐，已经纳入到居民不可缺少的人居生活必需因素之一，同安心血管医疗水平的提高对于当地居民及投资者均是个好事。

　　据悉，心脏病虽是一种多发病，但由于手术技术难度大，配套的医疗设备昂贵，此前，岛外医院没有相应的医疗设备及技术，因此，心脏手术对岛外医院而言是个禁区，岛外的心脏病患者进行手术都要到岛内或省协和等大医院。为了填补空白，2006年市第三医院率先在岛外医院开设胸心外科，并于2006年4月20日成功地进行了首例的心脏换瓣手术，这是市第三医院的首例，也是厦门岛外的首例，这一手术的成功使厦门市第三医院成为厦门岛外唯一能进行心脏手术的医院。随后的两年内，市第三医院将胸心外科作为重点科室进行建设，选派优秀技术骨干队伍出去进修学习，配置国内一流设备：如进口心脏彩超、双球管DSA、体外循环机、麻醉机、全净化百级心脏手术室等心脏手术专用设备，使心胸外科技术水平得到全面发展。目前，该院可安置心脏永久起搏器、可行心脏血管造影术，冠脉造影常温下动脉导管结扎术、心脏不停跳作冠状动脉搭桥术、

[①] 《厦门日报》2008年4月15日第10版。

单瓣膜、双瓣膜及三瓣膜置换及心脏内肿瘤切除等高难度心脏手术治疗。截至2008年3月，已成功开展心脏手术百余例，心脏手术进入常规手术状态，极好地服务了同安及周边百姓。

省协和医院副院长、我省著名心胸外科专家陈良万教授在接受记者采访时表示，厦门市第三医院本身就有优秀的人才和医疗条件，通过挂牌协作，意味着今后将加大力度给予更多的支持，争取更好地服务百姓。

市第三医院院长叶惠龙告诉记者："省协和医院已为我院培训了一批心血管、麻醉、ICU等优秀医护人员。如今，通过与省协和医院的协作，这让我们多找到一个可以服务百姓的平台，他们将长期派出全省最好的专家来这里，今后我们在心脏手术的技术上、管理上及危重病人处理等各方面就更有保障了，同安及周边地区的居民多了个放心的好去处。"截至目前，厦门市第三医院已经拥有包括卫生部、联合国儿童基金、世卫组织联合颁发的爱婴医院、福建医科大学教学医院、福建中医学院教学医院等多块牌子。

（林森泉　杨心亮　何东方）

十、站在新起点　实现新跨越 [①]

——厦门市第三医院升格五周年发展纪实

核心提示：五年的时间，在人类的历史长河中，只是一个瞬间。可对于厦门市第三医院的医务人员来说，却是一个从小到大、从弱到强的辉煌历程。

弹指一挥间。在这一千八百多个日日夜夜里，厦门市第三医院的全体职工以前所未有的创新意识、扎实苦干的"拓荒牛"精神，满腔的热血与

[①] 《厦门日报》2009年2月17日第5版。

激情，经过不断的探索、改革、创新，把名不见经传的医院打造成集医疗、教学、科研、急救、预防、职业病防治等为一体的拥有强大专家队伍、先进医疗设备、优美就医环境、一流医疗技术、完善服务功能的大型三级乙等综合性医院。

五载风雨，五载沧桑，五载巨变！厦门市第三医院的发展不知演绎了多少动人的故事。

昨日，本报记者来到了位于千年古城同安的厦门市第三医院，看到一处处优美舒适的诊疗环境、一间间温馨如春的现代化标准化病房、一件件功能齐全的高精尖端设备，以及一张张热情洋溢的笑脸……

发展篇：五年业务总量翻三番

一年一小步，五年一大步。

准确地说，第三医院的五年发展巨变历程，离不开几个关键的时间节点。因为，它既是医院发展史上的重要瞬间，又是从一个起点到另一个起点的腾飞时刻。

先让我们把时间定格在2003年8月25日。当天，经省卫生厅发文批准，同安医院正式升格更名为厦门市第三医院，同时被市政府列入市级重点医院之一。从此，三院迎来全新的发展机遇，翻天覆地的变化也随之而来……

2005年9月9日，新院一期工程主体大楼竣工；次年2月12日，医院再次迎来了建院史上最为重要的转折点——医院整体搬迁至新址：同安区祥平街道阳翟二路2号。此后，一个占地面积123.69亩，医疗建筑面积达6万平方米的医疗设施先进、环境优美的现代化大型综合医院以崭新的姿态呈现在人们面前……紧随其后的是，2006年9月起，医院先后被福建中医学院、福建医科大学等授予教学医院；2007年5月15日，该院通过福建省三级综合医院评审，经福建省卫生厅批准，正式被授予"三级乙等综合性医院"；而在2008年4月13日，医院与福建医科大学附属协和医院胸心外科、福建省胸心外科研究所、福建省冠心病研究所结成合作单位，使该院的胸心外科整体水平迅速提升。

该院在医疗业务方面，更如芝麻开花节节高。目前，该院的编制床位已增至550张，实际开放床位达700张，职工近1 200人，拥有一大批高级专业技术人才。临床医技科室设置齐全，全院设置了22个临床科室，18个职能科室，17个医技科室，临床科室实现二级分科管理……

"这一切就跟做梦一样！"提起五年的发展巨变，昨日，一位第三医院的老职工仍唏嘘不已。他回忆说，五年前的旧院部占地面积仅30亩，医疗建筑面积1.8万平方米，而病房的学科设置也只是一级分科管理，全院职工仅500余名，高级专业技术人才更是凤毛麟角，而现今"变化实在是太快了"！

事实上，第三医院的巨变远不止这些。近年来，随着医院各项水平的全面提升，门诊及住院病人逐年增加，2008年，全院门、急诊量就高达60万余人次，住院病人数3万余人次，手术病人7 000余台。而在2003年前，全院年门、急诊量最高时才20余万人次，年住院病人数万余人次，年手术病人数只有2 000余人次……仅仅五年的时间，第三医院的业务总量翻了三倍。

更令人赞叹的是，这一切对于第三医院来说，只是一个开始！

设备篇：设备总量达1.5亿元

记者采访时，每每提及第三医院的变化，无论病人还是医院职工，人人都不由自主地提到该院医疗设备的神奇变化。

五年前，第三医院连一件超过500万元的医疗设备都找不到。只能开展一些日常的检测项目，可常常由于设备简陋，图像模糊，许多疾病根本无法做出明确诊断，对临床更是提供不了有效的参考依据，也限制了临床高新技术的发展。更关键的是，许多病人仅仅为了做一项检查，就得几经辗转跑到岛内或周边地区医院，即便是做个并不复杂的胃镜、支气管镜等都要不辞劳苦地跑到厦门岛内，费时费力不说，还得搭上车钱。

想病人所想，急病人所急。从2003年开始，第三医院狠抓医疗设备的更新添置，五年间先后购进国内外一大批高新医疗设备：如德国西门子1.5T超导核磁共振机、十六排螺旋CT、西门子数字C臂血管造影机（DSA）、一千毫安数字胃肠机、数字DR拍片机、钴-60放疗机、全自动呼吸机、人工肝、血液净化机、全自动麻醉机、美国全自动生化仪、超细电子胃镜、结肠镜、电子气管镜、进口前列腺电切镜、输尿管镜、腹腔镜、关节镜、胸腔镜、脑室镜、三维彩超机、BE 全自动凝血分析仪、ATB 细菌鉴定仪、血培养仪、ACL 全自动凝血分析仪、体外循环机、心电监护仪、体内、体外除颤仪、ACT 监测仪、血气分析仪等一大批先进医疗设备。此举不仅迅速开展了大量新技术新项目，还建造了国内一流的百级净化手术室及相对独立的 ICU 监护室，全面提升了医院的医疗诊治水平。大量微创技术的应用解决了大批患者的病痛。

同时，在常规检测项目的基础上，医院还积极开展甲状腺功能、激素类、肿瘤标志物、自身免疫疾病、过敏源、肝穿、肾穿、组织肿块活检、肾重度积水超声引导下穿刺造瘘、置管治疗尿路梗阻、肾重度积水、肾囊肿抽吸加无水酒精凝固疗法治疗肾囊肿、肝癌无水酒精介入治疗、肝脓肿在超声引导下抽吸加局部药物注射、经尿道前列腺电切手术、经尿道膀胱碎石取石术、经尿道膀胱癌切除术、经尿道输尿管碎石取石术，心脏、血管、神经、肿瘤、妇科、泌尿、呼吸、消化介入技术等一系列的检测项目，除大大缓解了群众看病难、看病贵等问题外，还为老百姓提供了极大便利，减少了患者的痛苦，也降低医疗费用，达到早期发现、早期治疗、早期恢复的目的。同时，还为临床科室提供了技术平台，促进了医院各个学科的蓬勃发展。

如今，厦门市第三医院的医疗设备总量已达1.5亿元，医疗设备先进，检查项目齐全，岛外的群众就近就能享受到高新医疗设备检查，以往那种为求一项检查而舟车劳顿、四处奔波的情况已永远成为历史……

人才篇：技术骨干增长了三倍多

第三医院的发展有目共睹，有口皆碑，这是记者采访时最大的感受。厦门市第三医院之所以有如此快速的发展与他们注重人才培养密不可分。第三医院领导告诉记者，人力资源是医院发展的第一生产力，创造一流的医院，除了要有一流的设备、一流的管理、一流的服务，更要有一流的人才。

近年来，第三医院在人才培养上拓宽思路，采取两条腿快跑方式。其一，积极培养本地专业技术人才。不定期选派医务人员到上海、北京、广州等先进地区进修学习，积极鼓励和支持医务人员利用业余时间攻读高一级学历，以及参加各类短期学习培训和学术交流等活动，使一大批优秀的中青年技术骨干脱颖而出，成为医院的中坚力量，有的还担任医院的中层以上领导……

其二，积极筑巢引凤，引进品牌专家。先后从北京、上海、济南、哈尔滨、齐齐哈尔、蚌埠等地区的三甲医院引进高级优秀人才数十名担任学科带头人，如神经外科、骨科、普外、泌尿外科、心血管内科、呼吸内科、消化内科、儿科、肿瘤科、急诊医学部等，使医院的二级学科逐步完善，且每个学科配有高层次的专业技术骨干，实现临床科室本科化，造就了一大批能适应现代医学发展的人才群体，提高了医院的诊疗水平。

不仅如此，医院注重搭建平台发挥专业技术人才的作用，在设备、经费、待遇等方面给予政策倾斜，每年安排经费选派重点专科人才到国内外参加各种学术活动或进修学习；对重点专科引进人才则给予享受厦门市人才引进优惠政策的待遇；对急需的仪器设备优先招标采购；对重点学科的实验室建设给予优先支持，积极为学科带头人提供良好的工作、科研环境和生活条件。医院还想方设法解决引进人才家属就业、子女就学等实际问题，解除引进人才后顾之忧。目前，第三医院人才辈出、医疗设备完善、技术水平凸显，抢救病人的成功率达95%以上。

而在五年前，全院中高级医疗技术骨干仅70多人，本科以上学历的人员70余人。如今，第三医院仅中、高级职称人员达300余人，而本科以上学历的人员也增加到300余人；同时，拥有一大批博士、硕士专业技术人员，技术骨干人数一下增长了3倍多。

如今，第三医院人才济济，各个科室已形成合理的人才梯队；临床科室均配备有品牌专家，使得大批同安及周边地区的患者纷纷慕名而来。

管理篇：规范制度，完善管理

五年来，第三医院把医院管理始终作为常抓不懈的工作，重点抓一个班子，三支队伍及制度建设。全面加强领导班子的团结协作，建立了领导班子党政联席会议制度，班子成员合理分工协作，各司其职，重大事项集体讨论、研究决定。同时，平时注意发挥班子每个成员的作用，遇事多沟通，主动征求每个成员的意见和建议，形成民主议事，科学决策的良好氛围。此外，严格按照《党政领导干部选拔任用工作条例》，不断完善职能科室及临床学科建设，把一批党性强、作风正、业务精、工作扎实，善经营、懂管理的复合型人才充实到中层领导岗位，优化了中层领导班子结构，使管理人才、专业技术人才、科研人才队伍建设得到全面加强。

尤其值得一提的是，第三医院注重加强质量管理，提高服务水平，把医疗质量、医疗安全摆在医院各项工作的首位。特别是自2006年开展"医疗质量行"及创"三级医院"活动以来，更是集全院之力，按照科学发展观的原则，制订了一系列符合临床实际的规章制度，在严格依法执业管理、医疗、医技、药事和护理管理、医疗纠纷防范与处置管理、突发事件应急处置管理、医院安全管理等方面建立了一整套完善的规章制度，并修订了各类规章制度和应急预案72项，二线医师实行持证上岗等。

同时，积极组织专家对科室的医疗质量和医院感染进行督查，狠抓核心制度的落实，指出存在问题，分析原因，提出整改意见，并实行奖惩措施。通过不断的检查评比，规范医疗行为，全院医务人员自觉遵守规章制度的意识由时态变常态，全方位确保了医疗质量和医疗安全。具体的做法有：院领导亲自查房落实核心制度；抓好病历书写；组织专家病历检查；重点加强二线医师管理；加强"三基三严"培训，严格按规范化操作、按考核制度从中选派优秀医生和护士参加省、市青年医师、护士技能竞赛及省急救技术竞赛等，还为此在2007年厦门市首届卫生系统岗位练兵大比武中荣获团体二等奖（前3名），个人一等奖3名、二等奖2名、三等奖1名。2008年省急救技术竞赛中，荣获团体二等奖，个人一等奖1名、个人三等奖3名。

不仅如此，医院还全面抓好医德医风建设，建立有效医疗纠纷防范机制。开展以"群众满意为目标"的医疗服务，以"窗口"单位为重点，强化文明用语服务，改进服务流程，加强医患沟通，减少医疗纠纷，进一步融洽了医患关系。一是继续把缓解群众"看病难、看病贵"问题作为切实深化院务公开和为百姓排忧解难的大事来抓；二是认真落实上级卫生行政部门有关纠风工作的规定，坚决纠正医疗卫生服务中的不正之风，严肃查处"红包"回扣行为；三是抓好服务规范；四是降低群众投诉；五是减少医疗纠纷等。

此外，医院还进一步强化急救体系建设，提高应急能力。目前，第三医院是厦门市五大急救基地之一，按照市卫生局建设全市医疗急救体系的规划部署，该院的急诊医学部的面积将由现在的1 700平方米拓展至3 000多平方米，医院将投入一大批最先进的急救设备，构建一站式救治体系。这也意味着急诊医学部今后将配有专用的急救检查设备，只要急危重病人进入抢救室即可实现就地检查，如CT、拍片、生化、检验等，确保急危重患者得到快速有效地救治。

成果篇：诊疗范围广，技术层次高

宝剑锋从磨砺出，梅花香自苦寒来。第三医院的努力没有白费，其发展历程也全面诠释了"一分耕耘，一分收获"的真正内涵。

心内科和心外科创造了厦门岛外的"心高度"，不仅结束岛外不能在DSA下做心血管介入诊疗的历史，还书写岛外医院独立开展心脏外科手术的新篇章。其中，心内科整体医疗技术达到较高水平，已能为急性重症心肌梗塞病人进行冠脉造影、冠脉内植入支架等高难度治疗，抢救无数危重心脏病病人。而心外科自2006年4月成功实施首例心脏外科手术后，迄今手术已超百例，成为岛外唯一能开展心脏外科手术的医院，且术后感染并发症为零，术后康复率达全国同类较好水平，并与福建医科大学附属协和医院胸心外科、福建省胸心外科研究所等结成合作单位。

第三医院的创伤救治科于2006年被确定为厦门市首批医学重点专科。骨科由原来的一个病区发展到目前两个病区，年门诊就诊病人近2万人次，收住病人达2 500人次。目前能完成重大复合伤救治、骨盆多发性骨折手术固定、四肢血管、神经复合伤修复、微创椎体成形术、脊柱领域的颈椎前后入路固定、胸腰椎前后入路固定、椎体肿瘤切除及人工椎体置换，髋、膝关节肿瘤切除及人工关节置换、关节镜下膝交叉韧带重建、骶骨及近关节软组织肿瘤切除等高难度手术。目前骨科正向三级分科发展，学科建设将更加专业，治疗病种范围更加广泛。

神经外科颅脑外伤抢救成功率已达到95%，应用高新技术开展脑瘤显微摘除手术及在高倍显微镜下行动脉瘤夹闭术等高难度手术也达到了全市乃至全省的先进行列。

妇产科接诊分娩数位居全市第一，重症病人抢救如孕产妇并发重症胰腺炎、羊水栓塞等危重症病人的抢救成功率达100%，连续五年无孕产妇死亡，围产儿死亡率控制标准达到全国先进水平。妇科腹腔镜及宫腔镜各种手术达到市级乃至全省先进水平。

血液净化治疗、脑出血微创治疗等技术均已达到同类先进水平，还荣幸地成为卫生部微创锥颅引流治疗脑出血的协作单位……

目前，第三医院的医疗技术已达到相当的高度、广度和深度，具备了解决疑难复杂病症的能力、具备了抢救处理危重病人的能力，具备了更好地服务海峡西岸经济区建设的能力。该院二期工程建设正在紧锣密鼓地进行，新工程投入使用后，第三医院的建筑面积将达八万多平方米，总床位编制数800张，实际可开放床位近千张。届时，一家规模更大、功能更齐全、环境更优美的现代化大型综合医院将展现在世人面前。

（邱宝晖　彭月芗　曾昭红　刑剑文）

十一、病房宽敞温馨，争吵声变欢笑声 ①

——厦门市第三医院二期住院大楼正式投用，极大地缓解群众"看病难"

这几天，随着厦门市第三医院二期住院大楼陆续投入使用，医院的整体硬件水平再上新台阶，极大地缓解群众"看病难"问题。据介绍，二期住院大楼设置床位250张，总投资近6 000万元，建筑面积2.1万平方米；投用后，市第三医院的床位编制增至近千张，总建筑面积达到9.2万平方米，为同安及周边的广大民众提供了更高品质的就医环境。

---

① 《厦门日报》2011年5月10日第13版。

产科：注重细节，营造家一般的温馨

昨天，记者来到位于市第三医院二期住院大楼的产科 VIP 病房区，一进门便感觉眼前一亮——迎面是宽敞整洁的护士站，光线充足，灯光柔和，护士们面带笑容，话语轻柔，让人备感温馨。

"我们十分注重细节，希望为患者营造出家一般的感觉。"洪秀梅主管护师说。在这里，医院里常见的白色被褥不见了，取而代之的是色彩亮丽的家居用品，就连家里常用的电视、空调等电器设备也一应俱全。墙上的艺术壁画，保护孕产妇隐私的粉色窗帘，使得病房里充满家的温暖舒适。值得一提的是，护士们的着装也有了变化，不再沿用传统的护士制服，而改穿淡雅的小碎花分体式工作服，这处细微的变化让家的氛围更加浓厚。

据介绍，市第三医院产科 VIP 病房共有17间，其中包括部分套间，设有会客室、小厨房，俨然宾馆式套房，此外还设有家属休闲区以及婴儿游泳抚触室，可以让母亲和婴儿有更深入的交流，增进彼此感情。据悉，如此高规格的配置，收费并不贵，真正体现了经济实惠。新增 VIP 病房后，一期原有的妇产科病区住院拥挤现象得到了有效缓解。普通病房、惠民病房和 VIP 病房相结合互为补充，更好地满足了患者不同层次的需求。

儿科：空间翻番，患儿舒心家长放心

在市第三医院二期住院大楼里，刚刚投用的儿科病区时不时传出欢声笑语。在这里，笑容绽放在医护人员的脸上，笑声荡漾在家长们的心里。只见大伙儿聚在一起，畅聊着新病房的舒适和温馨，每个人脸上都写满欢欣。

颜女士对儿科病区的变化深有感触。颜女士的小孩生病住入第三医院儿科病房，由于病床紧张，以前孩子的病床就摆在走廊上，成天人来人往的，既嘈杂又不方便，连基本的睡觉休息都成问题。现在，种种不便得到了彻底改善——昨天，颜女士的小孩作为首批"乔迁"的三十名患儿之一，顺利搬入新病区，住进了宽敞明亮的病房。

"儿科是第一个搬迁进入二期住院大楼的科室。"儿科主任陈梅感慨地说，这对医护人员和患者来说，都是期盼已久的喜事。她告诉记者，以前儿科病房长期紧张，走廊、电梯间、阳台都挤满患儿和家属，因为人多空间又相对狭小，有时患者家属会发生口角争吵，医护人员也感到很为难。儿科新病区启用后，大大缓解了儿科的压力，病区空间扩容，病床数增加了一倍，住院环境大大改善，患儿住得舒心，家长也跟着放心，争吵抱怨的声音消失了，多了人们发自内心的欢笑。

缓解"看病难"，优质服务再提速

市第三医院领导接受记者采访时介绍，除了儿科、妇产科、肾内科和内分泌科率先搬入二期住院大楼外，在电力等部门的配合支持下，其他科室的病房也将陆续投入使用。借着2.1万平方米的二期住院大楼投用的契机，医院还将新增或扩编5个科室，争取早日进驻。

医院领导认为，二期住院大楼的投用，对该院的发展意义重大。首先，更好地满足了患者的需求，初步缓解病房长期拥挤的局面，显著改善就医环境，医院在解决"看病难"问题上，迈出了实质性的一大步。其次，在新病房的建设过程中，医院始终贯穿"以人为本"的理念，大到空间布局的考虑，小到一种环保材料的选用，处处注重细节，力求让病房更加宽敞温馨，彰显了医院的人文关怀，也凸显了市委市政府和同安区委区政府破解群众"看病难"、"看病贵"的决心。

据了解，市第三医院这几年在加大基础设施建设，不遗余力地为群众创造良好住院环境的同时，一直致力于高尖端医疗技术人才的引进，为群众提供优质服务，先后从全国各地引进200多名专家和高学历医务人员，充实临床一线，促进了医院各学科的快速发展。而软硬件水平的不断提升，将更好地推动市第三医院"三好一满意"活动的蓬勃开展，同时也将为市第三医院争创三级甲等医院增光添彩。

（彭月芎 楚燕）

十二、市第三医院手外科正式挂牌 ①

意外脱离身体的手指，还能活过来吗？断指再造，让手指重获新生，市第三医院正致力于打造我市最好的手指再造医院，为不幸患者重塑灵巧双手。

2月16日上午，备受关注的市第三医院手外科正式挂牌成立。据介绍，这是厦门市公立医院中首个单独分立的手外科治疗病区，标志着市第三医院不断整合资源，突破提高创伤治疗水平，医院的综合抢救实力迈上新台阶。

前不久的一个深夜，在同安某棉花加工厂上夜班的工人林先生打瞌睡，迷迷糊糊中，他的左手不小心被碎棉机卷入，右手本想拉住左手，却不幸被一同卷入机器，双手顿时血肉模糊。送到市第三医院时，林先生的双手已经看不到手的形状，只剩下两个血淋淋的肉团。第一时间，市第三医院开辟绿色通道，他被送上紧急手术台。

这是一场艰难的手术，单是清洗伤口就花了两个小时，在莱卡显微镜下，市第三医院的骨科专家经过长达十小时的手术，利用林先生残留的指骨，成功为他的双手各再造两个手指，虽然没有办法完全健全，不过，新生的四个手指，让本已万念俱灭的林先生，重拾了生活下去的信心和勇气，而今，经过几个月休养，他的生活基本可以自理。

据了解，随着厦、漳、泉同城化及厦门医疗卫生事业的快速发展，大量病人涌入厦门，在最短的时间内，挽救患者的生命，恢复其肢体功能，正是市第三医院全体医护人员孜孜以求的目标和坚强信念。

市第三医院手外科专家肖松介绍：每天到厦门市第三医院急、门诊就医的手足外伤及相应疾患患者竟有数十个，夏天有时达到近百例，仅一年多时间，三院已成功开展断指再植、四肢血管神经肌腱修复、手足功能重

---

① 《厦门晚报》2012年2月17日 B6。

建、四肢创面修复、畸形矫正、皮瓣转移等高难度手外科手术达数百例，而且每一例我们都力求精益求精，尽可能减少手术并发症和后遗症，最大限度地恢复肢体功能，千方百计为患者谋福利。

市第三医院骨科副主任、副主任医师刘忠国介绍，三院手外科的单独分立挂牌，瞄准做大做强做精的目标，将惠及岛外及周边地区的广大患者。"一双灵巧的手，不仅是谋生的基础，更是创造人生价值的保障，只要患者有需要，再辛苦再复杂，我们也有决心和实力，为不幸患者排忧解难。"

（黄文水 彭月芎）

十三、百年建院　十年跨越 [①]

谋民生之利，解民生之忧。

十年磨一剑，今日把示君。十年风雨兼程，十年民生厚望。

厦门市第三医院始创于1920年，2003年12月18日，从同安医院脱胎而出。从此，开启一段承前启后的辉煌历程，舒展一幅波澜壮美的民生画卷。

从占地30亩，病床340张到占地123.69亩，病床达到1 000张；从年手术2 647台，到突破10 000台；从小县城医院，升格为三级乙等综合性医院之一，跻身厦门一流医院行列。

一组组数字，一幕幕图景，一张张笑脸，背后是医疗服务能力的跨越升级，是医院公信力、社会责任的担当彰显，是群众就医满意度的显著提升。

美丽厦门，健康先行。在市委市政府、同安区委区政府关心指导下，厦门市第三医院站在崭新的历史起点上，看齐三级甲等医院，推进医院三期建设，提高服务水平，朝着更高的目标跨步前行，努力构筑市民健康生活保障典范。

---

① 《厦门晚报》2013年12月18日A2，本文为"厦门市第三医院升格更名十周年系列报道"之一。

2002年，同安首批援藏医疗队到西藏米林县

话说十年好风景，从今天起，厦门晚报邀您一起，见证记录厦门市第三医院这10年的发展变迁。我们将陆续选取最具代表性的历史瞬间，或浓墨重彩，或细腻动人，去展现那段艰辛求索的历程，那段开拓创新的历程，那段凝心聚力的历程。

事件：2002年9月9日，厦门市第三医院新院址奠基动工

2002年"九八"期间，一个惠及群众的重大民生项目从岛外大量签约奠基项目中脱颖而出，地处同安区祥平街道阳翟二路2号的厦门市第三医院新院址工地上，众人铲起第一锹土。一个规划占地面积123.69亩，首期投资1.6亿元，设病床550张，总建筑面积6万平方米的现代化新型三级医院正式奠基。相距不到三公里，地处同安老城的医院旧址占地面积仅30亩，开设病床只有340张，医院旧址及其配备已难以适应厦门岛外经济迅速发展，人民生活水平大幅提高的需求。

　　医院的发展，是在原址扩建还是择地新建？当时颇费思量。市第三医院院长叶惠龙介绍：当时多方考虑，医院要建设成为高水准、高规格、辐射区域的高水平医院，原来旧的医院已经无法扩张，新院选址必须地处交通枢纽地带，发达的交通有利于快速运送病人，有利于医院规模的扩展，最后确定在同安城南，是适应群众日益增长的就医需求，一个大规模、综合性医院发展的需要。十年过去了，事实证明：当时择地新建的决定具有前瞻眼光。否则，如今若还在同安小西门，根本难以承受，规模上不去，拿最简单的来说，可以想象得到，那么多的车辆和人流，拥堵不可避免。据介绍，医院新址占地面积是原来的五倍多，医疗建筑面积约12万平方米，规划病床1 200张，成为医疗设施先进、环境优美、技术一流的现代化大型综合医院。

　　叶院长说，医院的发展得益于市委市政府、同安区委区政府的大力支持，当时市委市政府站在全市医疗卫生布局的战略性高度来统筹，把第三医院定位为大型三级综合性医院，作为厦门市重点发展的大医院进行重点建设，经过十年发展，医院破茧成蝶，达到政府的预期目标。

三院人说三院：范围大了，环境美了，病人多了

讲述人：马铭益（原厦门市第三医院办公室主任兼工会主席）

　　"多投一点，给同安人民建一所大医院！"马铭益说，在市委市政府支持下，第三医院新址最终选址同安城南，从此，三院有了坚实发展的根基。2003年12月，医院正式更名。为何更名？马铭益起初没想明白，"医院大了，才能引得来高精尖的人才，先进的设备才能进得来，医院的服务能力才能提上去。"院领导的一席话让他茅塞顿开。

　　马铭益1972年到同安县医院工作，他说，20世纪80年代，医院没有医生宿舍，晚上值班遇到急诊病人，他经常要到医生家里请医生回医院。一天夜里大雨倾盆，凌晨一点多来了急诊病人，他骑着自行车打着手电跑到内科主任林继禄家中，两个人回到医院救人浑身都被淋湿了，事实上，当晚已是林继禄第三次被叫回医院救人。

　　早年，医院简朴过日子，买来开会用的芭蕉扇，"新三年，旧三年，缝缝补补又三年"，一把木椅也能用上20年，更名前的医院设备简陋，一

台租来的 CT 机让他印象深刻。虽然以前物资匮乏，但医院的好传统传承了下来，比如收治困难病人，医院不仅免费治疗还捐款捐物，还有医院全年出满勤的激励制度，让他至今回味。

现在的厦门市第三医院，"范围大了，环境美了，病人多了，还有医护人员的精神面貌上了新层次"。马铭益评价，三院已成为名副其实的市级大医院了，这是以前想都不敢想。

（黄文水　彭月芗）

十四、破茧成蝶，振翅高飞 [①]

2003年12月18日，走过八十多年风雨历程的同安医院正式更名为厦门市第三医院。市领导在揭牌时表示，厦门市第三医院已被市政府确定为重点发展医院，这标志着厦门市第三医院向办强、办大医院的目标迈进，这不仅是医院的一大喜事，也是惠及民生的一件大事，还是全市医疗卫生资源整合优化的一件盛事。

事件：2003年12月18日：同安区医院升格更名为厦门市第三医院

早在2003年8月25日，经省卫生厅批准，同安区医院更名为厦门市第三医院，同时被厦门市政府列入厦门市三级综合性大医院建设行列。

厦门市第三医院领导介绍，2003年12月18日，对厦门市第三医院来说，是一个极其不平凡的日子，是三院发展历史上崭新的起点，具有里程碑意义。这是厦门市委市政府和省卫生厅从战略高度规划布局的，也是厦门岛内外医疗一体化建设的重要举措。

[①]　《厦门晚报》2013年12月20日 A13。本文为"厦门市第三医院升格更名十周年系列报道"之一。

　　厦门市第三医院升格后，由区域性的小医院迅速跨入市级大医院建设行列，实现质的飞跃，不仅同安老百姓在家门口就能享受到高水平的医疗服务，也吸引了岛外及周边慕名而来的群众。

　　三院领导说，将厦门市第三医院更名，寄托了市委市政府对三院的厚望，医院以更名为契机，朝着更高的方向迈进，快速提高医疗救治能力和服务水平，为厦门及周边市民提供优质医疗服务。

三院人说三院：病床上百张，妇产科已成为三院龙头科室

　　讲述人：钟巧珍（原同安县医院副院长）

　　"三院的发展，我们感到很高兴，也很欣慰，医院新的领导班子没有因循守旧，青出于蓝而胜于蓝。"钟巧珍说，厦门市第三医院发展到今天，凝聚了众人的期望和心血。

　　1997年退休前，钟巧珍在医院工作了几十年，她从部队转业到医院时，规模很小只有几十人，医院前面还是一大片的农田，全院只有三个科室：内科、外科和妇产科。她说，20世纪80年代的妇产科，地板上铺方砖，加上一层棕垫，上面铺上一张草席睡两个产妇，还在产妇手上绑纸片便于识别。今非昔比，三院妇产科已成为医院龙头科室，病床上百张，创下十年无孕产妇死亡的记录很不简单。现在病区环境优美，服务贴心，尤其是妇科腔镜技术的应用，不仅在厦门，乃至省内具有相当的影响力。

　　医院的发展让她感触良多：对急危重病人的抢救实现一站式服务，所有检查、化验、手术、取药等急救体系在急诊科就能全部完成。尤其是ICU的建立，为病人赢得宝贵抢救时间。以前危重病人抢救往往要转院，上福州，进岛内，远赴漳州，技术力量薄弱，请外院医生到医院会诊是常有的事。经过多年发展，医院引进培养大量高层次人才，现在临床专科不断细化，医护队伍不断优化提高，品牌科室不断凸显。三四年前她本人看花车不小心摔伤，骨科为她做了髋关节置换手术，一周就出院了，一个月就能出去参加义诊，她感叹："医院的变化实在大！"

　　（黄文水　彭月芎）

十五、乔迁新址，三院驶入快车道 ^①

2006年2月12日，历经多年的建设，厦门市第三医院终于迎来建院史上最为重要的转折点——医院整体搬迁至同安区祥平街道阳翟二路2号，三院的历史，记录下浓墨重彩的一页，医院的建设发展驶入快车道。

事件：2006年2月12日，厦门市第三医院整体搬迁

新院大楼屹立同安城南，医院占地面积从30亩扩大到123.69亩，建筑面积由18 349.3平方米扩大到82 108.18平方米，床位编制由340张增至550张，新院拥有1.5T核磁共振、16排CT机、钴-60放疗机、DSA数字血管造影机、DR机等价值成百上千万元的先进设备；同时，从全国各地著名医院引进100多名高层次专业技术人才充实临床队伍，为医院各学科发展打下坚实的基础和人才保证。

市第三医院领导介绍，在市委市政府的战略决策下，把市第三医院发展成为岛外一所大型的三级综合性医院，从而缩小岛内外医疗差距，缓解群众"看病难"。三院的整体搬迁，使市委市政府的医疗布局变成现实，厦门岛外真正拥有一家高水平医院，城乡医疗一体化得以实施；三院搬迁投用惠及民生，市民可以就近得到好的医疗服务，尤其是对危重病人抢救赢得最佳宝贵时间，就近及时就医意义重大；对医院发展而言，这是医院发展的全新机遇，带来生机和活力，提高了医院整体软硬件水平，增强了行业话语权，与全国高水平医院展开合作与交流，能够吸引大批来自全国的优秀医疗人才；对三院员工来说，也大大提高职工自豪感和自信心，改善了医护工作者的精神风貌。从此，厦门市第三医院的发展进入崭新的阶段。

---

① 《厦门晚报》2013年12月23日A7，本文为"厦门市第三医院升格更名十周年系列报道"之一。

三院人说三院：骨科关节镜技术已迈入厦门一流行列

讲述人：刘忠国（厦门市第三医院骨科一区主任）

2003年11月，刘忠国从东北风尘仆仆来到同安，他的到来，对市第三医院骨科人才引进具有特殊意义，他是该科室引进的第一个硕士。

刚来时刘忠国还是有些不适应，从东北当地最大医院到第三医院老院区工作，感觉老院又小又破，全院只有300多张病床，房子破旧，墙壁斑驳。"有落差，医院外来的医务人员还很少，连说普通话的人也少，感觉还比较封闭"。

不过让刘忠国大为震撼的是，医院投入的手笔，医院领导的魄力，当医院引进一台1 500万元的全新核磁共振机并投用，他意识到，自己的选择没有错。

"十年是一大跨越。"刘忠国说，刚来时骨科只能做普通骨折手术，复杂手术难以应付。1998年10月，医院引进骨科主任医师张亚狮担任骨科学科带头人，创立骨科病区，经过十年发展，如今三院骨科发生巨大变化。前不久，同安一工厂老板在村里看戏，不慎从三米多高戏台坠落，整条右腿歪到一边，送到医院检查诊断：膝关节脱位，多发韧带断裂。严重伤情如果没有关节镜技术残疾率高。三院骨科一次性为患者重建多条韧带，不用分期，一次手术把断裂的三条韧带全部修好，手术几天后行走如常。

刘忠国说，骨科年手术量上千台，三院创伤骨科治疗是传统强项，骨科关节镜技术已迈入厦门一流行列，受业界认可。全膝关节置换术，开展一年多了，是厦门岛外唯一开展全膝关节置换术的医院，目前成功开展近20例。最新引进的椎间盘镜技术，所有微创理念与国际接轨，预计明年年初投用，该项技术的应用紧跟骨科微创技术领域世界前沿。

刘忠国深有感触，正因为院领导班子敢想敢做、锐意进取，十年间，不仅使骨科成为三院拳头科室，也才有了三院如今的跨越式发展。

（黄文水　彭月芗）

十六、一流设备入驻，治大病如虎添翼 [①]

　　2003年10月，投入1 500万元的德国西门子1.5T核磁共振机在厦门市第三医院开机，这是厦门市第一台1.5T核磁共振机，其先进水平可与省城大医院最好的设备相媲美。开机仪式上，来自福州、厦漳泉等地的影像科、放射科负责人齐聚一堂，赞叹三院的大手笔。

2003年10月，1.5T核磁共振机在三院率先投用

事件：2003年10月：厦门第一台1.5T核磁共振机入驻三院

　　"没有一流的、好的设备，一些疑难杂症的处理就难以紧跟医学时代

---

　　① 《厦门晚报》2013年12月24日 A10，本文为"厦门市第三医院升格更名十周年系列报道"之一。

发展步伐，甚至耽误患者的应急抢救时机，核磁共振机的率先引进，标志着三院硬件水平大跨步前进。"厦门市第三医院 CT 磁共振影像科主任吕超伟说，医院强化硬件建设，多方筹集资金，引进这台先进设备，而要驾驭这台机器，同步需要医院综合实力的整体提升。

吕超伟回忆，这台重达数吨的机器当时用大吊车运进医院，而要进入到机房，两棵高大的玉兰树让路，砍掉腾出位置，还拆掉靠近机房口的一堵墙，最后机器被吊车顺利移进机房内调试投用。据介绍，德国西门子1.5T核磁共振的投用，大大提高了对神经系统、颅脑、脊椎、骨关节、韧带、软组织等领域的检查和诊断水平，尤其在协助疑难病检查诊断上发挥重要作用。

吕超伟说，该设备的投用，使三院在疑难杂症的诊治水平提升到新的高度，目前该机器仍是三院最为重要的设备之一。

三院人说三院：医院进入了发展的快车道

讲述人：孙志强（呼吸一科主任）

孙志强主任是2004年从安徽蚌埠第一医院引进到厦门市第三医院工作的，他说，当时三院不但没有呼吸专科，甚至连呼吸专科医师也没有，大内科一个科室就包括呼吸、消化、内分泌、肾脏等专业，科室不全，专业不细，住院病人也少，而且设备陈旧，连支气管镜也没有，病人要做普通支气管镜检查也要到岛内医院，疑难危重病人救治更无法解决，均需转到岛内大医院。

之后，医院驶上发展的快车道，2005年大内科开始专业分科，也独立设立呼吸科，人才不断引进，设备不断添置，至今已经拥有主任医师、副主任医师、博士、硕士二十多位呼吸科专业医师，专科设备也得到加强，不但拥有一般的专科设备，也拥有肺功能仪、睡眠监测仪、无创呼吸机、高档支气管镜，业务技术水平日新月异，四面八方病人求诊，住院病人每天达到上百人，疑难危重病人及时得到诊治。

（黄文水 彭月芗）

十七、软硬实力全面提升，晋升
三级乙等综合性医院 ①

　　继2006年2月厦门市第三医院整体搬迁至同安城南新址后，2007年5月15日，厦门市第三医院整体医疗及服务水平又上新台阶，以优异成绩通过省三级综合性医院评审，升格成为集医疗、教学、科研、预防保健为一体的三级乙等综合性医院。

2004年4月，医院开展讲医德、正行风、树形象宣誓活动

① 《厦门晚报》2013年12月25日A16，本文为"厦门市第三医院升格更名十周年系列报道"之一。

事件：2007年5月，厦门市第三医院升格为"三级乙等综合性医院"

据了解，早在1997年，原同安医院被卫生部授予二级甲等医院，更名后的第三医院被列入厦门市重点发展大医院建设行列。从此，三院朝着三级综合性医院目标迈进，抓管理、抓质量、抓服务、抓安全，以创建为契机，突出区域特点，加强骨科、神经外科、ICU等重点专科建设，提高危重症患者整体救治水平，同时开展"以病人为中心，以提高医疗服务质量"为主题的医院管理年活动，改善了就医环境，出台了一系列惠民、便民举措，提高了群众就医满意度。

通过深化改革，不断创新，到2007年，医院取得长足发展，软硬实力得到全面提升，不仅得到群众的广泛认可，也获得省专家考评组的一致肯定。

市第三医院领导介绍，厦门市第三医院顺利升格为"三级乙等综合性医院"，标志着三院成为区域性高水平综合性大医院，医院在临床、教学、科研等领域朝着精细化方向发展，在管理上走向更加科学化和制度化，临床医疗的规范化和程序化得以实施，服务群众的能力达到更高水准。

三院人说三院：举全院之力抢救病人

讲述人：蒲斌（普外科主任）

2005年5月，第三医院面向全国各地招聘高端人才，时任山东中医药大学附属医院普外科主任医师蒲斌应邀来到厦门市第三医院，看到旧院区工作条件非常简陋，尤其是普外科技术人才匮乏，住院病人也少，能运行的手术室只有三间，设备也陈旧简陋，抢救设施有限，感觉很失落。参观新院区建设工地并与院领导深入交谈后，蒲斌主任对医院的近远期规划充满信心，厦门这座城市也给他留下深刻印象。十五天后，蒲斌主任毅然选择离开山东来到厦门市第三医院工作。

2006年3月医院整体搬迁新址，新院手术室严格按照国际标准建造，拥有百级、千级、万级共15间层流消毒手术间，宽敞明亮，抢救监护设施齐全，麻醉设备已是国际一流品牌。大外科随之细化，各专业学科独立成科，普外科快速发展成为两个病区，不仅病床数从原来30张扩充到80张，手术难度而且从传统开腹手术向微创手术发展，紧跟医学前沿，目前科室已能应用腹腔镜对胃癌、结肠癌、直肠癌等疾病熟练地开展微创手术。

"举全院之力抢救病人，大家心往一处想，特别有凝聚力，一旦遇到疑难危重病人，医院各科室专家集中会诊。"蒲主任感触深刻，三院的"危重病人集体会诊制度"等制度的规范化执行，最大限度地提高了病人生存率，这是三院医治水平迅速提高的一大原因。

去年，一名周姓患者因坏死性肠梗阻，导致重度感染性休克和多脏器功能衰竭，全国省市级重症医学专家先后参加会诊，认为抢救希望渺茫，但三院并不放弃，坚持抢救了一个多月，患者最后抢救成功。电工汪某重症胰腺炎并发阻塞性黄疸入院，患者陷入休克状态，肠部血管破裂大出血，失血近2 000毫升，在ICU抢救成功，之后患者又出现肠穿孔，弥漫性腹膜炎等新情况，经过二十多天，患者终于脱离危险，家属感激地说："只要我们能活一天，就要好好活着。"

蒲主任说，三院在急危重病人、多发伤复合伤等抢救领域积累了丰富

2004年4月，医院新院区工地

的经验，近十年抢救的急性重症胰腺炎患者全部成功，现在每年也成功抢救急危重病人数百人。

（黄文水　彭月芎）

十八、市三院升格为福建中医药大学附属医院 [①]

在市第三医院升格更名十周年之际，昨天上午，福建中医药大学附属厦门市第三医院暨第四临床医学院正式授牌，厦门市第三医院成为福建中医药大学附属医院，这具有里程碑意义，院校合作向更深层次迈进，将推动市第三医院医疗、教学、科研水平同步质的飞跃。

市第三医院院长叶惠龙说，该院以创建三级甲等医院为目标，成为福建中医药大学临床医学院后，医院医务人员的教学水平和科研水平将不断提高，实现医、教、研可持续发展；实现医学教育事业水平发展，为学生临床教学实践提供雄厚师资力量和较好的培训基地。明年第三医院将新增1 800平方米的教学场所，助力培养复合型医学人才。

据介绍，为落实厦门市委市政府、同安区委区政府"解决群众看病难、看病贵"举措，近几年第三医院内强素质，外塑形象，强化医院管理、深化医院改革、加大建设投入、加快人才培养、重视学科建设，医院整体水平有了较大提高，群众满意度不断提升。特别是医院的医疗、教学、科研水平同步发展，各个学科紧跟医学前沿，断肢、断指再植、脑出血介入治疗、心肌梗死介入治疗等高新技术在临床广泛应用，尤其是外科领域微创手术，如宫颈癌、食道癌、胃癌、骨关节及颅脑肿瘤等微创手术治疗，满足了群众就近就能得到高水平医疗服务的需求。

[①] 《厦门晚报》2013年12月29日 A6，本文为"厦门市第三医院升格更名十周年系列报道"之一。

2013年12月，厦门市第三医院升格为福建中医药大学附属医院

同安区副区长陈岚说，三院建院百年，不断探索办院模式，在医疗、教学科研、人才队伍建设等方面长足发展，升格为福建中医药大学附属医院，对医院发展提出更高要求，三院要以授牌为契机，不断地探索新的办院模式。

市卫生局副局长王挹青说，揭牌对三院来说是质的飞跃，具有里程碑意义。揭牌后带来更多机遇与挑战，一支强有力的教学队伍，一套严格的教学制度和激励教学的办法，都将推动三院在医疗、教学、科研三方面同步发展。

福建中医药大学副校长李灿东介绍，福建中医药大学附属厦门市第三医院暨第四临床医学院的授牌，是厦门市第三医院综合实力的体现，当医院临床医学发展到一定阶段，医院的内涵建设是重中之重，双方合作共赢，将对医院重点学科、教学能力、科研能力的提升起到重要作用。

市第三医院前身是同安区医院，创建于1920年，2003年12月18日升格更名为市第三医院后，发展日新月异，从十年前的床位编制340张、年住院病人不足一万人次、年手术量不足1 000人次，发展到如今，厦门市第三医院已是一家拥有1 000张床位、年住院病人四万人次、年门诊病人80万人次、年手术量突破一万人次的大型综合性三级医院。短短十年间，市第三医院完成了新院建设搬迁、晋级为三级乙等综合性医院，实现成为福建中医药大学附属医院等重大跨越。

（黄文水　彭月芎）

十九、年手术量突破10 000人次 ①

年手术量是衡量一所医院外科整体水平的一个重要指标，第三医院在短短几年时间内，年手术量由2 647人次发展至今已突破10 000人次，这标志着该院外科技术水平及辐射服务周边地区能力有了质的提高，朝着更高的层次迈进。

事件：2012年，厦门市第三医院年手术量突破10 000人次

2013年11月底，厦门市第三医院相关统计数据显示：前11个月，医院手术总数为10 218人次，对比2012年手术量，增长达10%，其中，妇产科3 642人次，骨科2 372人次，普外科1 642人次，胸心外科497人次，神经外科361人次，其他外科手术642人次，其中利用高新微创腔镜手术达到1 062人次。

市第三医院领导介绍，三院从旧院区到新院址，年手术量快速增长，突破10 000人次，这不只是量的增长，更是质的飞跃，说明了医院近几年来医疗技术水平的快速上升，得到群众的广泛认可与信赖。以前不能做的、完成不了的大型手术现在已经能够轻松完成，以前的高难度手术不再难。现在的外科技术不仅是手术数量上去了，手术的深度、广度也得到显

---

① 《厦门晚报》2014年1月2日A17，本文为"厦门市第三医院升格更名十周年系列报道"之一。

著提升；尤其是微创技术在妇科、普外科、胸心外科、泌尿科、神经外科、骨科等科室的广泛应用，手术含金量显著提升，不仅能够满足本地患者就医需求，同时还能吸引大量周边地区的患者前来就医。

三院人说三院：医院外科进入了微创手术新时代

讲述人：洪银城（胸心外科主任）

我是土生土长的同安人，1991年毕业于福建医科大学，毕业后放弃在大城市工作的机会，毅然选择到第三医院工作，度过二十三个春秋，见证了三院的成长和壮大。早期虽然工作条件简陋，院长叶惠龙当时刚从外地作为人才引进，创立胸外科并担任科主任，在他的带领下，我们这个技术团队从无到有，从小到大，由早期三名医生发展到目前十三名医师，团队技术力量雄厚，既有高级专家八名，又有老中青相结合的精干队伍，通过"请进来"和"送出去"的办法，不断培养专科、复合型创新人才，将科室做大做强。

科室人才有了，技术也紧跟时代步伐，从1995年就开展了食管癌、肺癌、纵膈肿瘤等大手术，2003年起科室就开展电视胸腔镜微创手术治疗肺大疱、肺部肿瘤活检、手汗症等，2007年起由院长叶惠龙挂帅，紧跟时代医学前沿，医院外科进入微创手术新时代，目前胸心外科已成功开展数百例食管癌、肺癌、纵膈肿瘤、乳腺肿瘤、甲状腺肿瘤的微创手术治疗，让老百姓不用出门就能享受到高水平的医疗服务，获得同行的赞誉和社会的广泛好评。继往开来，厦门市第三医院胸心外科仍在不断努力和探索，洪银城说，在院领导的支持下，相信在不久的将来，胸心外科将全面提升到新的层次。

（黄文水　彭月苈）

二十、用心"护心"，心内心外活力增 ①

　　心脏是人体动力器官，心脏破了，人还能救得活吗？心肌梗死这种严重危及生命的心脏疾病在厦门岛外医院是否能得到及时救治？这都是岛外居民很关心的问题。厦门市第三医院2010年以来接诊2例心脏外伤破裂大出血的病人均抢救成功，2013年4月后该院心肌梗死及其他心脏疾病介入治疗的广泛开展，至今上百例全部抢救成功，三院用客观事实诠释了技术进步带来的惠民服务。

　　事件：2008年，厦门市第三医院与福建医科大学附属协和医院胸心外科结成合作关系

2008年，欢送四川灾区伤员

---

　　① 《厦门晚报》2014年1月7日 A19，本文为"厦门市第三医院升格更名十周年系列报道"之一。

心脏病不管是内科还是外科均属高精尖医学范畴，是衡量医院综合实力发展到顶级阶段的集中体现，是医院综合实力最具代表性的领域之一，其发展与医院整体实力提升同步，没有技术实力的医院是不可能开展心脏手术与心脏介入治疗的。

第三医院于2006年开展第一例心脏外科手术和心血管介入治疗，意味着该院整体实力已相对雄厚。尤其是2008年4月，市第三医院与福建医科大学附属协和医院、省胸心外科研究所、省冠心病研究所共建，多方的共建协作，使三院的心内科和心外科得到迅猛发展，对心血管疾病的诊治及心脏外科重大疑难手术的处置更加游刃有余。

市第三医院院长叶惠龙介绍，三院胸心外科于2006年4月20日成功开展第一例心脏换瓣手术，也是厦门岛外第一家开展心脏手术的医院。之后，三院与省协和医院共建协作，医疗理念先进，心脏疑难杂症诊治实力大大增强，尤其是对外伤性心脏破裂能迅速、捷便修补，对先天性心脏病、心脏主动脉夹层等疾病处置及时高效。心血管内科也得到同步发展，急性心肌梗死等介入手术，从2006年开展至今已超过300例，科室在急性心肌梗死、永久起搏器安置、心脏危重病人抢救等领域紧跟医学发展前沿，规范治疗与国内先进接轨。

2013年，三院还被厦门心脏中心纳入覆盖全市的胸痛中心管理体系，借助该平台，三院将大力发展以冠心病介入为龙头的心脏病介入治疗，致力于打造有影响力的优质服务品牌，成为为市民"护心"的综合性大医院。

三院人说三院：累计开展心脏手术380多例

讲述人：张健然（胸心外科主任医师）

第三医院心脏外科虽然起步晚，在院领导大力支持下，短时间内发展迅速，人才梯队不断完善，从最初的两名医生发展到拥有一支实力雄厚，具备心脏外科丰富经验的医疗团队。技术上，从2006年的十二例心脏手术发展到现在每年近百例，能做的心脏高难度手术越来越多。2007年至今，设备也有大投入，添置体外循环机等重要设备，不断夯实硬件基础，手术量也稳步提升。2008年以后技术水平进一步提高，心外科常规开展心脏不停跳下的冠脉搭桥手术，2010年开展主动脉夹层腔内隔绝术，已累计开展心脏手术380多例。前年有个江西病人来同安探亲，早上进卫生间突感胸痛，送到三院确诊为胸主动脉夹层，病情十分凶险，通过介入主动脉腔内隔绝术，患者术后四十八小时下地走路，一周就出院了；一名六岁的小男孩也在三院进行心脏换双瓣手术，如此低龄手术的患者也顺利康复出院。

　　讲述人：蔡亚滨（心血管内科主治医师）

　　我是安溪人，2003年从上海同济大学医学院毕业，带着对三院发展美好的向往，来到异乡三院工作，在这里已度过十年春秋，见证了三院人积极向上的奋斗热情，见证了三院各个学科的蓬勃发展，见证了心血管科的成长，我庆幸选择到第三医院工作。我所在的科室心血管科，在崔勇主任的带领下，一批老中青相结合的高端介入技术团队不断发展壮大，现在不单有了技术，科室技术团队二十四小时全天候开展急性心肌梗死介入手术治疗，患者随时来院，医疗团队随时投入抢救。去年4月以来，科室成功开展介入手术上百例，从桡动脉入径手术达到95%以上，手术只需一个针眼就能完成，无须开刀。其中心肌梗死患者35例，每天住院病人超40人，多数为危重症患者。前不久，一名75岁高龄男患者突发胸痛三小时，入院时血压低至60/30mmHg、心跳38次/分，确诊急性心肌梗死合并心源性休克，介入团队及时到位抢救，安装临时心脏起搏器保护心脏，同时经DSA检查发现心脏前降支血管近段完全闭塞，支架置入"通血管"后，患者胸痛迅速消失，心跳、血压恢复正常转危为安。

　　　　　　　　　　　　　　　　　　　　　　　（黄文水　彭月芗）

二十一、准妈妈们的守护天使①

——厦门市第三医院危急孕产妇抢救全纪录

近日，福建省厦门市第三医院又成功抢救一例外院产后大出血的危重产妇，保持了该院连续十二年来共计八万余名孕产妇安全生产、所有危重病人全部抢救成功的记录，取得如此优异的成绩，不是偶然的，皆为厦门三院高水平医疗技术与一整套完善救治管理体系的完美结合所致。此次记者全程跟随厦门三院抢救的这位外院产后大出血的孕产妇，见证了厦门三院再次创造的生命奇迹。

今年1月15日凌晨1点多，厦门三院院长叶惠龙接到医院总值班室的电话，称外院有一名产后大出血的产妇正转送三院抢救，由于出血量大，病人已经处于濒死状态，心跳、呼吸几乎消失，生命垂危。接听电话后，叶惠龙马上布置抢救任务；"全面启动应急抢救预案，竭尽全力抢救病人。"话音铿锵有力，十分钟内，厦门三院急危重症抢救小组的所有专家均到场，充分利用黄金半小时的抢救时间，抢救环节环环相扣，让厦门三院再次打赢这场硬仗。

病人未到，抢救准备工作已就绪

1月15日凌晨1点，来厦务工的李女士因产后阴道大出血伴神志不清、面色苍白，紧急从外院转入厦门三院进行救治。来自山东的李女士夫妻俩都在同安务工。当晚，李女士在某工业区私立医院生第二胎时，顺产后突然出现大出血，该院对李女士进行止血处，但仍无法止住。被送入厦门三院时，她已出现严重休克，只能向外吐气，子宫像关不住的水龙头一样不停地大量出血，测不到血压、脉搏微弱、睑结膜像纸一样白、抽出的血像

---

① 《健康报》2015年4月9日第3版。

水一样没有血色，抽血检测其血色素仅两克，全身冰冷，处于濒死状态。在她被转入厦门三院的路途中，由叶惠龙牵头的急危重症抢救小组已调动全院力量做好抢救准备工作，妇产科、ICU、麻醉科、手术室、输血科、药学部等专家组成员都在十分钟内到位待命。这些都是在李女士没有缴纳任何费用的前提下进行的。

产妇的血流光了，病程就像"过山车"

在李女士转入厦门三院的第一时间里，急救小组马上有条不紊地开始从死神手里"抢"人。

全身的血都流光了，身上的凝血因子严重缺乏，全身出现弥漫性渗血，ICU第一时间对李女士进行气管插管、输血、补液抗休克等措施，同时，妇产科专家在手术台上为李女士切除了子宫止血，由于李女士已经出现血管内弥漫性出血，还需要借助纱布填塞压迫切口止血，血暂时止住了，但新的问题来了：李女士无尿，且血压仍不稳定，为了维持血压需要大量输血补液，但是她发生了肾功能衰竭，大量输血补液会诱发肺水肿，为了稳定血压和防治肺水肿的发生。ICU再增加一组医护人员，把血液净化仪器和配套设备搬进手术室，迅速为其进行血液净化治疗，清除毒素和多余的水分，保证体液平衡，同时，抢救小组还采用升温毯帮助她升高体温，保护其凝血功能。

三十多名医护人员不眠不休地抢救了近十六个小时，一直到1月16日傍晚，李女士的病情终于有所好转，血压基本稳定，从手术室转入重症监护室接受后续治疗。

李女士的病程发展就像"过山车"一样，一波多折。尽管预计到抢救后可能还会出现复杂情况，抢救小组也预先采取措施，但李女士在重症监护室里还是出现阵发性室性心动过速，心跳最快达到190次/分钟，血压再次下降，随时有可能心脏停搏，ICU专家紧急给予其抗心律失常等对症处理，同时应用床旁超声检查心脏状态，发现她的心脏过胀时，马上又给予治本处理，数小时后李女士室性心动过速消失，血液循环稳定，又闯过了一关。

一波三折。转院后的第三天，李女士肝功能检查结果中的转氨酶数值突然升高到一万多，同时出现黄疸症状，眼黄、尿黄、全身皮肤发黄，胆红素直飙到五百多，这是肝功能衰竭的典型表现，抢救小组立即给予其血浆置换治疗，通过血浆分离器将病人体内的毒素滤除，同时补充健康的血浆，经过四次血浆置换，结合改善肝脏功能，减轻胆道水肿等措施，患者胆红素、转氨酶逐渐下降，眼睛发黄的症状明显减轻，皮肤也有了光泽。

肝脏的问题虽然解决了，但是患者的肾脏功能衰竭还没有得到明显改善，在长达两周的时间里患者始终无尿，这是严重休克后造成的后遗症，怎么办？改善无尿的症状，需要血液净化，而血液净化需要使用抗凝剂，但使用抗凝剂可能会加重出血，这是一个矛盾。抢救小组经过反复讨论，决定采取最新的抗凝技术——体外局部抗凝：将血液引出体外时加用抗凝剂，回输体内的时候再给予拮抗剂，这样既避免腹腔内再出血的风险，又能有效地维持内环境稳定，为李女士的肾功能恢复创造了条件。

经过两周的精心治疗，李女士的尿量渐渐增多，肾功能逐渐改善，最终成功脱离生命危险。

多学科协同作战，挽回一个完整的家

刚过完羊年春节，李女士就可以自主进食了，现在，她已经能下地自如行走，近日即将出院，想起自己曾与死神擦肩而过，她与丈夫的眼里都闪着泪光。"转到第三医院时，我以为她回不来了。"李女士的丈夫回忆当时抢救的现场，感激地说："院长的那句'竭尽全力，抢救生命'感动了我，给了我希望，帮我挽回了一个完整的家。"

在这次抢救中，输血科紧急调用红细胞、血浆、冷沉淀，血小板共30 000CC用于抢救，相当于把李女士全身的血换了六遍。重症医学科副主任吴彬感叹，的确，为了救治这名患者，厦门三院把能用的办法都用上了，把有助于患者康复的好药也都用上了。为了抢救工作的顺利开展，抢救小组在凌晨把重症监护室里的抢救设备都搬到手术室。妇产科、麻醉科、手术室、重症医学科、输血科、药剂科等医学专家牺牲休息时间，协同作战，才能打赢这场硬仗。

急救体系助力，十二年孕产妇零死亡

国际上，先进国家孕妇的死亡率是十万分之六，我国孕妇死亡率是十万分之十二，据妇产科徐彩临主任介绍，十二年来，厦门三院妇产科接纳分娩的产妇共计8万余人，抢救危重孕产妇2 285人、极其危重孕产妇342人，全部抢救成功。能保持产妇"零"死亡，除了妇产科有一支业务精湛的技术团队外，主要得益于该院有一套完整的应急抢救预案，院领导一直重视多学科抢救的合作能力和快速反应，该院设立以院长叶惠龙为组长的孕产妇抢救小组，以妇产科、ICU、麻醉科、手术室、输血科等科室负责人为组员，制订了院部统一协调、各科室协同作战的应急抢救机制，在此次救治工作中，厦门三院的应急抢救体系又一次发挥关键作用。时间就是生命，在抢救过程中，厦门三院早已形成了一条生命的"绿色通道"，先抢救后缴费，保障患者的安全，为了争取最佳抢救时间，患者可通过急诊科直接进入手术室抢救，术后再转入专科进行后续治疗。

正是有了这样一支高效率的医疗技术团队和人性化的抢救机制，厦门三院近几年的社会公信力越来越高，每年接收区域外的患者达到总接诊量的47%以上，在一次次危重孕产妇的救治中，厦门三院积累了丰富的临床经验，对于产后出血，羊水栓塞等急危重症患者，能做到早期识别、尽快施救，为广大孕产妇的生命健康保驾护航。

作为厦门市同安片区唯一的综合性三级医院，厦门三院一直致力于狠抓医疗质量，提高医疗技术，以贴心的人文关爱措施呵护母婴健康。未来，该院将继续朝着高端医疗技术发展，强化立院根基，强化团队协作，持续丰富人文服务内涵，为美丽厦门提供更加优质的医疗保障。

（彭月芗　邢剑文）

二十二、"破碎"之心妙手弥补①

——厦门市第三医院胸心外科团队抢救心脏破裂患者纪实

作为厦门岛外率先独立开展心脏手术的三级综合医院，厦门市第三医院经过几年强劲发展，已拥有一支技术精湛、服务优良的心外科团队，每年开展心脏手术近百例，时常进行惊心动魄"救心"手术，创造了无数生命奇迹。近日，记者再访一例心脏破裂的"救心"行动，展示该院的精湛医技。

车把撞到胸口，没想到差点丢性命

47岁的王先生是贵州人，在南安务工。4月6日上午，他从漳州骑摩托车回南安工作，路过同安。11点多，在324国道交叉红绿灯处，为避让迎面而来的车辆，他马上踩急刹车，与摩托一起摔倒在地，感觉胸部被车把顶了一下，当场剧痛难忍，站不起来了，很快失去意识，路边好心人把他送到厦门市第三医院急诊科。

送到医院时，王先生已处于昏迷、严重休克状态，血压脉搏几乎测不到。奇怪的是，他的胸部外表没有任何伤痕，全身不见一处擦伤。三院急诊科专家马上安排王先生进行紧急CT检查，发现有心包积液，胸心外科主任医师张健然紧急会诊，发现患者心包穿刺，一抽就是血，判断是心脏破裂，当机立断需要马上开刀。这时，王先生身无分文，家属也不在身旁。"救命要紧啊，我们都顾不上其他了"，张主任回忆抢救现场时说。

病人到达医院的第一时间，叶惠龙院长接到急诊科报告后指示：尽一切力量抢救病人的生命。开通绿色通道，通知ICU、手术室、麻醉科、输血科、药学部等相关人员迅速到场配合抢救，王先生被紧急送到手术室，到达手术台时已测不到血压了。张健然主任医师马上打开他的胸腔，

---

① 《福建日报》2015年5月26日第16版。

刚切开心包。血就汹涌喷出。经仔细检查，心包里已积有超过2 000毫升的血液与血块。张主任说，人的正常心包液体不会超过50毫升，对心脏的跳动起润滑作用，急性心包积液超过200毫升时，就开始影响到患者的心率、血压，导致不适症状。王先生心包里的血液量如此之大，严重影响心脏的搏动，如果没有马上手术，这些血块与新鲜血液就会压迫他的心脏，使心脏无法膨胀，血液无法泵出，导致严重休克，甚至心脏停跳。

手托心脏找破口，心尖处有不规则裂口

快速清理完积血后，心脏恢复跳动，张健然主任小心托起心脏破裂口，发现心尖处破了一个直径为3.5×1.5厘米的不规则裂口。随着心脏跳动，血液就一直从破裂口处喷出。为了给心脏的破洞处止血，张主任用左手手掌托起心脏，用虎口处固定心脏，控制整个心脏的流血量，右手拿着比头发丝粗一点的心脏专用的血管缝合线，趁心脏舒张时缝合破口处。

手术很成功，术后感染关也很快过去。术后第八天，王先生拆线后顺利出院了。

王先生是典型的心脏闭合伤，心脏撞破了，身体外表没有出现任何伤痕，这种现象在临床上十分罕见，"以前，第三医院收到的心脏外伤患者多为刀刺伤或车祸导致的心脏破裂，大多数情况下胸壁是有伤口的"，张主任分析，可能是王先生遭遇撞击时心脏恰巧处于舒张期，这时的心脏正是血液充盈期，摔倒时车把冲击的巨大力量导致心脏破裂。

"心脏破裂是胸外科最严重的外伤之一，死亡率极高。"张主任说，这种体表没有任何破损的心脏破裂，更需要医生有高超的医疗技术、高度的责任心以及先进的医疗设备，才能在第一时间做出准确的判断和救治。对王先生的抢救都围绕一个"快"字，入院15分钟之内已经到达手术台，40分钟完成整个手术，争分夺秒地从死神手里抢回王先生的性命。王先生爱人接到医院通知赶到医院时，手术已经完成，而且，这些都是在来不及使用体外循环机的条件下完成的手术，手术的成功更为不容易，充分体现第三医院胸心外科团队高超的技术水平。

醒来后的王先生更是一阵后怕，他完全没想到车把撞一下会把心脏给撞破，连连感叹市第三医院的医疗技术真是高，帮他及时抢回性命。

年接数十例心裂患者，手术成功率高

据统计，厦门市第三医院每年接诊心脏外伤患者十余例，部分重症患者往往需要紧急行外科手术救治。庆幸的是，第三医院接诊到的心脏破裂患者基本救活，手术成功率高，患者基本回到正常生活工作状态。

能有这么高的抢救成功率，主要是医院完善的急救体系起关键作用。张主任说，急救绿色通道为患者争分夺秒，胸心外科、麻醉科、输血科与ICU等抢救团队配合默契，为成功抢救病人赢得宝贵时间。

在对心外伤的防治上，张健然主任提醒，在有胸部外伤的情况下，或有撞击史、被重物砸到后，千万不要抱有侥幸心理，尤其是出现胸部明显球痛、憋气、胸闷且疼痛感逐渐加重的情况下，一定要高度警惕，及时排查心脏是否破裂，及时就医治疗。

（彭月芗 曾昭红）

二十三、高科技让手术医生游刃有余 [①]

——闽西南地区首家颅底显微解剖实验室昨日在第三医院挂牌

昨天上午，厦门市第三医院神经外科颅底显微解剖实验室正式挂牌。据介绍，这是闽西南地区首家颅底显微解剖实验室，该实验平台的设立，不仅让更多年轻医师有机会接受颅底显微解剖训练，还能对一些复杂的颅底手术展开术前病例讨论，大大提高手术成功率，更好地服务于临床工作。

"手术是一种实践性很强的艺术，医生的成长离不开高水平的实验，

[①] 《厦门晚报》2016年6月8日 A13。

三院专门设立颅底显微解剖实验室，是医院跨出培养高水平临床医生的重要一步。"市第三医院院长叶惠龙说，医生除了通过临床来提高技术，更好更快地提高医疗水平，很重要的途径是在实验室长知识。他说，通过在实验室操作实践，充分了解人体解剖结构、手术技巧、手术路径等，在手术台上就能游刃有余，把手术风险降至最低程度。如今，高科技的临床应用越来越精细，尤其是微创手术的开展，要求医生对临床的微小结构清晰，这就迫切需要像颅底显微解剖实验室这样非常实用的实验室。

叶惠龙说，三院基础研究非常重视，颅底显微解剖实验室挂牌，今后神经外科医生能够在实验室里学习，为临床技术水平的提高奠定了坚实的基础。叶院长表示，下一步，三院还将加大投入力度，设立医院的中心实验室及腔镜微创等实验室，"实验室培养高水平的临床医生，医生在实验室把手术做好了，才能真正在临床中更好地服务患者"。

市第三医院副院长、神经外科主任医师郭之通说，颅底显微解剖实验室是三院的第一个解剖实验室，有了实验室的支撑，有利于显微外科高层次人才的培养以及微创技术的发展，即用很小的切口、在尽可能保护脑组织的状态下把肿瘤拿掉。他说，要做到切口小、损伤小，解剖方案必须非常清晰，医生在解剖实验室做显微解剖，解剖娴熟了以后，到临床就能轻车熟路，病人手术成功率大大提高。

据了解，作为闽西南地区首家颅底显微解剖实验室，三院现已投入约60万元，实验室拥有成套实验显微镜、实时示教系统及开颅动力系统等，该实验室还储备了一定数量的科研标本，不仅可以进行显微技术训练，开展颅底显微解剖培训，还能对一些复杂的颅底手术进行术前解剖实验。另外，通过仿真手术可以熟练掌握一些手术入路，对临床具有重要现实意义，也将为福建中医药大学的学生提供良好的教学平台。目前，三院还建立了一套完整规范的培训计划，预计实验室将逐步向医院其他科室及外院开放，我市更多的神经外科医师有望从中受益。

（黄文水　彭月苈）

二十四、市第三医院：迎风抢险，守护患者生命安全 ①

昨天凌晨，台风"莫兰蒂"正面袭击厦门，一时间，厦门市第三医院病房玻璃窗破裂声此起彼伏，部分科室天花板不停坠落，第三医院所有的院领导、科主任、护士长以及应急抢救小组成员共两百余人迎"莫兰蒂"而上，及时排查隐患，疏散、安慰患者，以饱满的热情护卫着患者的生命安全。该院急诊抢救队员也在忙碌中及时地抢救每位危重患者，让他们得到及时有效的治疗。

周密部署　沉着应对

在台风登陆前，面对这一罕见的超强风力，第三医院院长叶惠龙于9月14日下午主持召开全院中层及以上领导紧急会议，及时传达贯彻上级精神，启动抗超强台风一级应急抢救预案，进行紧锣密鼓的全面工作部署，要求全院副科级以上领导、各临床科室科主任、护士长、应急抢救分队等相关人员两百余人驻扎在医院待命，做好院内应急抢救设施、急救药品及物资准备工作，要求院领导按照各自分管区域，加强巡查、排查，杜绝各种隐患，保证各项工作落实到位，全力以赴做好各项防范工作。

坚守岗位　快速反应

凌晨两点半，台风"莫兰蒂"即将正面登陆。在这危急时刻，三院院长、书记快速反应，带领班子成员及职能科室中层干部、党员干部再次深入到病房各科室巡查排查了解情况。

第一站，就是妇产科病房。部分走廊玻璃窗破裂，狂风裹挟着雨水倒

---

① 《厦门日报》2016年9月16日第06版。

灌入病区，影响到病人的安全，院长和书记马上指挥病区护士长、护士立即转运病人到安全地带，同时做好病人的心理疏导及安抚工作，尽最大努力保障群众的生命安全。院领导当场对所有患者表态，"第三医院党员干部和医护人员时刻守护在你们身旁，你们的生命安全就是我们的职责所在。"

突遇停电　迅速抢修

保卫科传来消息，十楼病房铁门断裂，狂风暴雨夹袭，楼下广告牌、电子显示屏、宣传栏全部被台风吹走，院区周围部分大树拦腰折断……院领导立即分头转战十楼及各个病区巡查情况，现场解决问题。

在巡查过程中，突然停电，全院一片漆黑，后勤保障部立即启动停水停电应急预案，十多位水电、基建维修人员迅速进行抢修，启动医院发电机组及时内部供电供氧，首先保证手术室、ICU、急诊科等重点岗位的用电，确保急诊急救病人的抢救，二十四小时不间断地分组巡逻排查，保证全院用电需求。

台风"莫兰蒂"的确凶猛，停水停电、信息网络中断等给医院的工作造成较大的困难和损失，但全院医护人员在院领导的坚强领导下，众志成城，齐心抗台，没有出现一名病人受到伤害。还涌现出许多感人的瞬间：有医务人员在转运病人的过程中，手臂被夹伤；有医护人员在冒着危险转移病人时不慎摔伤；有人放下家中高龄老人、高烧小孩，舍小家顾大家，始终坚守在各自的工作岗位上。

据初步统计，从9月14日截至9月15日下午2时，第三医院急诊接诊患者867人，收住院159人，开展手术70台，其中急诊手术20台，分娩25人。病人均得到安全的保障。

【故事】

新生命在台风天诞生

灾难不能阻止新生命的诞生。昨天凌晨五点多，风雨交加，第三医院急诊科接诊了一位即将临盆的孕妇。她到达急诊科时，护士发现胎头已外露，已来不及送到妇产科接生。在紧急的情况下，护士一边紧急处理一边呼叫急诊科王建主任及妇产科医生到场处理，处置及时得当，顺利产下一男婴，母子平安，让通宵达旦的医护人员忘记疲劳，带给他们别样中秋家庭团圆的喜悦。

院长彻夜无眠 再上手术台

昨天上午八点多，台风"莫兰蒂"余威未减，一位胸部被玻璃严重砸伤的中学生被送到第三医院抢救。

该学生于凌晨两点多被玻璃砸伤，由于台风造成交通堵塞，患者无法及时送达第三医院救治，致使该名患者胸腔出血达到2 000多毫升，处于严重休克状态，生命垂危。患者由急诊科直送手术室抢救，送到手术室时该名患者已出现心跳骤停。情况紧急，叶惠龙院长在彻夜无眠的情况下再次亲自上台手术，与胸外科主任洪银城、副主任卢景彤一同为病人开胸止血，进行胸内心脏按摩。经过胸外科、麻醉科、手术室、ICU、血库等科室的通力协作，终于把年轻学生从死亡线上拉了回来。目前，这名学生的病情基本稳定。

（彭月芗 郭胜杰）

二十五、优化布局，同安医疗再升级 [①]

近日，记者来到位于同安区的厦门市第三医院，看到该院三期项目的康复病房综合楼工程已进入装修阶段。

"康复病房综合楼的主体结构已经完成验收，现在全面进入装修阶段，工程正有序进行。"厦门市第三医院院长叶惠龙介绍，工程有望于明年2月竣工预验收，预计明年3月底全面投入使用。

---

① 《福建日报》2017年9月19日第13版。

据悉，该院三期项目是省市重点项目，总投资约1.88亿元，总建筑面积33 907平方米，包括主楼、裙楼以及地下室三个部分，其中地上总建筑面积24 996平方米，地下总建筑面积8 911平方米。

"第三医院目前有1 000张床位，但目前妇产科、神经内科等科室的病床已经不足，三期工程建成后将为我院新增300张床位，有效缓解医院床位紧张的状况。"第三医院党委书记彭月芎说。此外，结合康复病房综合楼的投用，医院将重新划分调整功能区域，在新增住院病房的基础上，将扩容ICU，增设配置中心、科研教研室等，优化三院门诊就诊流程，促进医院的技术服务水平再提升。

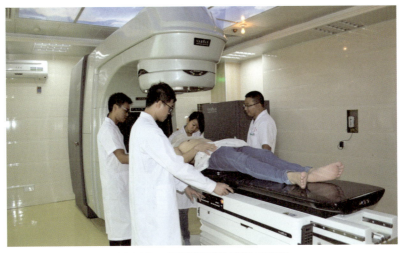

2017年，医院新引进直线加速器

据悉，作为厦门岛外规模、医疗技术能力领先的医院，厦门市第三医院在做到对本地病人"接得住"外，医院约40%的病人来源于周边泉州南安、漳州长泰等地区，吸引和服务了大量周边地区群众。彭月芎介绍道，未来紧密型医联体建设工作还将在同安试行，以厦门市第三医院为龙头，厦门市卫计委将整合第三医院、同安区中医医院及八个社区卫生服务中心（卫生院）的医疗资源，深化分级诊疗制度改革，让老百姓在家门口就可以看到好医生。

（杨珊珊）

二十六、建设急危重症救治高地
呵护百姓生命安康 ①

——重症医学研讨会高峰论坛在市第三医院成功举办，该院发展获国内外专家称赞

近日，由厦门市医学会主办、厦门市第三医院承办的厦门市重症医学研讨会高峰论坛在厦门市第三医院成功举办。会上，叶惠龙院长致辞。近两百名国内外重症医学知名专家聚集一堂，探讨国内外最新重症医学发展学术动态，就严重感染、感染性休克、微循环监测等最新进展进行专题讲座。借由此次平台，专家们共享经验与理念，促进重症医学科研与临床双发展。

2017年5月，医院与香港艾力彼签约

会上，第三医院的重症医学水平也得到专家们的一致肯定与赞赏。

---

① 《厦门日报》2017年4月14日第6版。

提高地区重症医学水平　获知名专家点赞

重症医学是现代医学的一门新兴学科，其发展是医学进步的重要标志。

近日，在市第三医院承办的厦门市重症医学研讨会上，危重医学协会世界联合会主席、比利时皇家医学科学院院士 Jean-louis • baron vincent 教授，中华医学会重症医学分会第一任主任委员、北京协和医院重症医学科主任刘大为教授，中华医学会重症医学分会前任主任委员、东南大学附属中大医院副院长邱海波教授，中华医学会重症医学分会候任主任委员、中山大学附属第一医院重症医学科主任管向东教授等国内外知名专家及近两百名重症医学专家出席会议，并带来精彩的前沿技术分享。

厦门市第三医院急诊医学部主任王兵表示，此次学术会议级别高，国内外重症医学顶级专家危重医学协会世界联合会主席、首任重症医学分会主任委员与候任主任委员都来参会，与大众分享重症医学领域的前沿新技术、新理念，解决了重症患者诊疗中许多重要问题，进一步提高了厦门乃至福建的重症医学水平。此次会议更多关注血流动力学变化条件下的心、肺、脑、肾等多器官功能及微循环变化评估，他强调："重症血流动力学及重症管理最重要的就是循环管理，循环管理是重症患者管理的核心和根本，目标是改善组织灌注。循环管理是一个动态过程，从血流动力学监测指标变化中捕抓器官功能变化的蛛丝马迹，达到早预警、早发现、早处理，进而逆转病情，挽救生命。"

管向东教授对第三医院重症医学的发展表示肯定及赞赏，短短十二年时间，从六张病床、一台呼吸机发展到二十张病床，聚集国内先进重症医学设备，在临床压力较重的情况下，他们全科室能够团结一心，克服各种困难，以病人为中心，完成一系列重症抢救任务，改善病人生存生活质量，提高抢救成功率，是难能可贵的。"相信厦门市第三医院重症医学的发展会越来越好。"他强调，不管是从个人还是团队来看，第三医院重症医学科抢救团队在华南地区重症医学界中都占有一席之地。

近年来，厦门市第三医院积极开展与重症医学有关的国内外学术交流，为重症医学医护人员提供交流学习、沟通合作的平台，进一步规范了重症医学的建设，促进重症医学良性发展，为综合诊疗水平的提高及应对突发公共卫生事件提供了有力保障。

抢救重症休克患者　多数据交出满意答卷

会议当天，围绕"抢救重症休克患者"的主题，记者采访了重症医学部主任王兵，他介绍了厦门市第三医院的经验，用多个数据体现三院在危急重症患者方面的救治能力。

重症胰腺炎导致重度多脏器功能衰竭的患者，是重症医学科中死亡率非常高的疾病。近三年来，第三医院连续救治近二十例重症高血脂引发的重症胰腺炎导致重度多脏器功能衰竭的患者，全部抢救成功，这也是三院医务人员给一方百姓交出的一份满意答卷。

在地理位置上，同安地处岛外重要交通要道，同安及周边地区的外伤患者常常送到三院救治，严重多发性创伤导致的重度休克较为常见。多发性创伤患者病情复杂、伤势重，易漏诊，死亡率高，并发症和致残率高。这里的患者常是头、颈、胸、四肢等涉及两个部位或系统以上的创伤。因此，对患者进行早期严密的监测和治疗，是救治成功的关键。三院率先引进的重症超声监测被形象地比喻为"看得见的听诊器"，PICCO 血流动力学监测技术是重症医学的核心技术。三院重症医学科将这两种监测技术完美结合，将其应用于重症创伤病人监测和治疗，大大提高了重症创伤患者救治成功率。

据了解，市第三医院是福建中医药大学附属医院、医学硕士研究点，ICU 每年抢救各种危重症病人千余名，尤其在抢救严重复合伤、多脏器功能衰竭、重症胰腺炎、心肺脑复苏、严重感染性休克、羊水栓塞等重症患者富有经验，绝大部分危重病患救治成功。近五年开展福建省科研课题五项。

机制有效信念坚定　抢救成功不是偶然

每例重症患者能抢救成功，绝不是偶然的。特别是面对发病快、死亡率高的突发性急危重症疾病，如果不及时抢救，患者随时都有生命危险。正是因为第三医院领导高度重视、全院协调机制和永不放弃的信念，让一位位患者在三院重获新生。

每天二十四小时，三院都有一位院领导驻守医院值班，同时，还有行政总值班、医疗总值班、护士长总值班、医疗抢救小分队待班。每个临床科室全天二十四小时都有副主任医师以上的高年资医生坐镇，科主任手机二十四小时畅通，随叫随到。同时还保持急危重症患者绿色通道畅通，实行先抢救后缴费，正是有这样的管理机制，确保一旦遇到危重症患者，马上就能进行全院协调，确保患者安全关口前移。

不仅如此，医生为了病人，甘于奉献，永不放弃的信念，尤为可贵。第三医院曾举全院之力连续二十八天成功救治妊娠期急性脂肪肝（罕见妊娠期特发性疾病）患者阿芳，获得全国同行点赞。"每看到一点希望时，又一波打击来了，几次濒临死亡，要不是医生永不放弃的精神，我老婆的性命要保住太难了。"连患者的丈夫阿强都忍不住为三院频频点赞。

新引进 ECMO　帮患者抓住一线生机

近日，三院还引进了体外膜肺氧合（ECMO）。这是目前重症医学专业中的顶尖生命支持技术，由于仪器先进、操作复杂，能增加患者救治成功几率，厦门开展此技术的医院寥寥无几。它还被称为叶克膜，即体外膜肺氧合技术，是通过建立体外循环，将患者血液引至体外，通过人工膜肺实现氧气和二氧化碳的体外交换，从而替代患者的肺脏甚至部分替代患者的心脏功能，能为心肺功能衰竭的患者提供强大的生命支持。主要适用于可逆性的心肺功能衰竭患者，尤其适用于严重 ARDS、急性心肌炎等心源性休克患者，是抢救危重症患者生命最重要的技术。

（彭月芗　刘蓉）

二十七、同安区医院集团成立 [1]

4月17日下午，同安区举行医院集团成立大会暨授牌仪式，这标志着作为全市唯一紧密型医联体建设试点的同安区掀开医疗卫生服务工作的新篇章。今后，同安区居民在家门口就可以享受到大医院的医疗资源，"看

---

[1]　《厦门日报》2018年4月18日 A02。

病难、看病贵"的问题得到进一步缓解，覆盖城乡居民的基本医疗卫生体系将逐步得到完善。

2018年，同安区总医院揭牌

有效整合医疗资源，医联体改革首结硕果

17日下午，同安区4号会堂简朴而又喜庆。在这里，同安区医院集团宣布成立。

同安区医院集团的成立，是该区被确认为医联体改革试点后结出的第一个硕果。医院集团院长叶惠龙介绍，在医院集团的框架下，辖区内医疗资源有效整合，三级医院、二级医院、社区卫生服务中心将形成医疗联合体。目前，医院集团第一批成员单元共有七家，分别是市第三医院、同安区中医院和五家社区卫生服务中心（卫生院）等；还重点扶持了同安区中医院康复医学科，助力其做强做大中医特色科室，有效推动医疗资源的优化和整合。

叶惠龙告诉记者，成立医院集团是惠民工程。各个成员单位可以准确进行医院的功能定位，上下联动，优质的医疗资源不断下沉，不同疾病的病人在不同功能的医院可以得到快速有效、经济便捷的医疗服务。今后，大病到大医院就诊，小病在社区解决，分级诊疗将进一步推动。

医院集团的成立，只是同安区医联体建设试点的一个起点。接下来，同安区将加快推动远程会诊中心、心电诊断中心等六大资源中心和信息化建设，在大型设备购置、重点学科发展、人才培养等方面加大投入。同时，还将建立科学全面的考核评价体系，促进大医院医疗资源切实向基层下沉，着力提升基层医疗服务水平。

医疗资源下沉，百姓获得感切实增强

事实上，在医院集团成立之前，同安区医疗卫生服务的分级诊疗工作已开展了一段时间，百姓切切实实享受到医联体建设带来的实惠。

同安区白交祠村地处边远山区，距离城区35公里，村民到第三医院看病，坐公交车的话，有将近40公里的路程。白交祠村乡村医生杨明福说："自从实行分级诊疗后，大医院的医生定期到乡村卫生服务中心坐诊，抽血在中心抽，然后他们带回去化验，再把结果带回来，对症下药，村民就不用跑到大医院做检查。很多老人家不太敢坐车，现在，他们在家门口就可以享受到大医院级别的医疗服务，获得感、幸福感、安全感不断提升。可以说，在医改的进程中，老百姓受惠很多。"

叶惠龙告诉记者，医院集团成立，今后，医疗资源上下联动将更加明确，医疗业务管理、设备药品采购、患者信息管理等全部统一，方便患者就诊。慢性病患者也就不需要每天到大医院去诊疗了。平时，社区卫生服务中心人员到患者家里进行健康管理。一发现问题，大医院的医生就马上上门治疗。这样，通过大医院医疗资源的下沉，病人就省得来回跑动。

此外，医院集团的成立，还能更好地发挥基层医疗卫生机构在预防、医疗、保健、康复、健康教育和计划生育技术指导服务等方面的作用。

（彭月芎）

二十八、我不单是白衣天使，
我还是白衣战士 ①

"我们要战胜疾病，战胜疫情！我不单是白衣天使，我还是白衣战士！"在2月13日的央视《新闻联播》中，厦门市第三医院支援湖北护士王赫铭出现在新闻画面中。

镜头中，正在武汉方舱医院参与援救工作的王赫铭穿着厚厚的防护服，防护服上除了写着名字外，背后还写着"人间大爱在方舱"和"周黑鸭"。她和同事笑着对探访的记者说，有的护士背后写"热干面"，这是她们在战胜疫情后最想吃的当地美食。

"大叔，好一点了吗？"王赫铭在查房中认真了解患者的恢复情况，并鼓励患者多活动。一天的护理工作繁忙紧凑，她和同事们还利用晚餐前的一点时间，带着患者一起跳广场舞。她说，这样可以让患者以更积极的状态对抗疾病。

在接受采访时，已是王赫铭支援武汉的第八天，尽管工作强度大，但她充满信心和斗志。采访中，她激动地说："战争的时候军人是战士，今天我就是战士，就是要战胜疾病，战胜疫情！我不单是白衣天使，我还是白衣战士，不是我一个人在战斗，全国的医务人员都在战斗，我能来很骄傲！"目前这则鼓舞人心的新闻在抖音、腾讯新闻等平台广为流传，在央视新闻抖音号上的点赞数已超过62万。

据了解，作为厦门市第三医院呼吸一科护士长，王赫铭是厦门市同安区第一个支援湖北的医务人员。

在春节前，她就坚守在医院，疫情暴发时，她立即递交请战申请书。为了不耽误支援湖北工作，她特地把两个孩子送回老家黑龙江，最小的孩子才四岁半。

---

① 《福建日报》2020年2月17日第3版。

"从开始的紧张、兴奋，到现在回归平常心，这么多天工作下来，更能领会'不忘初心、砥砺前行'的真正意义，让武汉的病人快快好起来，全中国的病人快快好起来，这就是我们的初心，为此，一批一批的医务人员前赴后继、逆行而至、砥砺前行。武汉加油！中国加油！"王赫铭在日志中这样写道，而她的支援故事，也仍在继续着。

（杨珊珊　曾昭红　陈雅玲）

二十九、一个支部就是一座战斗堡垒 [1]

——市第三医院成立医疗队临时党支部，二十八名医护人员火速集结向武汉出发

"我将不辱使命，驰援武汉，听从指挥，立足本职，同心协力，勇于担当，甘于奉献、战胜困难，不忘医者初心，牢记三院人的使命……"昨日上午，市第三医院二十八名白衣天使带着责任和希望，火速列队集结，整装待发，全力支援武汉医疗救治工作。铿锵有力的宣誓声，表明了他们抗击疫情和完成使命的坚定决心。

疫情就是命令，时间即是生命。记者了解到，这支二十八人的队伍，从前天晚上九点闻讯到火速集结只用短短五个小时。市第三医院相关负责人介绍，这得益于全院上下早已做好驰援准备，以最快速度集结人员，并做好物资保障。"准备的物资包括医疗物资、羽绒服、应急食品、生活用品等，后续我们还会做好后勤保障工作，做大家最坚强的后盾。"厦门市第三医院院长郭之通说道。

与此同时，为发挥关键时刻党支部战斗堡垒和党员先锋模范作用，汇聚抗击疫情的磅礴力量，此次，市第三医院成立医疗队临时党支部，院党

---

[1] 《厦门日报》2020年2月10日 A02版。

2020年2月，三院医护人员出征武汉

2020年武汉疫情，中国工程院院士马丁教授到厦门二队接管的病区指导
救治工作，三院援鄂医生陈辉民（左一）与马丁教授（中）等人研讨病案

委委员、ICU 主任医师陈辉民任支部书记，神经内科副主任医师陈海挺任组织委员，康复医学科护士长曾英彩任宣传委员。

"一名党员就是一面旗帜，一个支部就是一座堡垒！"市第三医院党委书记彭月芗告诉记者，应对疫情，市第三医院每名医护人员都行动起来了，医院还成立新型冠状病毒肺炎疫情防控救治突击队、市第三医院抗击新型冠状病毒肺炎防治党员志愿先锋队、市第三医院党员天使志愿服务队三支队伍，党员率先垂范，让党旗在防控疫情斗争第一线高高飘扬。

其中，268名党员参加党员天使志愿服务队，70名党员参加厦门市第三医院抗击新型冠状病毒肺炎防治党员志愿先锋队，同安区"920．就爱您"志愿服务联盟厦门市第三医院天使志愿服务队中的244名医护人员递交请战书，主动请缨前往疫区支援。

（朱道衡　曾昭红　陈雅玲）

三十、深耕学科担使命　以人为本逐梦行 ①

厦门市第三医院建院百年，谱写改善医疗服务工作新篇章

一百年前，同安县双圳头，病房里，一盏玻璃灯昏黄而温暖，同安医院在这里开始送诊施药；一百年后，同安区祥平街道阳翟二路，手术室里，一盏无影灯晶莹而光亮，医护人员上演一场生死竞速的抢救。

这生命之光，穿越百年，照亮人世间。

国家级爱婴医院、省级文明医院、现代化三级综合医院，福建医科大学临床教学医院、福建中医药大学临床教学医院、福建省临床住院医师规范化培训基地，2019年艾力彼第三方评价全国排名"省会市属／计划单列市医院"一百强及2019届智慧医院 HIC 三百强……这是厦门市第三医

---

① 《福建卫生报》2020年12月3日第9版。

院历经百年砥砺奋进交出的优异答卷；职工人数从10人增长到近1 500人，床位总数从35张扩张到1 000张，2019年医院门急诊量95.6万人次，数字记录了医院建院百年来的华美嬗变。

每一分收获背后都是辛勤付出的汗水，每一个数据都是奋进力量的镌注。近年来，三院坚持以病人为中心，将改善医疗服务融入医院运营管理、人才培养、学科建设、医疗质量与安全、行风建设和社会公益活动等各个方面。

深耕学科专业，打造优质医疗服务品牌

"强有力的学科建设是患者放心就医的基石，更是医院持续发展的压舱石。"医院以学科建设和人才培养为先导，按照"院有重点、科有特色、人有专长"的发展思路，以服务社会需求为中心，大力加强重点学科建设，积极实施"树名医、建名科、创名院"战略，扶持优势专业发展和优秀人才成长，着力打造优质医疗服务品牌。

医院神经内科是国家级综合卒中中心，在脑血管病救治能力方面已积累几十年的经验，在全省乃至全国颇具影响力；妇产科、神经外科、骨关节科、手足外科、心血管科等部分专科建设尤为突出；医院整体创伤救治水平得到国内认可，现为中国创伤救治联盟创伤救治中心建设单位；医院跻身全国心血管病防治领域先进行列，为国家心血管病中心高血压专病医联体分中心，目前已通过中国胸痛中心总部资格预审，给同安百姓带来福音。

学科的精进，同时烧旺了技术创新和应用的火炉。

医院在国内率先使用"微创钛揽捆扎固定"，完美解决了传统锁骨钩钢板治疗肩锁关节脱位经常造成的各种问题；全市首个复合手术室投用，能在六秒内三维立体成像，人体内的血管"地形图"可直观同步在显示屏上显示，医生做手术可以按图索骥；医用直线粒子加速器将在院内"上岗"，精准高效为恶性肿瘤患者服务；闽西南地区首家颅底显微解剖实验室正式挂牌成立，让医生在手术台上就能游刃有余，把手术风险降至最低程度；成功运用ECMO技术，将栽倒在泥浆池中误吸泥浆的重症呼吸衰竭患者成功获得救治……

可以说，三院通过近百年的发展，诊疗科目齐全，各个学科领域紧跟国内外医学前沿，已实现"内科医疗外科化，外科医疗微创化，微创医疗精准化。"

以患者为中心，从广度和深度上下功夫

"要使人民群众共享医疗改革成果，必须从改善医疗服务做起。"一直以来，医院把人民满意作为服务改进的动力，通过改善医疗服务行动计划活动、实施"人本位"医疗护理模式、创建无痛医院等为抓手，在医疗服务的广度和深度上下功夫。

硬件提升更放心。随着医院的不断发展壮大，先进设备不断增加，医护人员的技术水平快速提高。目前，医院拥有德国西门子3.0T超导核磁共振机、六十四排螺旋CT、复合手术室、一千毫安数字胃肠机、数字DR拍片机、体外循环机、直线加速器等一批先进设备，以及百级净化手术室和国内一流抢救技术水平的ICU重症监护室。

人文关怀更暖心。医院常年为病人提供"无间断医疗服务"；推进"人文病区"示范病房全院覆盖；设立母婴哺乳室，保护宝妈隐私；引入品牌便利店，二十四小时服务患者及家属；开展社工进医院服务，帮助患者疏导压力，舒缓情绪……细节之处尽显医院的人文情怀。

2019年10月，邱海波名医工作室揭牌

智慧医疗更贴心。医院积极拥抱"互联网+"，通过云平台，将医院信息系统与互联网结合，提供各种移动应用，为患者、医务人员、医院管理人员提供便捷优质的信息服务。同时，医院持续加大基础设施和网络安全、软件系统建设力度，为多维度、全过程医疗管理和科学化、精细化的人财物管理提供了信息支撑，实现了患者服务和医院管理数字化。

延伸服务更省心。按照"最多跑一次"的标准，医院设立患者一站式服务中心、住院结算中心，一站式提供政策咨询、预约挂号、入院出院、转科转诊、异地就医、异地结算等服务，有效畅通院前、院中、院后全链条。

蜕变"精准滴灌"，展现铁肩担当誓为民

"改善医疗服务的触角不仅仅在医院里，还要延伸到全社会。"院党委领导班子意识到，作为一家地区级的三级综合性医院，不仅要对患者负责，更要有守护老百姓健康的社会担当。医院在深化医改浪潮中，因地制宜，推陈出新，在医联体建设方面，持续优化医联工作品牌，拓宽医联体建设，共建"医共体"，把"洒水漫灌"变成"精准滴灌"。

2018年9月，成立了以厦门市第三医院为基础、整合同安区中医院、同安区皮肤病防治院、九家卫生院（社区卫生服务中心）、竹坝卫生所和区域内公益性村卫生所组建的同安区总医院，有效整合全区医疗卫生资源，做到上下联、信息通、技术帮扶，全面提升医疗服务体系整体效能，推进分级诊疗制度建设，实现优质医疗资源有序有效下沉。

与此同时，医院先后加入福建医科大学吴孟超肝胆医疗医联体、福建省肛肠医疗联合体、厦门市心血管病医院医疗医联体，并成为福建省首批加入"中国创伤救治联盟"的两家医院之一。

在人才培养、科研合作、远程医疗、重点专科建设等方面，2019年7月，医院与复旦大学附属中山医院厦门医院开展深入协作；2019年10月，同安区首个名医工作室——邱海波名医工作室在三院揭牌；2020年8月，同安区政府与福建中医药大学在三院签订校地战略合作协议，福建中医药大学2020年同等学力硕士研究生（厦门班）在厦门市第三医院开班；2020年10月，中华足踝医学教育学院在闽首个继续教育培训基地落户厦门市第三医院，该院也被列为中国糖尿病足联盟在福建省成立的首家"糖

尿病足防治中心建设单位"。

通过协作，不仅一批尖端医疗技术在医院落地生根，还培养了一支带不走的团队，带动全院提升医疗技术水平，增强服务能力。如今，邱海波名医工作室团队专家、邵长周教授、夏利民教授、胡国华教授等定期坐诊、查房、手术、远程诊疗常态化开展，医院把越来越多的名医请到家门口，同安老百姓不用再跑冤枉路，省时省心又省钱，轻松享受高端医疗服务。

（廖小勇　彭月芎　叶聪艺　陈雅玲）

三十一、沧桑百年发展路，品质医疗惠民生 ①

市第三医院努力提高医疗质量安全，持续改进医疗服务，以新气象新作为喜迎建院百年华诞

"精业济世，正德厚生"是厦门市第三医院（以下简称"三院"）始终秉承的服务理念。自1920年建院起，三院已走过100个春秋，医院从一栋石头小楼发展到占地面积140亩的现代化综合性医院大楼，从二级甲等综合性医院升级为岛外一所集医疗、教学、科研、预防保健为一体的大型三级综合性医院。

厦门经济特区建立四十年来，三院始终以党建为引领，将党建和业务深度融合，切实把党的组织优势转化为发展优势，重点抓好建队伍、聚人才、强组织、打基础、保清廉等各项工作，努力提高医疗质量安全，持续改进医疗服务，积极改善人民群众就医体验，打造有温度、有情怀的人文医院，开创跨越发展的新纪元，助力富美同安实现高质量发展超越。

---

① 《厦门日报》2020年12月11日 A08版。

凝炼百年积淀　在同安开创西医治疗先河

时光倒回至一百年前。当时，美国传教士为纪念美籍女医生慕氏在当地行医病故，创立同安医院，地址选在双圳头；1920年，同安医院建成。这便是三院的前身。医院不断发展，在同安率先开启西医治疗疾病的先河。此后，医院先后更名同安县医院、同安区医院、厦门市第三医院。

随着改革开放，三院迈上了健康发展的快车道，一举晋升"综合性三级医院"，中高级职称卫生技术人员从无到有，胸痛中心、卒中中心、创伤救治中心、危重孕产妇救治中心、危重儿童和新生儿救治中心等五大中心建设取得显著成效，构建快速、高效、全覆盖的急危重症医疗救治体系，为区域内急危重症患者救治打开生命绿色通道。据统计，每年仅重症医学科就抢救急重症患者一千多例，卒中中心抢救患者七百余例，胸痛中心抢救患者两千多例，创伤中心抢救患者六千多例。

作为同安区总医院的龙头单位，三院已成为同安区医疗卫生服务网的龙头和技术指导中心，在承担本辖区内的医疗服务的同时，对周边地区医疗服务起到辐射作用。

服务以人为本　显著提升患者就医体验

今年是第二个"改善医疗服务三年行动计划"的收官之年，三院从改善医疗服务入手，以患者需求为导向，倡导以人为本的健康医疗服务模式，建立临床路径管理系统，完善移动支付方式及结算窗口，配备了床边结算推车，真正意义上实现了患者在病房内就能够办理完全部住院缴费流程，实现诊疗信息、费用结算、信息查询等"一站式"服务；延伸提供优质护理服务，利用各医院现有的护理人力资源，按照责任制要求配备护士，为患者提供便捷高效的医疗服务；更换新电梯、引入品牌便利店，提升就医环境。

2020年年初，在福建省卫健委公布的2019年度全省公立医院满意度调查结果中，三院出院患者满意度调查得分为89.69分，在全省二级以上医院排名位居第94名，在全市二级以上医院中位居第8名，且位居全省三级医院第42名；在全省综合性医院中位居第45名，在厦门市综合性医院

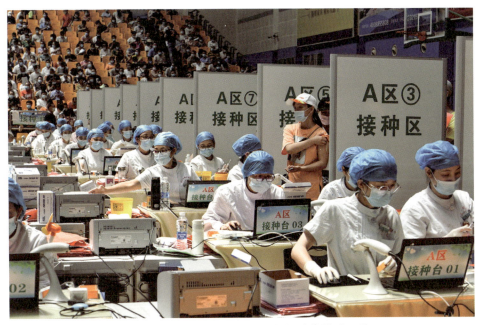

2021年9月，市第三医院全力做好疫苗接种工作

中位居第4名；医院职工满意度调查得分90.77分，位居全省第24名，全市第1名。

高位嫁接引进　顶级资源助推学科发展

在"科教兴国，人才强院"战略引领下，三院坚持"以引为先、以育为主"，抓好人才梯队建设和人才引进工作，柔性引进福建医科大学附属第一医院、第一临床医学院副院长欧启水教授、内分泌科主任严孙杰教授；福建医科大学附属协和医院消化内科主任陈丰霖教授；福建省人民医院肛肠科主任石荣教授；复旦中山厦门医院邵长周教授、夏利民教授、胡国华教授、戚晓敏教授等专家，实行"双主任"制，发挥人才引领作用，助力医院学科建设。通过联合培养和定向培养，每年选派青年骨干到复旦大学、中山大学等进修，加强教学科研工作，提升后备人才后续发展潜力，使一大批"本土化"医学实用型人才得到茁壮成长。

截至目前，全院职工约1 500人，其中高级职称卫技人员249人、中级职称467人，硕士、研究生、博士112人，硕士生导师8人。

2021年9月，林江涛名医工作室揭牌

2022年2月，第一医院同安院区在厦门市第三医院揭牌

同时，医院竭力为医学人才搭建施展才华的平台，做到"引进一名人才，带活一个学科"。医院引进国内重症医学著名专家、国家卫健委"有突出贡献的中青年专家"邱海波，挂牌成立同安区首个名医工作室——邱海波名医工作室，助力三院重症医学学科升级发展，为急危重症病人免去舟车劳顿、转院救治的麻烦。

三院还通过高位嫁接"国家队"名院，与复旦大学附属中山医院厦门医院建立医疗协作关系，柔性引进专家，在临床专科建设、人才培养、学术交流、科研合作、医院管理、远程医疗等方面开展深层次合作；与福建中医药大学深度合作，开设福建中医药大学同等学力硕士研究生厦门班，进一步提高医务人员学历层次、科教研能力及医疗工作队伍的整体综合素质能力。

【未来愿景】

厦门市第三医院党委书记彭月芎：百年风雨，汗水铺就发展路。医院建设任重道远，三院将始终秉持"精业济世、正德厚生"的院训，不忘医者初心，提高医疗服务水平，营造和谐的医患关系，为富美同安实现高质量发展超越提供坚强的医疗保障。

（陈莼　叶聪艺　陈雅玲）

大事记

（1920—2022）

1920年

12月，美国耶稣基督归正教差会创办同安医院。

1936年

同安县政府始办卫生院，为官办的县级卫生行政和医疗防疫综合卫生机构。

是年星洲（新加坡）同安同乡会馆赠送药品，免费施治。

1943年

同安医院院长高亮甫为枪伤患者叶必龄作肠管穿孔修补术，这是同安县首例开腹术。

1945年

省改订各县卫生院编制，同安县卫生院列为丙等编制。

1946年

同安医院和同安公立医院接受救济总署配给物资。

1949年

9月19日，中国人民解放军解放同安县，接办同安县卫生院，改名成立同安县人民医院。22日对外开诊。

1950年

3月，县人民医院改称为同安县人民卫生院，同安县人民卫生院工会建立。

3月，县人民卫生院、鼠疫防治站、同民医院分别成立医务工会委员会。

10月，同安医院首次开展组织疗法。

12月下旬，接管美国耶稣基督归正教差会主办的同安医院。

同安县卫生院培训两期接生员，在全县推广新法接生。

1951年

12月24日，县人民政府正式接办同安医院，宣布同安医院与县人民卫生院合并，院名定为同安县人民政府卫生院。原同安医院为住院部和第一门诊部，原县卫生院为第二门诊部。

1953年

1月，县人民政府卫生院在灌口、莲花、新店设立区卫生所。

9月16日，同安县妇幼保健站成立。1954年4月，裁撤并入县人民政府卫生院防疫股。

1954年

同安县人民政府卫生院推行保护性医疗制度和无痛分娩法。

8月，组织50名医务人员分赴各乡进行巡回医疗，支援抗旱。

12月，组织医务人员参加同安县汀溪水库建设。

1955年

7月，城关镇代办消毒站成立。1958年10月与城关清洁队合并成为同安县消毒站。1962年5月，更名为同安县卫生管理站，隶属县人民政府卫生院防疫股领导。

1956年

6月，县人民政府卫生院邀请城关中医师建立首次会诊制度，组建中西医治疗乙型脑炎小组。

10月，县人民政府卫生院成立中国共产党同安县人民政府卫生院支部委员会。

11月，县人民政府卫生院改称同安县卫生院。

1957年

1月，同安县卫生院更名为同安县医院。

1958年

5月，自制无菌制剂5%、10%、50%葡萄糖及生理盐水。

8月，同安县医院增设中医科。

8月23日，前线部队炮轰金门，大嶝卫生所全体医护人员投入阵地救护。县政府组织医务人员奔赴前沿各乡进行救护及巡回医疗。

1959年

1月，钟巧珍、刘书勉获省卫生厅授予的"卫生先进工作者"称号。

7月，县医院开设初级护生班，统考招收47名学员。

8月23日，海啸风潮袭击同安县沿海，县抽调医务人员奔赴受灾严重的丙洲等村抗灾救灾。

9月，同安县送省流行病研究所的狗头标本，是我省首次分离出的狂犬病毒。

9月30日，全县进行免费普治钩虫病，共治疗58 095人。

1960年

元月，放射科开展胸透、拍片。

1961年

开展肝功能、肾功能等生化检验。

放射科开展胃肠、食道钡剂透视。

1962年

是年，全县各防疫保健院、站实行"自负盈亏"的经营管理办法。县医院执行省财政厅、卫生厅2月27日联合颁发的《福建省公立医疗机构收费标准》。

1963年

7月1日，县卫生系统所有制人员第一次调整工资。

1966年

同安县城关中山路旧公园西南角新建一座病房楼，1969年竣工。

1967年

1月1日，全县医疗单位实行"西药全国统一价格"。

11月26日，县医院职工离开双圳头住院部，停止业务，翌年3月移至县卫生防疫站继续收治病人；东风医院受冲击，业务瘫痪。

1968年

3月，同安县医院在原同安防疫站收治住院内、外、儿科、传染科病人。

12月13日，东风医院与县医院、县卫生防疫站合并，设立同安县人民医院革命委员会，址暂设东风医院，杨和亭任副主任。同日，东风医院马巷分院下放与马巷公社防疫保健院合并，称马巷地段医院。

1969年

1月，县革命委员会生产指挥组设立县卫生小组，领导全县卫生行政事宜。

4月，同安县人民卫生服务站革命领导小组成立，取代县卫生小组，并取代同安县人民医院革命委员会。

1970年

2月，同安县革命委员会恢复卫生科，取代卫生服务站革命领导小组。同安县卫生防疫小组成立，翌年3月恢复同安县卫生防疫站名称，址设洗墨池1号（原同安县医院第二门诊部）。

1970年8月—1973年9月，同安县划归晋江地区管辖。

1971年

3月，南安县所辖大岭公社（即大嶝、小嶝、角屿三岛）和水头公社的莲河、霞浯二大队划归同安县管辖。县卫生科派员接管卫生行政事宜。至此形成现在同安县辖区范围。

8月，恢复同安县人民医院革命委员会，取代同安县人民卫生服务站革命领导小组。

11月5日，自8月5日至本日止，同安县首次发现小儿流行性喘憋性肺炎，发病2 826人，死亡18人，发病率高达770.29/10万。

1972年

3月15日至26日，钩端螺旋体病在果园公社东升大队暴发流行，发病32例，发病率2 244.98/10万。

6月1日，成立同安县医院革命委员会，取代同安县人民医院革命委员会。恢复同安县医院名称。

9月，开展钩端螺旋体病疫源地调查。猪是同安县该病主要动物宿主和传染源。

1973年

1月1日，全县卫生机构开展社会主义劳动竞赛，制定考勤制度。每年全院统计全院职工、各临床、医技科室劳动出勤率，连续五年、十年、十五年、二十年、二十五年、三十年超满勤者给予奖状及物资奖励。

1月，各公社卫生院自此陆续创建三室一厂（即手术室、化验室、X光室及药厂）。

1月，县医院开展心电图诊断。

8月，县革命委员会卫生科升为同安县革命委员会卫生局。

1976年

6月，县医院邀请泉州医大附属医院外科主任主刀，为水产局张汉地首次开颅清除硬脑膜下血肿。

12月，门诊楼竣工，门诊各科迁入。

1977年

3月15日，完成1973—1975年全县以肿瘤为主全死因回顾调查。肝癌死亡率为37.544/10万，居全省首位，仅次广西壮族自治区扶绥县及江苏省启东县。

4月，县医院开展A型超声波诊断。

1978年

3月，全县医疗单位贯彻卫生部制定的"全国医院工作条例""医务工作制度""医院工作人员职责"的试行草案。

3月8日，省卫生防疫站肿瘤研究室在同安县设立肝癌防治点，址县医院内。

8月，撤销同安县医院革命委员会，恢复同安县医院行政机构。

1979年

7月1日，县医院首先执行"金额管理、数量统计、实耗实销"的药品管理制度。

12月，省政府授予同安县医院"在社会主义建设中成绩优异，特予嘉奖"荣誉称号。

1980年

1月1日，县医院首先实行"五定一奖"（定任务、定床位、定人员、定业务指标、超额奖等）的经济管理制度。

4月13日，县卫生系统技术职称晋升评审委员会成立。

7月，医院党支部被市委授予"79年度先进党支部"称号。

8月1日，全县各医疗单位在县医院举行护理操作表演。

10月，县医院外科为蔬菜公司王某行首例食道癌根治术成功。

省卫生厅确定医院为全省首批三分之一重点建设县医院。

经省、市考试考核晋升内科副主任医师1名、主治医师1名、初晋初6名。

口腔科开展兔唇裂修补术。

1981年

1月，县医院增设病理室。

3月，县赤脚医生训练学校更名为同安县卫生进修学校，县卫生局仍委托县医院代管。1984年2月划归县卫生局直属单位。

陈光被省政府授予"省三八红旗手"荣誉称号；林继禄、曾璋英被省卫生厅授予"省卫生系统先进工作者"称号。

1982年

3月，全县医疗卫生单位加强医德教育，开展"两教育，三兼顾，四坚持，五讲四美，五不准，六提倡"活动。

林继禄被省卫生厅授予"省卫生系统先进工作者"称号。

8月23日，成立医院医疗事故鉴定小组，组长陈天庭。

同安县医院被省政府授予"省文明礼貌月活动先进集体""省先进单位"荣誉称号。

1983年

1月，县医院开展纤维胃镜检查和超声心动图检查。

3月，县医院被省卫生厅授予"社会主义精神文明先进单位"称号。

4月，县医院化验室开始开展免疫两对半检验。

5月，省政府授予同安县医院"1982年计划生育先进单位"荣誉称号，授予陈美妙"省计划生育先进工作者"荣誉称号。

7月，县医院在厦门第一医院外科主任郑秀木主持下，为机砖厂工人叶某首次做心脏二尖瓣分离术。

1984年

1月，县医院在厦门第一医院袁副院长主持下，为策槽埔头村农民林某首次做脾肾静脉吻合术。

3月，全县各医疗单位开展创建"文明院"活动。

10月，为同安建筑一社职工陈某首次行腹会阴联合切口会阴部、结肠套叠式人工肛门直肠癌根治术。

1985年

4月，购进日本EUB-26型超声波一台。

5月，县医院开展B超检查之始。

6月，购进日本三菱牌救护车一辆。

7月，省卫生厅评定县医院为文明医院，并授予"文明医院"牌匾。

12月，一座7 222平方米新病房楼竣工。

1986年

5月，县医院被省卫生厅授予"省计划生育先进单位"称号。

5月，同安县编制委员会《关于同安县全民所有制事业机构级别问题的通知》，经厦门市编制委员会批准，医院定为副科级。

5月，国家计生委授予陈美妙"全国计生先进个人"，发给奖章一枚，荣誉证书一份。

5月，国家卫生部授予余桂英、杨素惠、曾璋英、刘淑梅、钟欣萍、蔡里沙、李用虹、彭毓琼等同志三十年护龄荣誉称号，并颁发证书、奖章。

8月，陆长根被省人事局、军转办授予"省军转干部先进个人"称号。

9月，县医院被市政府授予"市落实安全保卫责任制先进单位"称号。

9月底，县医院新建的7 222平方米五层病房大楼投入使用。

1987年

县医院被市政府授予"市计划生育先进集体"。

市卫生局授予县医院"市卫生系统先进单位"称号。

9月，省政府授予钟巧珍为"计划生育先进工作者"。

10月，同安县编制委员会调整同安县医院人员编制，从358人增编到421人（按310张床位计算）。

11月4日，经县人民政府同意：同安县医疗事故鉴定委员会正式成立。

1988年

1988年，医院被确认为福建省首批参加全国院内感染监控网医院之一。药剂科被省卫生厅授予"中华人民共和国药品管理法先进单位"。

10月，县医院执行卫生部、财政部对护士提高工资10%的规定。

1989年

全院职工普调工资两级。

4月18日，同安县医疗机构整顿领导小组成立，设办公室。

5月，卫生部授予钟巧珍、陈美妙、庄美英、林秀卿、郑佩珍从事护理工作三十年荣誉证书、奖章。

1990年

1月，县政府授予县医院"先进单位"称号。

1月，县政府授予县医院"产科质量考评第2名（奖状）"称号。

6月，县政府授予县医院"89年政法工作中成绩显著，获先进集体"称号。

9月22日，改选产生第七届同安县医院共青团总支委员会，彭月芎任团总支书记，陈重艺任团总支副书记。各团支部同时进行换届选举。

9月，彭月芎当选为共青团同安县第十三届委员会委员。

11月28日，林继禄被选为县第七次党代表。

12月，中华老年学会授予吴望怀"全国老年体育先进工作者"称号。

12月31日，医院增设肿瘤科开诊，床位40张，科主任李昭铨，护士长王华玲，医生、护士共11人。

1991年

谢文霞、钟巧珍被市委宣传部、市卫生局等部门联合授予"特区建设十周年林巧稚精神奖"称号。

团市委授予医院团总支为"共青团雷锋雕像捐款活动最佳组织奖"、"学雷锋先进集体""团员教育评议活动最佳组织奖""先进团支部"称号。

6月，县委县政府表彰林继禄、钟巧珍为同安县第一批专业技术拔尖人才。

6月，县医院被省卫生厅授予"全省卫生系统计财工作先进集体"称号。

6月，县医院被省卫生厅、省爱卫会授予"省健康教育89—91年度先进单位"称号。

10月，县医院被省绿化委授予"在绿化运动中成绩优异特予表扬"称号。

10月，食堂及会议室基建928平方米，中心制剂室基建1 168平方米，竣工验收并投入使用。

1992年

3月，蔡华侨被省卫生厅授予"省卫生系统后勤工作先进个人"称号。

5月，卫生部授予周金环、李芒花、彭水香、傅淑琴、汤凤英、林秀琴、方悦花从事护理工作三十年荣誉证书、奖章。

5月，同安县卫生局同意医院增设保卫科机构。

5月，同安县人民政府同意医院设立肿瘤科，病床编制30张，其经费按有关规定列入县财政事业费拨款。

5月，团总支被团市委授予"特区突击队"称号。

9月，彭月芎当选为共青团厦门市第十三届委员会委员。

10月，纪双宝护士参加市政府举办的百家窗口护理技术比赛，获"技术状元"称号。

10月，谢文霞被推荐为市政协委员。

11月，林继禄当选为市第十届人大代表。

12月20日，妇产科建立家庭化病房。

12月29日，医院综合档案室验收合格。

1993年

3月8日,市卫生局授予陈新珠、郭明霞"92年度市卫生系统林巧稚精神奖"称号。

3月,成立医院制剂中心,设立董事会,实行独立核算内部股份。

4月23日,印尼华侨廖兴国先生及夫人李瑞英女士捐资20万元人民币支持医疗卫生事业。

10月,福建肿瘤医院到院指导肝癌防治工作,时间为期三年。10月11日派出边振琮主任到院,每周六为肿瘤专家门诊。

11月,医院设立党总支委员会,总支书记叶水砻、副书记刘恭样,下设六个党支部。

1994年

县医院被市政府授予"市计生先进单位"称号。

1月2日晚11时,接收35名食物中毒患者,系安徽合肥驻厦分公司工人,经过两天两夜全力抢救,患者全部治愈出院。

陈新珠被省总工会评为"省女职工标兵"。

5月,中华老年学会授予吴望怀为全国首届老年健身舞蹈汇演"荷花奖"二等奖和寿星奖。

6月,同安县医院党总支获中共厦门市委授予"先进党组织"称号。

6月,市委授予兰玉英"先进党员"称号。

5月22日,香港金日集团公司李仲树在厦门宾馆明霄厅举行捐资仪式,捐资100万元人民币用于兴建明树医疗中心。

8月16日,接受世界卫生组织、联合国儿童基金会和国家卫生部组成的爱婴医院评估组检查验收达标,并授予"爱婴医院"牌匾。

9月,通过国家级爱婴医院验收。

10月,拆除原总务科办公楼275.6平方米,准备兴建明树医疗中心楼。

11月4日,由香港金日集团公司捐资的特需病房楼——"明树医疗中心"楼奠基。

1995年

1月，医院计量工作达标，省卫生厅、省技术监督局颁发证书。

1月，市委老干局授予县医院"老干部社会优待工作先进单位"称号。

4月，医院启用"8110"型三导联心电图机。

4月16日，拆除原住院病房楼2 871平方米，准备兴建门诊医技综合楼，总建筑面积9 567.2平方米，总价值1 580万元，1996年10月15日竣工并通过验收，11月1日正式投入使用。

5月，卫生部授予张佩琳、商剑津、洪越治、陈新珠、杨亚霞五位同志从事护理工作三十年荣誉证书、奖章。

5月12日，青年护士蔡素因被厦门市卫生局授予"十佳护士"荣誉称号。

6月24日，由市委市政府为民办实事兴建的同安县医院门诊医技综合楼大楼破土动工。

7月，市卫生局授予县医院"执行《药品管理法》先进集体"称号。

7月，药剂科被市政府授予"药品监督管理先进集体"称号。

7月，医院引进一台无创伤性心脏病早期诊断仪并投用。

7月14日，香港金日投资集团公司举行捐资仪式，捐给医院42万元人民币，用于追加"明树医疗中心"楼的基建经费。

9月1日起，在原外科门诊的基础上，增设泌尿外科、骨科、颅脑外科、胸外科、肝胆外科等专科门诊。

10月，县医院被市政府、市警备区授予"92—94年度征兵体检工作先进单位"称号。

11月，全院541名职工参加工资改革，月增资361 737.5元。

12月，由职工自筹资金购置的美国百胜全身彩色多普勒超声血流仪投入使用。

12月8日，供应室迁到旧门诊楼楼下。

12月10日，建筑面积为9 567.2平方米的门诊医技综合楼封顶。

12月26日，医院的CJW-Ⅱ型自动同步双虹吸医院污水定量消毒设备，达到国家标准交付使用。

1996年

元月,市卫生局授予县医院"85—95年征兵体检先进单位"称号。

3月,钟巧珍被省妇女联合会、省科技委员会授予"95年省'巾帼建功科技进步杯'活动先进个人"。

3月,医院正式启动创建"二级甲等医院"。

4月,钟巧珍被省妇女联合会授予"省三八红旗手"称号。

5月,妇产科被市政府授予"95年计划生育工作先进单位"称号。

5月1日,厦门市中心血站同安血库在医院明树楼一楼挂牌营业,供应全县医疗用血。

6月,第一批获福建省干部外国语培训等级证书人员:中级3人、初级31人。

9月10日,供应室验收合格,厦门市卫生局发给合格证书。

9月,市肿瘤防治办肯定县医院95年厦门地区肿瘤登记报告工作成绩优良,特发奖状。

10月,医院成立食堂卫生管理领导小组、药械采购领导小组。

10月1日,检验科启用一台全自动血球计数仪。

11月2日,医院急诊科正式成立。

11月3日,建筑面积9 567.2平方米的门诊医技综合楼投入使用。

11月24日,建筑面积1 726平方米的"明树医疗中心"楼剪彩交接。

11月,护理部荣获省护理学会授予"护理继续教育先进团体会员单位"光荣称号。

12月,医院增设CT室。

1997年

1月,医院专家门诊开诊,聘请本院退休名老医师林继禄、林水蚶、刘书勉、叶梓材、李昭铨,诊室设在门诊二楼。

2月27日—28日,创建等级医院评审团一行三十八人到医院评审验收。

3月,厦门市人民政府授予医院为"厦门市创建安全单位活动先进单位"。

3月20日，医院档案经过考评，分数98分，达省"九五"期间省级先进档案室。

4月，医院设立病历检查考核小组、夏季传染病防治领导小组及治疗组。

5月1日，经国务院批准，同安县撤县改区，同安县医院更名为厦门市同安区医院。

5月9日，由香港同安联谊会和福建华伦集团有限公司共同出资合作装备的美国匹克1200型全身CT机正式投用。

5月，卫生部表彰陈新珠等27位同志"从事护理工作三十年"荣誉称号，并颁发证书、奖章。

5月，同安区医院被市政府授予"96年计划生育先进单位"称号。

5月，市红十字会授予同安区医院"95—96年红十字工作先进单位"称号。

5月，市爱卫会授予同安区医院"健康教育宣传栏评比三等奖"。

5月，医院成立职工医疗保险领导小组等协调组。

6月17日，市三德兴兴医基金会授予兰玉英"96年林巧稚精神奖"：授予陈新珠为"96年三德兴兴医基金会文明礼貌奖"。

7月1日，《厦门市职工医疗保险规定》正式在医院实施。

11月1日，医院检验科启用一台酶标仪和洗板机。

11月5日，吕超伟当选为厦门市第十一届人大代表。

11月20日至22日，省城市卫生检查团一行八人对医院卫生进行实地考察，各项成绩达标。

11月26日，放射科添置的上海申贝2450型全自动洗片机投入使用。

12月1日，医院内一区开展整体护理。

12月，同安区通过卫生部、联合国儿童基金会评估，获"爱婴区"称号。

12月30日，省卫生厅授予同安区医院为"二级甲等医院"。

1998年

1月23日，同安区卫生局党委到医院召开护士长以上中层领导干部会议，宣布竞争上任副院长叶水龙为业务副院长，叶惠龙为行政副院长。

1月28日，院领导现场指挥，全力以赴抢救围歼"1·28"持枪歹徒负伤人员，并成立临时抢救治疗小组。

2月《医院信息》正式创刊,每月一期,由院办公室、信息科主办。

2月,院长刘恭样带队到三明地区医院参观学习,设立经济管理领导小组办公室。

3月1日,医院被卫生部国际紧急救援中心正式授予"国际紧急救援网络医院"牌匾。

3月5日,医院被省卫生厅、财政厅等单位联合确定为省道路交通事故伤员救治定点医院。

3月,医院成立整体护理工作指导小组。

4月1日,医院与香港方益公司合作添置的全自动生化分析仪(贝克曼DC5型)投入使用。

4月,市教委授予同安区医院"市普通高等学校招生体检工作先进集体"称号。

4月,医院成立纠风工作领导小组,调整医院院务委员会等三十二个领导小组。

4月16日,高斌任同安区医院副院长职务,分管业务工作。

5月12日,林美瑾被省卫生厅授予"全省优秀护士"称号。

6月1日,医院开通"120"急救电话,组建"120"急救系统。

7月27日,医院放射科投入130万元,购置一台"日本岛津Ax-Fast型500毫安X光机"投入使用。

8月2日,"120"急救中心成功抢救新圩镇后埔村一起食用死牛肉引起中毒病人共52人。经防疫站检查,此批患者属有机磷中毒。

8月17日,医院被市劳动能力鉴定委员会指定为厦门市劳动能力鉴定医院。

8月,医院成立离退休干部工作领导小组、输血管理委员会。

10月,市人事局授予同安区医院"市专业技术人员继续教育先进集体"及"继续教育基地"称号。

10月28日,医院骨科正式成立。

11月,"120"医疗急救系统项目获市政府颁发"97年度厦门市科技进步表扬奖"。

1999年

1月，医院被市政府授予"花园式单位"称号。

3月，医院调整院内感染管理委员会。

3月14日，外二区成功抢救一例左胸第四肋间处刀伤并心房裂伤患者，首例获得成功。

3月，在副院长张亚狮带领下，医院骨科开展髋臼严重粉碎性骨折内固定术、带锁髓内钉内固定术治疗胫骨骨折均获成功。

3月，脑外科为一基底部出血昏迷患者开颅止血获得成功，填补同安区脑溢血手术治疗的空白。

3月，检验科在1998年度内，空间质量控制细菌培养、细菌药敏试验等方面获得省级优秀证书及合格证书，生化室获得全省血钙测定单项第二名的好成绩。

4月21日，医院投资7万元在同安地区首创安装远程会诊系统。

4月，医院96套职工宿舍，其中86套参加了房改并办理房屋所有权证。

5月，高斌被市卫生局授予"十佳青年医生提名奖"。

5月，医院团总支被团市委授予"市特区建设青年突击队"称号。

5月6日，投资255 000元建筑面积为400平方米的同安区医院体检中心投用。

5月25日，医院女工委员会被厦门市妇联授予"巾帼文明岗"称号。

6月，医院退管会被市离退休职工联合会授予"合格退休职工之家"称号。

6月25日，医院与福建医科大学附属第一医院结成协作医院。

7月，医院投资28万元购置一台"一舱二室双门式6人医用国产YYC-20SB型高压氧舱"设备。

7月，骨科巨大的胫骨纤维瘤患者进行保肢法肿瘤切除植骨术获得成功。

7月，医院脑外科采用侧脑室串联右侧脑室腹腔分流术新方法，成功手术一例脑肿瘤伴双侧脑积水症患者。

7月4日，骨科为91岁伤员进行人工股骨头置换术获得成功。

7月20日，高压氧舱机安装并通过省级鉴定后正式启动运行。

9月，兰玉英被市卫生局授予"林巧稚精神奖"称号。

10月19日，执业医师考试在医院明树医疗中心举行，医院被确定福建省同安区医院考点。

11月10日，医院被福建医科大学莆田学院授予"医学教学医院"牌匾。

11月22日，增补叶惠龙同志为医院党总支委员。

2000年

1月15日，投资37万元添置一台全数字化高档黑白超声诊断仪以及彩超NT-9000医学图象管理系统。

1月起，医院门诊收费处取消手工收费，正式实行门诊电脑估价、收费，并提供收费查询系统。

2月，市计委拨出40万元，为医院解决备用电源，安装、投用一台由同安友利机电公司、福建省闽江工程局厦门分局机电安装公司提供的中国与瑞典合作生产的发电机。

3月，医院正式成立信访办公室，陈冬裕任干事。

3月，护理部被省护理学会授予"96—98年度继续护理学教育先进单位会员"称号。

4月1日，医院开通了医疗药品收费电脑查询台，该系统输入了医院购入销售的所有药品的类别、品名、规格、价格、医疗收费标准等。

4月8日，市老干局授予干部病房"心系老干部"荣誉称号、牌匾。

5月1日，妇产科获得由国家卫生部颁发的"保健技术服务"执业许可证。

5月10日，医院被漳州卫校授予"医学教学医院"牌匾。

5月13日，医院制剂工会小组被省总工会授予"模范职工小家"称号。

5月16日，医院投资10万元在化验室安装一台美国V-STAT便携式手持血气分析仪。

5月20日，外二区应用人工呼吸机成功抢救一例因坠落伤致严重胸腹复合伤血气胸肝破裂出现急性呼吸窘迫综合征（ARDS）患者。

5月28日，医院投资30万元在化验室安装一台德国BE公司生产的全自动血凝仪。

6月，医院全面实行院务公开。

6月4日，医院投资60万元购置并安装一台WHALETM出厂的GIA-RGTM-100型数字化移动式C臂型X光机，在厦门地区属领先设备。

6月14日，同安地区首例重度有机磷中毒自主呼吸停止、昏迷病人在内一区抢救成功。

6月15日，成立同安区医院行风工作领导小组及行风工作办公室。

6月17日，由中华骨科学会内固定学组、中华骨科学会福建分会主办的2000年厦门骨科新技术、新发展讲习班在同安区医院举行，全国各地骨科专家学者120多人到会。

6月24日，医院投资22万元在心电图室安装一台Cardiosrs型美国产活动平板测试系统；投资5万元购置安装一台日本民氏公司生产的DS-250型24小时动态血压测试系统。

7月15日，成立同安区医院院务公开工作小组及监督小组，工作小组组长刘恭样，副组长叶惠龙；监督小组组长叶水耷，副组长张亚狮。

8月，医院率先在门诊大厅采用电脑联网，通过电视视屏定时自动公布1 321种药品的产地、规格、价格，公开各种收费标准。

8月，骨科成功开展胸腰椎骨折内固定术的新项目——沈氏法内固定术。

8月，门诊二楼进行拆墙改造，使化验室、门诊治疗室一目了然。候诊厅增设50张候诊椅，同时实行门诊就诊病人分诊择医服务。

11月，举行纪念建院八十周年庆典活动，编辑画册、论文集各一册，纪念章一枚。

11月，医院工会财务获省总工会授予"工会财务先进集体"称号。

12月，正式聘请厦门市合贤律师事务所陶京铭为医院常年法律顾问。

12月15日，医院与省医科大学附属第一医院建立医学协作关系正式挂牌。

12月27日，厦门医学会内科分会在医院举办学术交流会，110多名代表与会。

2001年

1月9日，厦门市"120急救中心"派驻医院，配备救护车2部，人员6人。

3月18日，因医院发展需要，征用"同安区兽医诊所"，面积1138.34平方米，征用赔偿金245万元，所属中山路沿街店面于11月5日拆除。

4月14日，医院传染科正式搬迁到原"兽医诊所楼"，旧传染科及医院北环城沿街店面同时拆除，总面积为1 748.85平方米。

4月14日，骨科主刀医师张亚狮、陈清楷，首次开展股骨巨细胞瘤手术获得成功，同时为该病人行同种自体与人工骨联合植骨术。

5月11日，医院共青团总支被团市委授予"厦门市五四红旗团支部"称号。

5月12日，传染科内两株区园林保护树——团花树在区绿化办技术指导下移植至五显镇四林村，已成活。

6月1日，医院"远程会诊中心"、"高压氧舱"两项成果通过区科技鉴定。其中"远程会诊"达到国内县（区）级水平，"高压氧舱"达到省内县（区）级水平。

8月1日，医院血库停止供血，厦门中心血站在新民设立供血站。

8月15日，经区政府、区民政局、卫生局共同协商决定，葫芦山烈士陵园即日起划归医院管理使用。

8月15日，医院食堂由社会承包经营，后勤服务社会化迈出了第一步。

8月16日，医院综合档案室通过省级复查验收达标。

9月28日，厦门市医学骨科分会在医院举行学术讲座活动，186名专家代表参加。

11月1日，医院制剂室通过省药品监督局验收发证。

11月15日，"120急救中心"被团市委授予"青年文明号"先进单位。

11月，内二区首次开展"微创锥颅穿刺"治疗脑出血。

11月，内一区首次开展"支气管镜"检查。

11月，妇产科引进"阴道镜、高频电波刀、光谱治疗仪"成套设备，是国内较为先进的诊疗技术仪器。

12月14日，省中医学院为"医院定点实习医院（基地）"授牌。

12月26日，全院开通电脑管理系统，至此全院63台电脑投入运行。

2002年

1月30日，厦门市委主要领导及有关部门领导一行30多人到医院现场办公，市委、市政府决定投资1.6亿元兴建一所高水平大型综合性新医院。

5月1日，张亚狮被市总工会授予"市劳动模范"称号。

5月10日，医院新购置双排螺旋CT机调试完毕并正式启用。

5月12日，财务科门诊收费处被市卫生局授予"卫生系统诚实守信，创人民满意卫生行业"活动"满意窗口"称号。

5月20日，信息科工会小组被市总工会授予"先进职工小家"荣誉称号。

5月20日，叶惠龙、兰玉英、吴英英被市卫生局授予2001年度"林巧稚精神奖"称号。

5月30日，市计委批复立项建设城南"同安区医院"（厦门市第三医院），用地8.2公顷，建筑面积6万平方米，投资估算1.6亿元。

9月13日，医院领导班子调整，由张亚狮同志任党总支书记，叶惠龙同志任院长。

11月2日，妇产科首次开展腹腔镜微创手术，为一患者做腹腔镜卵巢囊肿切除术获得成功。

2003年

1月12日，儿科搬迁至明树楼。

1月18日，五官科成功为一喉癌颈部淋巴结转移病人施行全喉切除术加颈部淋巴管扩清术。

2月初，外二区利用腹腔镜成功开展阑尾切除术、十二指肠球部溃疡穿孔修补术、胆囊切除术等手术。

2月8日，骨科成功开展股骨y钉内固定术治疗股骨中上段重度粉碎性骨折。

2月10日，召开院行政办公会通报福建省周边地区传染性非典型肺炎发病情况，医务科下发卫生部非典诊断参考标准、治疗原则和预防措施，抗击"非典"工作在医院拉开序幕。

2月12日，同安区医院成立防治非典型肺炎领导小组，以及医疗护理抢救专家组及后勤保障组。

2月15日，召开医院女婿茶话会，院领导与医院近200名女婿代表们畅谈医院发展大计。

3月初，五官科成功开展鼻窦镜手术。

3月初,检验科引进一台UF-50全自动尿有形成份分析仪和ACCESS全自动化学发光免疫分析仪。

3月24日,血液透析室投入运营。

4月2日,五官科成功开展白内障超声乳化手术。

4月16日,医院投用电子结肠镜、电子气管镜。

5月9日,新圩诗坂中学发生传染性"流感",近百名学生染病,医院派出专家组及由干部病区全体医务人员进驻新圩卫生院。

5月14日,竹坝中学、莲花罗溪小学相继发生学生群体性发热,医院派出专家组前往指导治疗。

5月29日,医院投入150万元引进的"奥林巴斯"超细电子胃镜,经安装调试正式运营使用。

6月16日,同安豪发汽车机械有限公司捐赠医院一辆价值12.08万元的防非专用车。

6月18日,新建独立的呼吸发热门诊正式启用。

6月18日,ICU病房正式投用。

7月22日,召开全院党员大会,选举产生了医院新一届总支及下属六个支部委员会。选举张亚狮为总支书记,叶惠龙、彭月芗二位同志为总支副书记。

8月20日,城南新院址正式破土动工。

8月25日,经省卫生厅批复,同意"同安区医院"更名为"厦门市第三医院"。

10月24日,黄建隆副主任医师、陈辉民主治医师在市第一医院心内科主任吴荣副主任医师指导下,成功为一名患有"Ⅲ°房室传导阻滞伴阿斯综合征"的心脏病患者安置VVI型心脏永久起搏器。

11月6日,同安区领导陈昭扬、陈国栋等来院检查征兵体检情况并听取新院建设、医院更名等工作情况汇报。

11月13日,医院投资1 500多万元引进1台西门子超导1.5特斯拉核磁共振成像仪(MRI),经安装调试正式投用。

12月18日,厦门市同安区医院更名暨厦门市第三医院挂牌庆典,省卫生厅、市、区政府等有关部门和单位领导共200多人参加。

2003年，厦门市委、市人民政府授予医院"厦门市防治非典工作先进集体"称号，叶水龙被厦门市委、市人民政府授予"厦门市防治非典工作先进个人"；

厦门市人民政府、厦门警备区授予医院"2002年度征兵体检工作先进单位"；厦门市爱国卫生运动委员会授予医院"厦门市1999—2002年度爱国卫生先进单位"称号。

2003年，护理部被省护理协会授予"1999—2002年度继续护理学教育先进单位"称号；被省城镇妇女巾帼建功活动领导小组授予"巾帼文明示范岗"称号；医院妇产科被市总工会授予"经济技术创新示范岗"荣誉称号。

2004年

2月14日，内镜室与麻醉科配合，首次成功为患者实施全麻下无痛胃镜检查。

2月26日，根据二甲医院的规范要求及加强公共卫生建设，增设科教科、感染管理科、医疗设备科、发热门诊、导诊服务室、ICU病房、消毒供应科、放射治疗科、信访办、布类清洁科等。

2月，经市卫生局及CDC组织对全市各家医院传染病防治工作检查考核，医院总分94.6分，全市第二名。

2月，医院被卫生部列为人禽流感疫情监测哨点医院，进行网上直报。

3月15日，医院被市保健委指定为厦门市干部医疗保健基地医院。

3月28日，医院举行磁共振开机仪式，省内外30多位专家莅临授课。

4月7日，市委书记郑立中在副市长詹沧洲以及有关部门陪同下，到医院新院址视察工程进展情况。

4月15日，医院成功抢救一位患者高楼跌下，昏迷28天，生命垂危的某中学老师。

4月，检验科引进首台贝克曼LX20分析仪，正式投入临床生化检测。

6月，骨科、胸外科相继成功开展膝关节镜、胸腔镜诊治手术。

7月，根据三级医院评审要求，增设4个科室：呼吸内科、理疗科、肿瘤内科、肿瘤外科。

7月8日，医院挂牌"日机装血透机福建省培训中心"。

7月16日，医院成立基建办。

7月22日，原内二区（神经内科、心内科）正式分科，心内科与原干部病房合并。

7月底，医院购置钴60远距离放射治疗仪，"钴60放射治疗中心"正式启用。

9月10日，神经外科采用脑室镜成功为患者切除巨大听神经瘤手术，属全市首例。

11月22日，省老体协、老龄办、省妇联授予吴望怀"第六届福建省健康老人"。

11月23日，原发热门诊、肠道门诊、传染科病房合并更名为感染性疾病科。

11月29日，医院新院工程顺利封顶。

2004年医院受表彰的先进单位、个人：

医院被市卫生局评为"创建全国文明城市工作先进集体"。

医院被中华医院管理学会、医院感染专业委员会授予"全国基层医院感染管理先进单位"称号；倪永治被评为"先进个人"。

医院被市委、市政府授予"社区建设先进单位"称号。

医院团总支被市委文明办、市民政局授予"厦门市青年志愿者行动先进集体"称号。

医院被厦门万人献爱心组委会、厦门市红十字会、厦门红十字基金会授予"2004年度万人献爱心活动先进单位"荣誉称号。

医院被厦门市人民政府、厦门警备区授予"2004年度征兵体检工作先进单位"称号。

吕超伟获中国致公党中央组织部"优秀组织工作者"称号。

医院被厦门市卫生局、市药监局授予"2004年度厦门市药品不良反应监测工作先进集体"。

2005年

9月，投资1.6亿元的新院主体大楼竣工。

9月25日，神经内科、呼吸内科、普外科、骨科、妇产科被确定为医院发展重点专科，心血管内科、肿瘤科为后备重点专科。

10月，医院购进860万元的西门子全数字减影血管造影系统（DSA）安装并投入使用。

11月，心血管科成立CCU监护病房，启动发热门诊隔离病房，筛查人禽流感。

11月，世界同安联谊大会1 500多名海外乡亲参观新医院。

11月11日，医院购进439万元飞利浦IU22高档彩色多普勒血流仪，经安装、调试正式启用。

12月31日，撤消内一区分别设立消化内科及呼吸内科；撤消内二区、干部病区，分别设立神经内科及心血管内科；撤消外二区，分别设立普外科及泌尿外科。

2005年医院开展的新技术新项目主要有：

肿瘤介入专业：食道癌伴胸腔瘘、气管瘘、纵膈瘘的介入引流和内支架植入治疗；肺癌的肺动脉和支气管动脉的双介入灌注治疗；协作成功抢救大咯血病人；十二指肠支架植入术。

肿瘤外科专业：全胸段气管切除＋颈胸腹三野淋巴结清扫术；超低位保肛直肠癌根治术。

肿瘤放疗专业：食管癌钴60放射治疗。

妇产科：妊娠期糖尿病产前筛查、产后大出血的介入治疗、子宫阴道瘘根治术＋阴道加长术、张力性尿失禁手术、阴道成形术。

放射科：开展国际通用的结肠气钡、胃肠气钡的双重造影术；首创的X线引导下前列腺增生支架置入术；开展下肢深静脉造影改良术。

检验科：泰莱-Ⅱ型时间分辨检测仪安装并正常运行，标志着乙肝两对半检测的灵敏度及技术提高了一个层次。

外一区：成功开展一例巨大垂体瘤切除；添置手术显微镜，手术数例血管母细胞瘤。

彩超室：开展肾彩超引导下活检、肾囊肿穿刺抽液等新项目。

内一区：开展持续性血液净化应用危重病人抢救两例；开展肺功能检测，首创气管内支架置入术、气道狭窄球囊扩张术、气囊探查气胸封堵技术、纤支镜下YBNA技术、气囊填塞治疗肺咯血。

心内科：心脏起搏器安置术。

2006年

1月，财务科被市人事局、财政局授予"厦门市会计工作先进集体"称号。

1月11日，医院工会被厦门市妇女联合会评为"2005年度女职工保健工作达标单位"。

2月17日，政工科更名为人力资源部；外一区更名为神经外科，分为神经外科一区、神经外科二区；骨科分为骨科一区、骨科二区；外二区更名为普通外科；增设泌尿科；保健科更名为预防保健科；急诊科更名为急诊医学科。

2月23日，药剂科被厦门市卫生局、药品监督管理局评为"2005年度厦门市药品不良反应监测工作先进集体"。

3月，医院全面完成整体搬迁，院址由原来的"中山路150号"变更为"祥平街道阳翟二路2号"。

3月6日，洗衣房承包给市伊愿服务管理有限公司，实现医院后勤社会化。

3月23日，呼吸科、消化科实现独立分科。

4月1日，医院任命蒲斌为普通外科主任；郭之通为神经外科主任；崔勇为心血管科主任；孙志强为呼吸内科主任；叶丽芳为急诊科护士长；郭雅丽为布类清洁供应室护士长。

4月1日，普外科、骨科、肿瘤科、泌尿外科、神经外科等五个科室实行门诊、病房"一条龙管理"。

4月3日，任命卢晔为等级医院评审办公室主任职务。

4月6日，任命吴鸣蝉为手术室护士长职务。

4月14日，开展惠民医疗服务实施方案的修订，制定领导组织机构、服务形式及优惠措施，增加惠民病床30张。

4月17日，厦门市副市长郭振家来医院视察新院运行情况。

4月18日，骨科刘忠国、陈清楷、张亚狮在放射线透视下，成功开展经皮椎体成形术。

4月20日，心血管科首例二尖瓣、主动脉瓣手术成功。

4月20日，卫生部及省、市级领导视察医院"新农合"工作。

4月20日，经物价局批准，各科室开放优质病房。

4月20日，医院决定将神经外科作为发展的重点专科，聘用郭之通主任医师为神经外科学科带头人。

4月25日，任命彭月芗为人力资源部主任；施郁川为急诊医学科主任；黄共产为医学检验科主任；叶乌有为预防保健科主任，吴奕生为副主任；吕超伟为CT、磁共振室主任；李建军为X线诊断室主任；洪银城为胸外科副主任，王佩华为胸外科护士长。撤消原肿瘤科下属的二类科室，即肿瘤内科、肿瘤外科，保留肿瘤科。增设胸外科为医院二类科室。

5月2日，神经外科主任郭之通成功实施首例高颈段肿瘤显微手术。

5月9日，台湾高雄县医师学会理事长、台湾高雄县建佑医院院长许义郎一行六人到医院开展医院管理学术交流。

5月14日，心血管科成功实施两例心脏手术。

5月20日，医院成立治理医药购销领域商业贿赂领导小组，制定治理医药购销领域商业贿赂专项工作实施方案，制定药品设备物资采购及基建工程建设制度。

6月13日，医院增设审计科、监察纠风办（隶属党办管理）、物价管理办（隶属财务科管理）、质控办（隶属医务科管理），同时，理疗科更名为康复理疗科、血库更名为输血科。

6月，叶惠龙被省卫生厅授予"福建省优秀医院管理者"称号。

7月14日，医院和同安区外商联谊会签订"外商快捷诊室"合作协议。

8月4日，供应室经过调试、试用后，符合医院供应的各项标准，正式搬迁新院。

8月22日，厦门市副市长郭振家带领在厦全国、省政协委员视察医院。

9月15日，心血管科在主任崔勇带领下，首次独立开展冠脉造影、左室造影获成功。

11月8日，副市长詹沧洲来医院视察征兵体检工作。

11月18日，厦门市第三届胸心血管年会在医院召开。

12月11日，联合国"生殖保健"官员视察医院工作。

2007年

1月起,新型农村合作医疗即"新农保"在医院开通。

1月5日,医院被授予"全省院务公开示范单位"称号。

1月7日,心血管科成功为一名合并脑栓塞儿童施行心脏肿瘤切除术。

1月8日,副院长李明宇报送的"扩肛式智能正压回流洗肠装置"获厦门市第四届群众性优秀发明革新"优秀发明创造一等奖",同时,X线诊断室主任李建军报送的"X线引导下前列腺支架置入术的临床研究"获"优秀合理化建议二等奖"。

1月11日,医院任命季阳为眼、耳鼻喉科主任;林国民为财务科主任;陈冬裕为药剂科主任。

1月17日,医院院前抢救组、急诊科、ICU进行整合,撤销急诊科,设立急诊医学部为医院一类科室;急诊部下属3个护理单元,即院前抢救组、院内抢救组、ICU(ICU仍然保留医院二类科室)。泌尿科与内分泌整合,更名为泌尿内分泌科。

2月8日,感染性疾病科、消化内科、呼吸内科搬迁至新院,旧院从当日起停诊。

2月28日,医院获厦门市卫生局、厦门市食品药品监督管理局授予"2006年度厦门市药品不良反应监测工作优秀单位"。

3月9日,旧院门诊医技楼、发热门诊等楼房的财产及安全防火、卫生保洁交付同安区中医院管理,同时将住院楼、传染科楼等建筑物移交中医院管理。

4月13—14日,省三级医院评审专家莅临医院检查指导并获通过。

4月26日,福建医科大学授予医院"福建医科大学教学医院"牌匾。

5月18日,省卫生厅确认厦门市第三医院为"三级乙等综合性医院"。

5月22日,医院救护车、"120"总调度室搬迁至新院。

5月,医院财务科门诊收费处获市人民政府纠风办颁发"2005—2006年度群众满意服务窗口"。

7月14日,中华医学会重症医学分会副主任邱海波教授来医院授课。

7月24日,医院食堂综合楼正式动工,六层总建筑面积4 100平方米。

7月，感染性疾病科获"厦门市传染病防治工作先进集体"。妇产科荣获"厦门市免疫规划工作先进集体"。

8月，医院荣获厦门市卫生系统岗位练兵技能大比武团体二等奖。心血管科医生蔡亚滨、ICU吴彬获厦门市卫生系统岗位练兵技能大比武个人一等奖。

9月25日，同安区委书记高玉顺一行5人前来调研，关心医院的建设和发展。

12月15日，医院二期工程建筑开始施工。

12月18日，急诊医学部下设两个病区：急诊急救病区、ICU病区。王兵担任急诊医学部主任职务。

2008年

2月，检验科获"2007年度省临床检验全面质量检测工作先进单位"；陈辉民获"2006—2007年度市卫生系统林巧稚精神奖"。

4月13日，福建医科大学附属协和医院心脏外科、福建省胸心外科研究所、福建省冠心病研究所与医院"协作医院"揭牌。

4月，骨科获福建省总工会"工人先锋号"称号。

5月5日，医院成立手足口病防治工作领导小组、专家小组及相关工作小组。

5月27日，医院党委、纪委成立，选举产生中共厦门市第三医院委员会委员、中共厦门市第三医院纪律检查委员会委员。

6月1日，接收四川地震灾区伤员23名。

6月2日，医院工会获市总工会"工人先锋号"称号。

6月3日，副市长潘世建带队到医院检查接收四川地震灾区伤员收治等工作。

9月19日，医院获福建省首届"民安杯"急救技能竞赛团体二等奖；吴彬获"福建省医疗急救技术状元"（第一名）。

9月30日，泌尿科分为泌尿外科、内分泌科、肾内科。

10月25日，呼吸科分为一科、二科，分别设置于住院部第14层和感染性疾病楼第4层；肿瘤科迁往感染性疾病科第5层。

2009年

蔡海水被省总工会授予"2006—2008年度福建省工会财会先进工作者"称号。

蔡庆红家庭被市委市政府授予"2006—2007年度厦门市文明家庭"称号。

2月16日,医院肛肠专科成立。

医院肿瘤科被市妇联授予"2008年厦门市巾帼文明岗"称号。徐彩临被市妇联授予"2007—2008年度三八红旗手"称号。

4月,医院骨科被福建省总工会授予"福建省五一劳动奖状"称号;叶惠龙被厦门市总工会授予"厦门市五一劳动奖章"称号。

4月,郭之通任厦门市第三医院质控科科长;黄建隆任医务部主任;陈辉民任纪检监察室主任;叶永芳任办公室主任;邢剑文任党群工作部主任;王佩华任人力资源部主任;李培芬任护理部主任;黄少越任科教部主任。

4月15日,林国民任厦门市第三医院财务科科长;庄朝木为厦门市第三医院后勤保障部负责人;潘建平为厦门市第三医院设备科负责人;蔡海水为厦门市第三医院保卫科负责人。

4月24日,接到卫生部命令,厦门抽调医疗队支援河南商丘手足口病救治,儿科主任陈梅主任医师任队长,主管护师吕黎松一同前往支援。

5月13日,院党委成员、纪检监察室主任、ICU主任陈辉民等支援四川彭州返回厦门。

12月8日,因到退休年龄,免去张亚狮的中共厦门市第三医院委员会书记、委员,市第三医院副院长职务。

2010年

1月12日,经同安区委研究决定:由彭月芗同志主持医院党委工作。

1月25日,正式启动创建三级甲等综合医院工作,重新修订《厦门市第三医院规章制度与职责汇编》。

3月,医院荣获2009年"医疗质量万里行"活动全省三级医院病历质量评比一等奖。

3月27日,医院正式开通门诊医生工作站、一卡通系统。

6月21—23日，省卫生厅对医院申报三级甲等综合性医院进行评审。

9月19日，急诊医学部主任王兵援助彭州医院结束。

12月31日，医院与同济大学附属上海市肺科医院协作医院签约、揭牌。

2011年

5月24日，党员大会进行党委、纪委换届选举：选举彭月芎为党委书记，叶惠龙为党委副书记，叶水龙为纪检书记。

5月，医院二期扩建工程于2010年12月24日竣工，建筑面积21081平方米，经配置配套设施及各项验收合格后投入使用。

7月7日，省卫生厅三级乙等综合性医院复评。

10月，儿科被厦门市妇女联合会授予"巾帼文明岗"称号。

11月18日，省卫生厅住院医师规范化培训基地复评。

12月，神经外科被厦门市总工会授予"厦门市创新型先进班组"称号。

2012年

2月16日，医院骨科设立手外科、关节外科治疗病区。

3月2日，医院神经内科护士林丽芳赴博茨瓦纳参与为期三年的医疗援助。

3月2日，福建省高等医学院校临床教学基地评审专家组一行八人对医院临床教学基地进行实地评审。

3月23日，医院被市卫生局评为"厦门市卫生系统2011年度卫生行风建设工作先进单位"。

5月23日，医院被厦门市政府扶残助残工作委员会评为"厦门市扶残助残先进集体"。

5月，经省卫生厅、省教育厅批准，医院成为福建中医药大学非直属附属医院。

5月，医院组建"天使志愿服务队"。

5月，医院团总支被福建团省委评为"2011年度福建省五四红旗团总支"。

5月，医院被福建省疾控中心评为"2011年度流感监测先进单位"。

5月，医院ICU被市总工会评为"厦门市女职工建功立业标兵岗"。

5月，吴彬被团省委表彰，获评"第九届福建青年五四奖章"。

5月，蒲斌被市总工会授予"厦门市五一劳动奖章"。

6月7日，卢晔成为中国支气管病及介入肺病学委员会委员。

6月29日，神经内科申报的项目"脑出血微创治疗专科"，入选厦门市第四周期规划专科建设项目。

6月30日，院长叶惠龙当选为厦门市医学会第六届理事会常务理事，叶水龙、黄建隆、郭之通、卢晔等当选理事。

9月，医院党委被评为"全省卫生系统创先争优活动先进集体"。

9月，医院消化内科开展胶囊内镜检查。

10月14日，医院完成新急诊部搬迁，实现急诊治疗、检查一站式服务。

10月，医院叶惠龙（外科学）、叶水龙（内科学）、王兵（急诊医学）三人被遴选为福建中医药大学专业学位型硕士生导师。

11月7日，医院离退休党支部成立老党员志愿者服务队，参加了由中共厦门市委老干局、厦门关爱工程联盟领导小组举办的授旗仪式。

12月18日，医院被卫生部评为"2012年度全国医院感染监测网医院感染横断面调查先进单位"；倪永治被评为"2012年度全国医院感染横断面调查先进个人"。

12月29日，福建省第三届肺CA慢咳呼吸介入学术会议在医院召开，150名专家、医务人员参加会议。

2012年，医院有11项课题获科技立项，其中福建省医学创新课题资助计划1项，福建省医学青年课题资助计划三项。

2013年

3月1日，医院从2013年3月1日零时起开始，实施医药分开，取消药品加成工作。

4月11日，市总工会授予彭月芗"第五届厦门市职工道德建设先进个人"光荣称号。

5月29日，原内分泌科和肾病学与免疫学科整合为肾脏、内分泌科，陈重艺为科室主任。

6月18日，院感科梁春虹荣获省疾控中心颁发的"2012年度流感监测先进工作者"称号。

6月21日，叶聪艺草书作品获市档案局主办的市档案系统首届书画摄影作品展二等奖。

7月7日，路易斯安纳大学医学博士、教授范渊达来院讲学。

7月24日，医院设立客户服务中心，主要服务内容有预约、随访、信访、咨询、自助、导诊咨询等。

8月8日，医院创建三甲医院动员大会召开，邀请华中科技大学附属同济医院管理研究所所长、教授王华解读评审标准。

8月15日，医院启用办公OA系统。

9月11日，福建省妇联授予儿科"巾帼文明岗"称号。

9月，厦门市价格协会授予医院副会长单位。

10月26日，普外科在2012—2013年度班组（科室）建设中成绩显著，被市总工会评为"优秀班组（科室）"。

10月26日，市总工会授予胸心外科"五一先锋岗"称号。

11月1日，副市长黄强召集市直有关单位专题研究医院建设有关工作，会议明确：同意第三医院康复病房综合楼（三期）工程和地下变配电室迁移工程的投资由市财政承担40%、区财政承担30%、医院自筹30%；关于第三医院科室流程化改造工程和信息化建设工程资金，纳入市、区两级财政已安排的专项资金统筹考虑。

11月8日，在同安区梧侣路69号增加执业地址，即"厦门市第三医院梧侣门诊部"。

11月25日，经福建省卫生厅批复，同意将"福建中医药大学附属厦门第三医院"作为厦门市第三医院的第二名称。

12月28日，福建中医药大学附属厦门第三医院暨第四临床医学院授牌。

12月31日，第四届肺癌·COPD·呼吸介入治疗暨省卫生厅医学创新课题研讨会在医院召开，来自全国一流的呼吸病专家学者及呼吸界同行238人参会。

12月，叶聪艺书法作品在厦门市机关"中国梦·公仆情"书法比赛中荣获一等奖。

12月，医院被市卫生局评为"厦门市医院感染现患率调查先进单位"，倪永治被市卫生局评为"厦门市医院感染管理突出贡献奖"。

2014年

1月11日，市第三医院骨科与光亮骨科医院建立对口医疗技术帮扶关系。

1月16日，医院组织天使志愿服务队前往军营、白交祠为山区村民义诊、咨询，并对乡村医生进行技术培训，共义诊500余人。

1月30日，医院召开座谈会慰问本院选派援助博茨瓦纳、新疆等地的医疗队队员。

3月13日，医院举办"热血接力，人文三院"医务人员应急无偿献血活动，200余名医务人员报名。

3月，医院ICU副主任、副主任医师、"福建省急救技术状元"获得者吴彬，被厦门市卫生局、共青团厦门市委员会授予"厦门市第三届十佳青年医生"殊荣。

4月3日，医院被市卫生局评为"行风建设先进集体"。

4月25—28日，医院与厦门大学附属第一医院联合举办2014年全国神经创伤学术会议，郭之通主任担任大会主席。

4月，医院被厦门市食品药品监督管理局、厦门市卫生局授予"2012—2013年度厦门市药品不良反应监测工作先进单位"称号，同时授予叶惠龙、李军"2012—2013年度厦门市药品不良反应监测工作先进个人"称号。

5月，医院普外科被福建省总工会授予"福建省工人先锋号"；蒲斌被授予"厦门市劳动模范"荣誉称号。厦门市第三医院经福建省总工会复查验收，被确认保持"省模范职工之家"荣誉称号。

6月18日，副市长国桂荣视察厦门市第三医院三期扩建工程项目，要求抓紧做好工程建设，争取尽早开工。

7月27日，由福建中医药大学附属厦门第三医院承办的第一届全国气道良性病变的诊断与介入治疗论坛召开，上海复旦大学附属中山医院、上海呼吸病研究所等12位著名专家、教授应邀出席。

7月，第三医院投入150万引进60台自助机安装在门诊各楼层、急诊部、住院部。

8月，医院"大型C臂机适时引导下经超细支气管镜肺大泡减容术的临床研究"科技项目获"2014年厦门市医学创新奖"。

9月5日，海南省人民政府考察团一行莅临医院考察。

9月，医院在市卫生局组织的全市18家医疗机构工作制度落实情况专项检查中，以95.7分的平均成绩获全市第一名。

10月，医院神经内科被厦门市总工会评为"2014年厦门市工人先锋号"。

11月18日，厦门市发展改革委下文，同意医院建设康复病房综合楼（三期）项目。

11月24日，福建省卫计委办公室发文，批准蔡亚滨开展冠心病介入诊疗技术。

11月28日，受海南省卫计委之邀，院长叶惠龙参加海南省首届和谐医患关系学术研讨会并交流经验。

12月16日，医院开通高端远程会诊，与中国人民解放军301总医院建立远程协作关系，通过远程会诊系统，联手为58岁的林老伯会诊，让他有了明确诊断。

12月27日，作为厦门市政府、同安区政府为民办实事项目，厦门市第三医院梧侣门诊部正式启用，该门诊部总建筑面积4 000平方米，投入资金1 088万元。

12月30日，郭之通同志任厦门市第三医院副院长；黄建隆同志任厦门市第三医院副院长，试用期一年。

2015年

1月6日，医院被市委授予"市级文明单位"称号。

1月7日，医院神经内科王顺旺等医师发明的"MTHFRD基因多态性C677的检测试剂盒"被国家专利局正式批准为发明专利。

1月22日，医院呼吸二科申报的"急诊经支气管镜一次置入二根新型双腔微导管治疗肺大咯血临床研究"项目被市总工会授予"优秀技术改进革新项目"二等奖。

3月18日，许文勇任厦门市第三医院院长助理、医务部主任。

4月16日,区政府同意医院在围墙内的西侧及南侧绿化空地建设临时绿色停车场。

5月4日,神经外科分为两个独立科室:神经外科一区和神经外科二区。

5月28日,医院被福建省疾控中心授予"2014年度福建省流感监测先进单位"称号;陈明智被评为"2014年度福建省流感监测先进工作者"。

5月,林先童被团市委、市青年联合会授予"2015年厦门青年五四奖章"荣誉称号。

6月10日,医院被市卫计委授予第二轮"平安医院"称号。

6月12日,省中医药大学中西结合学院院长施红率队到医院检查在校学生教学工作,并为教研比赛颁奖。

7月,院长叶惠龙带领的"细胞外组蛋白对创伤所致ARDS早期诊断及预后评估"项目获福建省自然科学基金面上项目立项。

7月3日,医院呼吸二科主任卢晔的"急诊经纤维支气管镜一次置入二根双腔微导管治疗肺大咯血的临床研究"被市卫计委授予2015年度厦门市医学创新奖。

7月15日,按照厦门市统一部署,医院落实2015年公立医院医疗服务价格改革工作。

7月21日,医院被厦门人民政府征兵办公室授予"2014年度全市征兵工作先进单位"称号。

8月12日,福建中医药大学副校长李灿东、教务处副处长陈贵铭、中西医结合学院副院长彭美玉、办公室主任郑玉清一行前来教学指导。

8月21日,厦门市发展改革委批复,同意批准第三医院康复病房综合楼(三期)项目投资概算。项目总建筑面积33 907平方米(其中:地上24 996平方米,地下8 911平方米),建设1栋14层的康复病房综合楼,新增床位300床。项目总投资概算18 858万元。

8月27日,国际著名心血管病专家林延龄院士莅临医院开展学术指导,并为医院发展建言献策。

8月28日,福建省精神文明建设指导委员会授予医院"福建省第八届(2015—2017年度)文明行业创建竞赛活动示范点"。

9月，心内科主任崔勇被市卫计委评为"厦门市慢病分级诊疗三师共管示范专科医师"。

10月18日，由医院呼吸科承办的第二届气道良恶性病变诊断与介入治疗研讨会举办，会上特聘国际顶尖呼吸病学专家白春学为医院呼吸二科主任，医院同时正式加入中国肺癌防治联盟。

10月29日，厦门市卫生和计划生育委员会为医院颁发"安全生产标准化二级医院"称号。

11月5日，检验科通过国家结核病参比实验室组织的第二轮全国结核病分子诊断技术能力验证，获优秀证书。

11月9日，医院启动"心血管风险评估和患者教育项目"，厦门市首台心血管评估仪落户三院。

11月16日，医院在市护理质控中心主办的2015市护理品管圈活动比赛中荣获三等奖。

11月18日，医院康复病房综合楼（三期）工程动工建设。

11月24日，同安区人民政府区长黄燕添、副区长朱永辉召集政府办、发改局、财政局等部门，就第三医院门诊广场地块绿化及地下车库建设项目相关事宜进行专题研究，并形成会议纪要。

12月7日，新建停车场投用，设停车位381个，并按物价部门审批标准进行收费。

2016年

2月19日，医院成立医学检验部，下设检验科与输血科。

2月19日，医院检验科启用贝克曼库尔特Power Processor全自动生化免疫流水线，在厦门岛外率先实现检验科整体自动化，有效缩短了检测标本周转时间。

3月3日，刘忠国被厦门市总工会授予"厦门市五一劳动奖章"荣誉称号。

3月7日，妇产科被厦门市妇女联合会授予"三八红旗集体"荣誉称号。

3月16日，同安区人民政府区长黄燕添调研市第三医院康复病房综合楼（三期）项目基建。

4月16日，市卫计委为医院颁发"厦门医学院士指导中心——陈孝平院士指导平台"铜牌。

4月22—23日，医院承办福建中西医结合学会胸外科分会2016年会暨微创胸外科新进展学习班，作为福建省胸外科界盛会，院长叶惠龙当选为厦门市中西医结合学会胸外科分会主委。

4月28日，"中国肺癌防治联盟厦门市第三医院肺结节诊治分中心"授牌。

4月29日，医院与长泰县医院签定对口支援协议。

5月4日，杨雪梅被厦门市卫生计生委、共青团厦门市委员会授予"最有人情味青年护士"荣誉称号。

5月6日，国际著名心脏病学专家林延龄院士再次到市第三医院进行学术访问及指导。

5月10日，第三医院ICU被团市委、厦门卫计委授予"厦门青年五四奖章"殊荣。

5月11日，第三医院ICU、手术室被厦门市卫计委、厦门市护理学会授予"厦门市护理管理先进科室"。

5月30日，呼吸二科主任卢晔的科研项目"局部应用苦参素注射液对良性瘢痕增生性气道狭窄抑制作用的初步研究"荣获2016年厦门市医学创新奖。

6月7日，医院神经外科颅底显微解剖实验室挂牌，这是闽西南地区首家颅底显微解剖实验室。

8月3—4日，福建省住院医师规培基地评审专家组实地评审，医院内科、外科、妇产科、儿科、麻醉科、放射科、全科等7个规培基地通过评审。

8月9日，全市首台腋臭治疗仪在医院投用。

8月12日，叶惠龙当选福建省海峡医药卫生交流协会常务理事。

9月19日，副市长卢江莅临医院检查"莫兰蒂"台风灾后重建工作。

9月19日，妇产科被厦门市总工会授予"工人先锋号"。

9月21日，卢晔被中华医学会聘为《国际呼吸杂志》第7届编辑委员会编委。

9月24日，福建医科大学孟超肝胆医院院长刘景丰一行到第三医院协商肝病医联体建设。

9月27日，同安区委组织部批复：彭月芗、叶惠龙、叶水龙、高斌、黄建隆、郭之通、陈辉民等七位同志为中共厦门市第三医院委员会委员，其中彭月芗同志任书记，叶惠龙同志任副书记；黄建隆、彭彬彬、王秋霜等三位同志为中共厦门市第三医院纪律检查委员会委员，其中黄建隆同志任书记。

10月1日，厦门市首个复合手术室在医院投用。

10月20日，医院在同安区政府会堂召开国际医院标准JCI认证评审工作启动会议，拉开创建JCI认证医院的序幕。

10月28日，医院被福建省疾控中心授予"2015年度福建省流感监测先进单位"称号，梁春虹被评为"2015年度福建省流感监测先进工作者"。

10月29日，医院主办全国第三届气道良恶性病变诊断与治疗论坛，省内外200多名专家与会。

12月3日，市领导叶重耕带队考评督导同安综治平安建设，实地考察"平安医院"建设情况。

12月6日，医院胸外科被厦门市医学会评为厦门市卫计系统防抗"莫兰蒂"台风及灾后重建工作先进集体，手足外科主任肖松、胸外科副主任卢景彤被评为厦门市卫计系统防抗"莫兰蒂"台风及灾后重建工作先进个人。

12月31日，医院三期康复病房综合楼项目主体封顶。

2017年

1月1日，医院的"PACS云应用"实践项目被中关村移动互联网产业联盟移动医疗专委会、中国数字医疗网评为"2016数字医疗健康最佳实践"奖项。

1月15日，黄建隆荣获2016年度"中国优秀CIO（首席信息官）"称号。

3月28日，医院被市委宣传部评为"全市学雷锋活动示范点"。

3月30日，省委政法委常务副书记林贻影带队的考评组莅临医院进行平安医院建设考察。

4月26日，刘忠国被厦门市委、厦门市人民政府授予"厦门市劳动模范"荣誉称号。

4月，医院微电影《天使心》荣获"首届全国护士微电影节"提名影片奖。

5月4日，医院第三团支部被共青团厦门市委员会授予"厦门市五四红旗团支部（总支）"。

5月,医院内分泌科护士长陈德梅荣获第五届福建省"小鹰"护理基金奖励。

5月,郭小莽、许春梅、纪双宝、林乌甜、彭亚玲、郭雅丽、陈美娟、林雪燕、占月仙被厦门市卫计委、厦门市护理学会授予"从事护理工作三十年荣誉称号。

6月10日,受厦门市卫计委委派,医院选派超声室医生袁静奔赴西藏昌都地区左贡县,参与当地的包虫病筛查工作。

6月14日,医院召开党员大会选举增补两名党委委员,会议由党委书记彭月芗主持,本次增补许文勇、徐彩临为党委委员。

6月,由卢晔、崔会芳、陈旭君、叶惠龙、陈明红、黄溢华、吴奕群、熊贤俊、陈辉民等开发的"局部应用苦参素注射液对良性瘢痕增生性气道狭窄抑制作用的初步研究"项目在福建省百万职工"五小"创新大赛上荣获三等奖。

6月,卢晔被中国医师协会呼吸医师分会评为第五届"全国优秀基层呼吸医师"称号。

7月12日,卢晔当选为厦门市医学会呼吸病学分会第四届委员会副主任委员。

7月29日,高允盛当选为厦门市医师协会内分泌代谢科医师分会第一届委员会常务委员,任期三年。

7月31日,市第三医院新引进3.0T磁共振机正式投用,为患者早发现早诊断添"利器"。

10月17日,叶惠龙兼任厦门市同安区中医医院院长,任职时间从2017年9月21日算起;蔡朝阳任厦门市同安区中医医院副院长(挂职),任职时间从2017年9月21日算起。

10月20日,福建省政协副主席李红带领省医改调研组一行莅临医院督查指导。

10月21日,由厦门市卫生资讯协会主办,医院承办的"医疗信息化助力分级诊疗会暨市科技项目技术交流会"举行。

10月23日,叶惠龙当选为海峡两岸医药卫生交流协会胸外科专业委员会委员。

10月26日,医院举行胃食管反流病多学科协作会议,宣布医院胃食管反流病多学科合作团队正式成立,团队由消化内科主任王银总负责。

11月9日，同安区委书记黄燕添在医院开展区教育系统、卫计系统宣传贯彻党的"十九大"精神。

11月15日，医院移动支付功能上线。

11月24日，医院正式成为"国家呼吸临床研究中心·中日医院呼吸专科医联体"协作单位并挂牌。

11月30日，医院启用床边结算服务。

12月8日，市卫计委举行凤凰花志愿服务分队授旗仪式，为新增的第三医院凤凰花志愿服务分队授牌、授旗。

12月9—10日，由福建中医药大学附属厦门第三医院等主办的"第四届气道良恶性病变及肺癌的诊断与介入治疗研讨会暨省医学创新科研课题学术交流会"举行，来自上海、陕西、山东等医学专家与会。

2018年

1月12日，黄建隆当选为厦门市医学会老年医学分会第四届委员会副主任委员，任期三年。

1月16日，医院被福建省医院感染管理质量控制中心评为"2017年度福建省医院感染横断面调查先进单位"。

3月14日，医院申报"云医院全应用"入选"砥砺奋进的五年"百强数字化医院成果展，郭胜杰获评"数字化医院建设优秀工作者"。

3月16日，厦门市第三医院门诊收费处、急诊和中心药房被共青团厦门市委员会授予"2016—2018年度市级青年文明号"荣誉称号。

4月28日，医院成为福建省化妆品不良反应监测哨点单位。

4月，医院荣获2017年度"厦门市五一劳动奖章"殊荣。

5月4日，李冰获评2018年"厦门青年五四奖章"殊荣。

5月，福建省消化道早癌八闽行厦门站活动举行，省医学会消化内镜分会主任委员、解放军福州总医院消化内科主任、教授王雯率多名消化内镜专家莅临指导。

5月11日，吴彬、王莹家庭被市委文明办评为"厦门市最美家庭"称号。

5月24日，医院被市委、市政府评为"市级文明单位"称号。

6月2—3日,市医学会呼吸分会、市第三医院举办2018年省级继续医学教育项目"慢性气道管理及间质性肺病疑难病例研讨会",来自中日友好医院、北京协和医院、上海复旦中山医院等全国呼吸病专家与会。

6月15日,叶惠龙被福建省医师协会聘为第一届理事会理事。

6月29日—7月1日,中国卒中学会学术会议暨天坛国际脑血管病会议上,厦门市第三医院荣获"综合卒中中心"称号。

8月,吴彬当选中国医药教育协会重症超声学组常务委员。

9月30日,同安区总医院揭牌,组成一个以三院为龙头,同安区13个医疗卫生成员单位组成的紧密型医联体。

9月,医院成为福建省感染性疾病专科联盟成员单位。

10月13日,首届银城创伤骨科论坛上,举办2018年福建省肘关节周围损伤诊疗新进展研讨会,来自国内外三十余位骨科知名专家聚首同安。

10月,医院成为国家心血管病中心高血压专病医联体同安区分中心。

11月16日,医院急诊科被市总工会授予"工人先锋号"。

12月14日,夏爱芳被福建省康复医学会聘请为呼吸康复委员会第一届青年委员会委员。

12月21日,李延峰被评选为福建省海峡医药卫生交流协会心血管外科分会常务理事。

2019年

1月15日,医院与五显镇三秀山村精神文明建设共建结对。

3月,医院三期康复综合楼建成投用,三院编制床位达到1 000张。

4月,ICU吴彬当选福建省医师协会重症医学科医师分会第一届委员会常务委员。

6月6日,福建医科大学附属第一医院肝病中心主任、福建省特色医学专业病毒性肝炎学科带头人、教授江家骥莅临医院,指导医院"乙型肝炎临床治愈(珠峰)工程"项目。

6月28日,医院离退休支部被中共厦门市委评为"先进党组织"称号。

7月5日,世界神经外科协会神经创伤委员会主席、欧洲脑损伤协会联合主席、比利时安特卫普大学医院Andrew I.R.Maas教授,意大利米兰大学附属医院Nino Stocchetti教授，中国医师协会神经外科医师分会神经重症专业委员会秘书长、北京宣武医院神经外科教授陈文劲等国内外神经外科知名专家莅临医院指导。

7月6日，医院与复旦大学附属中山医院厦门医院签约，双方成为医疗技术协作单位。

7月22日，医院骨科"中国创伤救治联盟创伤救治中心建设单位"、"福建省骨科联盟成员单位"和"厦门市医学优势亚专科"揭牌。

8月16日，徐彩临荣获市卫健委授予"林巧稚式好医生"称号。

9月4日，医院肛肠科病区正式挂牌成立。

10月22日，医院被福建省疾病预防控制中心评选为"2018年度福建省流感监测先进单位"；许黎明获评"2018年度福建省流感监测先进工作者"。

10月31日，邱海波名医工作室在医院揭牌，邱海波教授与医院院长郭之通签署合作协议，这是同安区首个名医工作室，市民在家门口即可享有国家顶级专家的医疗服务。

10月31日，刘忠国被市委市政府授予"厦门市第十批拔尖人才"称号。

11月3日，在国家心血管病中心心力衰竭病区医联体福建省中心成立大会上，医院被列为"国家心血管病中心心力衰竭专病医联体成员单位"。

11月22日，国际著名消化内镜专家、教授傅光义莅临医院，指导医院消化道早癌诊治，并亲自操作胃肠早癌精查及内镜下治疗。

11月，中国肺癌防治联盟授予医院"肺结节诊治分中心"，呼吸二科卢晔担任分中心主任。

12月24—27日，医院党委下属15个党支部严格按照换届选举程序，分别召开党员大会，选举出新一届支部委员会。

12月30日，陈海挺被市委、市政府授予"2018年度厦门市科技经济卫生工作先进个人"称号。

2020年

2月2日，医院派出2名骨干医护人员前往支援杏林定点医院，参与疫情防控救治工作。

2月4日，医院派出护理骨干、党员王赫铭与福建省组派护理专业医疗队，前往武汉疫区支援。

2月9日，医院28名医护人员火速集结，参加厦门市组派的医疗队向武汉疫区逆行出征抗疫，同时成立援鄂临时党支部，由党委委员、ICU主任陈辉民担任支部书记，神经内科副主任医师陈海挺担任组织委员，康复医学科护士长曾英彩担任宣传委员。临时党支部陆续收到援鄂医疗队13位医护勇士们递交的入党申请书。

5月12日，医院召开纪念第109个"5.12"国际护士节活动，向驰援武汉、杏林定点救治医院的护士赠送《战疫英雄册》，开展抗疫英雄事迹报告、文艺演出。

8月，ICU吴彬获"福建省五一劳动奖章"。

8月13日，医院召开党委换届选举大会，选举产生新一届中共厦门市第三医院委员会班子成员。

10月23日，由中华足踝医学教育学院主办，医院承办的平足筛查义诊活动走进宁化。

12月，医院顺利通过国家第三批西医住院医师规范化培训基地考核，取得国家全科住院医师规范化培训基地资格。

12月，ICU吴彬当选厦门市医学会重症医学分会第三届委员会副主任委员。

2021年

2月22日，厦门市第三医院新任院长任职宣布会议召开，彭小松任中共厦门市同安区总医院委员会副书记、院长，中共厦门市第三医院委员会副书记、院长，兼任同安区中医医院院长；免去郭之通中共厦门市同安区总医院委员会副书记、院长，中共厦门市第三医院委员会副书记、院长，同安区中医医院院长职务（退休）。

3月12日，同安区总医院康复医学中心在三院康复医学科挂牌成立。

4月，医院通过中国胸痛中心认证，跻身"国家队"行列。

4月，医院成功开展"左心耳封堵术"，标志着医院在心脏房颤治疗水平方面迈上新台阶。

4月17日，2021中国医院竞争力大会在厦开幕，医院位列省单医院100强名列，已连续三年入列。同时，医院在2020年度全省189所二级以上公立医院出院患者满意度调查中，排名位居全市三级综合性医院第2名。

5月，医院新生儿医保参保报销"秒批"上线，破解新生儿出生后办证、参保缴费、医保报销的堵点问题。

6月18日，医院举行"光荣在党五十年"纪念章颁发仪式，杨金镇、陈文坎、叶桂林、李兴中、马铭益、钟巧珍等获颁奖章。

7月1日，医院召开庆祝建党一百周年"两优一先"表彰大会，举办党史学习教育驰援武汉医疗队先进事迹报告会。

7月29日，医院第八届工会委员会换届选举大会举行。

7月30日至8月7日，医院共派出228名党员、医务人员，支援思明区核酸采集点的紧急核酸采集工作。

9月10日，市级名医工作室——林江涛名医工作室在医院签约并揭牌。

医院继续推行"双主任制"，柔性引进一批国内知名专家，如肿瘤放疗科吴君心教授等专家。

9月，同安疫情发生后，三院全体医护人员齐心协力、迎难而上，医院近4000人次，参与同安区十几轮全民核酸采样及乌涂坝仔埔、梧侣等高风险地区的特殊任务，完成约300万人次核酸采样工作。

9月21日，受省、市卫健委委派，厦门大学附属第一医院派出19名业务骨干，连同8名省内其他医院的院感专家组成抗疫指导专家组奔赴一线，与市第三医院医护人员并肩作战。

同安区实行封闭管理后，医院承担区域内孕产妇分娩救治工作，9月12日－10月7日，414名新生儿在医院平安降生。

10月份，医院成立放射治疗科，为肿瘤患者带来福音。

2021年，医院引进厦门首台、全球顶尖的西门子科研临床型MAGNETOM Prisma 3.0 T磁共振；美国GE 256排512层高端螺旋CT。

医院案例《运营数据分析及绩效考核提升医院超声科管理水平》，荣获2021年度中国现代医院管理典型案例评选活动"优秀奖"，为厦门市唯一获奖项目。医院案例《绩效考核推动医疗质量管理》被评为2021年福建省医院管理优秀案例。

2022年

2022年1月10日，厦门市第三医院干部任免会议召开，厦门市卫健委人事处处长郑林雄宣读《厦门市人民政府关于厦门市第三医院划归市属的批复》。经研究，同意厦门市第三医院划归市属，隶属厦门市卫健委管理，经费渠道由市财政拨补，在保留事业单位独立法人、独立核发医疗机构执业许可证的基础上，由厦门大学附属第一医院按照"整体化管理、一体化运营、同质化医疗"的原则实施托管。会上宣布干部任免决定：王占祥同志任厦门市第三医院院长；谢强同志任厦门市第三医院执行院长；彭小松同志任厦门大学附属第一医院党委委员、副院长，免去其厦门市第三医院党委副书记、院长职务。

2022年2月10日，厦门大学附属第一医院同安院区揭牌仪式举行。首批9人管理团队和13位医学博士专家团队，共计22名专家进入同安院区工作。

厦门市第三医院历任院长

序号	姓名	职务	任职起止年月
1	班.安德烈	名誉院长	1920—1925
2	叶家俊	院长	1920—1926
3	陈德星	院长	1927—1931.5
4	蔡崇善	院长	1931.6—1940.6
5	夏礼文	名誉院长	1940—1945
6	高亮甫	院长	1940.7—1945.6
7	山益远	院长	1945.7—1948.3
8	翁长福	院长	1948.4—1949.11
9	陈明智	院长	1949.11—1951.12
10	洪元英	名誉院长	1950—1951
11	李木裕	代院长	1952.1—1953.9
12	王一峰	卫生局副科长兼院长	1953.10—1955.7
13	黄先腾	院长	1953.9—1954.4
14	黄善亭	院长	1955.8—1956.9
15	杨和亭	院长	1956.10—1983.12
16	张仁队	院长	1984.1—1985.6
17	林继禄	院长	1985.6—1989.12
18	李挺生	院长	1990.1—1991.11
19	刘恭祥	院长	1991.11—2002.9
20	叶惠龙	院长	2002.9—2018.8
21	郭之通	院长	2018.9—2021.2
22	彭小松	院长	2021.2—2022.1
23	王占祥	院长	2022.1至今
24	谢 强	执行院长	2022.1至今

同安区医院集团院长

序号	姓名	职务	任职时间
1	叶惠龙	院长	2018.4—2018.8

同安区总医院院长

序号	姓名	职务	任职时间
1	郭之通	院长	2018.9—2021.2
2	彭小松	院长	2021.2—2022.2

厦门市第三医院历任副院长

序号	姓名	职务	任职起止年月
1	田医生	副院长	1920—1930
2	赖仁德	副院长	1930—1951
3	黄美群	副院长	1955.8—1958
4	王建海	副院长	1959—1966
5	葛 萍	副院长	1962.2—1979
6	张仁队	副院长	1978.8—1983.12
7	王汝治	副院长	1982.1—1984.3
8	李兴中	副院长	1981.4—1991.9
9	陈天庭	副院长	1981.4—1988.8
10	钟巧珍	副院长	1981.3—1997.4
11	林继禄	副院长	1979.12—1985.5
12	刘恭祥	副院长	1990.11—1991.11
13	叶水龙	副院长	1998.1—2019.1
14	叶惠龙	副院长	1998.1—2002.9
15	高 斌	副院长	1998.4—2022.8
16	李明字	副院长	2003.7—2011.4

续表

序号	姓名	职务	任职起止年月
17	郭之通	副院长	2014.12—2018.8
18	黄建隆	副院长	2014.12—2022.9
19	许文勇	副院长	2017.6至今
20	吴　彬	副院长	2022.10.16至今
21	肖乃安	副院长	2022.10.16至今

同安区医院集团副院长

序号	姓名	职务	任职时间
1	许巩固	副院长	2018.4—2018.8
2	许文勇	副院长	2018.4—2018.8

同安区总医院副院长

序号	姓名	职务	任职时间
1	许巩固	副院长	2018.9至今
2	高　斌	副院长	2018.9—2022.8
3	许文勇	副院长	2018.9至今

历任党组织班子成员

党支部书记

姓名	职务	任职时间
李　英	书记	1956.8—1956.10
杨和亭	书记	1956.10—1971.10

续表

姓名	职务	任职时间
邢克贤	书记	1971.4—1983.9
王汝治	书记	1983.10—1984.3
叶水峇	书记	1984.5—1993.10

党总支班子成员

姓名	职务	任职时间
叶水峇	总支书记	1993.10—2002.9
刘恭样	总支副书记	1999.1—2003.4
马铭益	总支委员	1993.10—2006.12
张亚狮	总支委员	1998.10—2002.8

党总支班子成员

姓名	职务	任职时间
张亚狮	总支书记	2002.9—2008.5
彭月芗	总支副书记	2003.3—2008.5
叶惠龙	总支委员	1999.11—2002.9
叶惠龙	总支副书记	2002.9—2008.5
叶水龙	总支委员	1997.8—2008.5
高　斌	总支委员	1998.3—2008.5

党委班子成员

姓名	职务	任职时间
张亚狮	党委委员、书记	2008.5—2009.7
叶惠龙	党委委员、副书记	2008.5—2018.8
彭月芗	党委委员、副书记	2008.5—2009.8

续表

姓名	职务	任职时间
彭月芗	党委副书记（主持工作）	2009.8—2011.5
彭月芗	党委书记	2011.5至今
叶水龙	党委委员	2011.6—2017.6
叶水龙	党委委员、副书记	2017.6—2018.12
郭之通	党委委员	2011.6—2018.8
郭之通	副书记	2018.9—2021.2
高　斌	党委委员	2011.6—2022.8
黄建隆	党委委员	2011.6—2022.9
陈辉民	党委委员	2011.6至今
许文勇	党委委员	2017.6至今
徐彩临	党委委员	2017.6至今
吴　彬	党委委员	2020.8至今
陈重捷	党委委员	2020.8至今
彭小松	党委委员、副书记	2021.2—2022.1.5
李志安	党委委员、副书记	2022.4至今
孙洲亮	党委委员	2022.4至今

历任纪委班子成员

姓名	职务	任职时间
彭月芗	纪委书记	2008.5—2011.5
叶水龙	纪委书记	2011.6—2016.8
黄建隆	纪委书记	2016.9—2020.8
孙洲亮	纪委书记	2022.4至今

同安区医院集团功能型大党委

姓名	职务	任职时间
彭月芎	书记	2018.4—2018.9
叶惠龙	副书记	2018.4—2018.9
郭之通	副书记	2018.4—2018.9
陈重捷	委员	2018.4—2018.9
詹瑞昌	委员	2018.4—2018.9
柯筑水	委员	2018.4—2018.9
叶愿星	委员	2018.4—2018.9
叶金忠	委员	2018.4—2018.9
叶火撰	委员	2018.4—2018.9

同安区总医院党委、纪委
（同安区紧密型医共体13个成员单位）

姓名	职务	任职时间
彭月芎	党委书记	2018.9至今
郭之通	党委副书记	2018.9—2021.2
彭小松	党委副书记	2021.2—2022.1
高　斌	党委委员	2018.9—2022.8
许文勇	党委委员	2018.9至今
黄建隆	纪委书记	2018.9—2020.8
沈开颜	纪委书记	2020.9—2021.5
纪春水	纪委书记	2021.5—2022.4

党支部书记、副书记（科室）

支部名称	支部书记	任职时间
离退休支部	彭毓琼	1994.3—2003.7
内科系支部	兰玉英	1994.3—2003.7
院直支部	马铭益	1994.3—2003.7
门诊支部	陈盟珍	1994.3—2003.7

党支部书记、副书记（科室）

支部名称	支部书记	任职时间
离退休支部	彭毓琼	2003.8—2007.8
外科系支部	陈清楷	2003.8—2007.8
后勤支部	蔡海水	2003.8—2007.8
内科系支部	兰玉英	2003.8—2007.8
院直支部	马铭益	2003.8—2007.8
门诊支部	陈盟珍	2003.8—2007.8

党支部书记、副书记（科室）

支部名称	支部书记	任职时间
院直支部	洪红萍	2007.8—2010.10
外科系支部	陈清楷	2007.8—2010.10
内科系支部	王建放	2007.8—2010.10
离退休支部	林美瑾	2007.8—2010.10
门诊支部	李亚玉	2007.8—2010.10
后勤支部	蔡海水	2007.8—2010.10

党支部书记、副书记（科室）

支部名称	支部书记	任职时间	支部副书记	任职时间
院直支部	洪红萍	2010.10—2015.6	曾昭红	2010.10—2015.6
外科系支部	郭昭建	2010.10—2015.6	彭彬彬	2010.10—2015.6
内科系支部	崔　勇	2010.10—2015.6	余鸣秋	2010.10—2015.6
离退休支部	陈明智	2010.10—2015.6	陈新珠	2010.10—2015.6
门诊支部	李亚玉	2010.10—2015.6	孙　宪	2010.10—2015.6
后勤支部	蔡海水	2010.10—2015.6	杨　越	2010.10—2015.6

党支部书记、副书记（科室）

支部名称	支部书记	任职时间	支部副书记	任职时间
院直支部	洪红萍	2015.6—2017.10	曾昭红	2015.6—2017.10
外科系支部	郭昭建	2015.6—2017.10	张　弋	2015.6—2017.10
内科系支部	崔　勇	2015.6—2017.10	叶杏花	2015.6—2017.10
离退休支部	陈明智	2015.6—2017.10	陈旭蔚	2015.6—2017.10
门诊支部	孙　宪	2015.6—2017.10	王　建	2015.6—2017.10
后勤支部	蔡海水	2015.6—2017.10	杨　越	2015.6—2017.10

党支部书记、副书记（科室）

支部名称	支部书记	任职时间	支部副书记	任职时间
院直支部	洪红萍	2017.10—2019.12	李　冰	2017.10—2019.12
外科系支部	郭昭建	2017.10—2019.12	张　弋	2017.10—2019.12
内科系支部	崔　勇	2017.10—2019.12	叶杏花	2017.10—2019.12
离退休支部	陈明智	2017.10—2019.12	陈旭蔚	2017.10—2019.12
门诊支部	孙　宪	2017.10—2019.12	王　建	2017.10—2019.12
后勤支部	蔡海水	2017.10—2019.12	杨　越	2017.10—2019.12
妇儿支部	项　蕾	2017.10—2019.12	王王莹	2017.10—2019.12

党支部书记、副书记（科室）

支部名称	支部书记	任职时间	支部副书记	任职时间
第一党支部	曾昭红	2019.12至今	郭雅丽	2019.12至今
第二党支部	李　冰	2019.12—2022.3	吴艳阳	2019.12—2022.3
第二党支部	吴艳阳	2022.3至今	林凤珠	2022.3至今
第三党支部	孙　宪	2019.12至今	艾运旗	2019.12至今
第四党支部	何　晓	2019.12至今	孙德海	2019.12至今
第五党支部	王　建	2019.12至今	曾英彩	2019.12至今
第六党支部	叶杏花	2019.12至今	陈海挺	2019.12至今
第七党支部	孙志强	2019.12至今	陈明智	2019.12至今
第八党支部	郭昭建	2019.12至今	陈　斌	2019.12至今
第九党支部	张　弌	2019.12至今	林永珍	2019.12至今
第十党支部	项　蕾	2019.12至今	王王莹	2019.12至今
第十一党支部	顾海滨	2019.12至今	林明琼	2019.12至今
第十二党支部	杨　越	2019.12至今	洪　斌	2019.12至今
第十三党支部	洪玉环	2019.12—2022.1	陈盟珍	2019.12至今
第十三党支部	周丽锦	2022.3至今		
第十四党支部	陈明智	2019.12至今	杨宝雪	2019.12至今
第十五党支部	陈旭蔚	2019.12至今	苏彩云	2019.12至今

历任工会主席、副主席

工会主席	任职时间	工会副主席	任职时间
陈玉锭	1950.3—1955		
郭玉年	1955—1966		
林淑钗	1955—1966		

续表

工会主席	任职时间	工会副主席	任职时间
葛 萍	1967—1979		
钟巧珍	1979.3—1985.10		
刘书勉	1985.11—1994.10	纪东汉	1985.11—2000.3
		陈新珠	1990.12—1998.12
马铭益	2000.4—2006.12	纪东汉	2000.4—2006.12
		洪向阳	2000.4—2006.12
叶永芳	2006.12—2015.4	纪东汉	2006.12—2009.12
		洪向阳	2006.12—2014.10
彭月芗	2014.11—2017.11	洪玉环	2014.11—2017.11
		蔡海水	2014.11—2017.11
吴奕生	2018.4—至今	蔡海水	2018.4—2022.9

历任团委
（团总支、团支部书记、副书记）

历任医院团支部、团总支、团委书记（副书记）

书记	任职时间	副书记	任职时间	备注
陈志跃	1956—1960			团支部
杨为人	1961—1967			团支部
钟巧珍	1969—1980			团支部
陈惠明	1981.1—1981.3	叶永芳	1981.1—1981.3	团支部
刘文秩	1981.4—1982.7	叶永芳	1981.4—1982.9	第一届团总支

续表

书记	任职时间	副书记	任职时间	备注
叶永芳	1982.8—1985	黄跃进	1982.8—1985	第二届团总支
彭月芟	1990.10—1996.8	陈重艺	1990.10—1996.7	第三届团总支
张海玲	1996.9—1997.9	叶有才	1996.7—1999.7	第四届团总支
陈江伟	1999.8—2002.11	曾昭红	1999.8—2002.11	第五届团总支
陈江伟	2002.11—2005.12	苏桂琴	2002.11—2005.12	第六届团总支
曾昭红	2005.12—2012.6	陈旭蔚	2005.12—2012.6	第七届团总支
余跃伟	2012.6—2016.5	陈旭蔚	2012.6—2016.5	团委
李　冰	2016.5—2021.11	魏晓梅	2016.5—2021.11	团委
叶振扬	2021.11—2022.2	江顺隆	2021.11—至今	团委

历任下属团支部书记（副书记）

	书记	任职时间	副书记	任职时间
第一团支部	苏桂琴	2002.11—2005.11	叶端玲	2002.11—2005.11
第二团支部	叶建亭	2002.11—2005.11	杨雅新	2002.11—2005.11
第三团支部	郭胜杰	2002.11—2005.11	吕淑缅	2002.11—2005.11
第四团支部	陈素棉	2002.11—2005.11		

历任下属团支部书记（副书记）

	书记	任职时间	副书记	任职时间
第一团支部	叶灵欣	2005.11—2012.6	吕春凤	2005.11—2012.6
第二团支部	杨雅新	2005.11—2012.6	洪秀红	2005.11—2012.6
第三团支部	郭胜杰	2005.11—2012.6	吕淑缅	2005.11—2012.6
第四团支部	叶瑞升	2005.11—2012.6	庄菲菲	2005.11—2012.6

历任下属团支部书记（副书记）

	书记	任职时间	副书记	任职时间
第一团支部	林　勇	2012.6—2016.5	李盈利	2012.6—2016.5
第二团支部	刘臻博	2012.6—2016.5	叶振扬	2012.6—2016.5
第三团支部	郭胜杰	2012.6—2016.5	叶雅霜	2012.6—2016.5
第四团支部	吴艳阳	2012.6—2016.5	杨秋颖	2012.6—2016.5

历任下属团支部书记（副书记）

	书记	任职时间	副书记	任职时间
第一团支部	颜漳埔	2016.5—2021.11	陈亚理	2016.5—2021.11
第二团支部	刘臻博	2016.5—2021.11	江顺隆	2016.5—2021.11
第三团支部	陈乙明	2016.5—2021.11	刘祖怀	2016.5—2021.11

历任下属团支部书记（副书记）

	书记	任职时间	副书记	任职时间
第一团支部	胡永辉	2021.11至今	陈小伟	2021.11至今
第二团支部	林小萍	2021.11至今	戴锦章	2021.11至今
第三团支部	陈乙明	2021.11至今	刘祖怀	2021.11至今
第四团支部	郭奕容	2021.11—2022.8	陈金塾	2021.11至今

国家级表彰情况明细表

序号	时间	获奖单位（科室）	获奖内容	发奖单位
1	1994.9	同安医院	爱婴医院	卫生部、联合国儿童基金会、世界卫生组织

续表

序号	时间	获奖单位（科室）	获奖内容	发奖单位
2	1998.3	同安医院	卫生部国际紧急救援网络医院	卫生部
3	2003.10	同安医院	参加全国医院感染监控网2003年全国医院感染现患率调查成绩显著	卫生部全国医院感染监控管理培训基地
4	2005.9	厦门市第三医院	全国基层医院感染管理先进集体	中华医院管理学会
5	2005.10	厦门市第三医院	中华医院管理学会团体会员	中华医院管理学会
6	2005.12.8	厦门市第三医院	参加2005年卫生部全国医院感染现患率调查成绩突出	卫生部全国医院感染监控管理培训基地
7	2008.6	厦门市第三医院	卫生部国际紧急救援中心网络医院	卫生部国际紧急救援、卫生部国际交流合作中心
8	2008.12.8	厦门市第三医院	"2008年度全国医院感染监测先进单位"	卫生部全国医院感染监控管理培训基地
9	2011.8.23	厦门市第三医院	全国院务公开示范点	卫生部
10	2012.12.18	厦门市第三医院	被评为2012年度全国医院感染监测网医院感染横断面调查先进单位	卫生部全国医院感染监测网\全国医院感染监控管理培训基地
11	2013.8	厦门市第三医院神外工会小组	授予全国模范职工小家称号	中华全国总工会
12	2014.12.18	厦门市第三医院	2014年度全国医院感染横断面调查先进单位	卫生部全国院感监测网\全国院感监管基地
13	2015.11.5	厦门市第三医院检验科	在国家结核病参比实验室组织的第二轮全国结核病分子诊断技术能力验证工作中，成绩优秀	
14	2017.4	微电影《天使心》	"首届全国护士微电影节"提名影片奖	

续表

序号	时间	获奖单位（科室）	获奖内容	发奖单位
15	2018.3.14	厦门市第三医院申报的云医院全应用	入选"砥砺奋进的五年"百强数字化医院成果展	HC3i中国数字医疗网、中关村移动互联网产业联盟
16	2019.12.30	医院党建工作案例	2019年"寻找卫生健康基层党建创新案例"活动中获"创新案例奖"	健康报社
17	2020.3	厦门市第三医院	2019年度最佳宣传组织	健康报社
18	2020.12	医院党建工作案例	2020年第二届"寻找卫生健康基层党建创新案例"活动中获"最佳实践案例"	健康报社

省级表彰情况明细表

序号	时间	获奖单位（科室）	获奖内容	发奖单位
1	1979.12	同安县医院	在社会主义建设中成绩优异特予嘉奖	省政府
2	1981.4	同安县医院	1980年医院整顿工作中取得显著成绩	省卫生厅
3	1982	同安县医院	省文明礼貌月活动先进集体	省政府
4	1982	同安县医院	省先进单位	省政府
5	1983.3	同安县医院	社会主义精神文明先进单位	省卫生厅
6	1983.5	同安县医院	1982年计划生育先进单位	省政府
7	1984	同安县医院	省文明医院	省政府
8	1985	同安县医院	省计生先进单位	省政府
9	1985.6	同安县医院	省文明医院	省卫生厅
10	1986.5	同安县医院	省计划生育先进单位	省政府

续表

序号	时间	获奖单位（科室）	获奖内容	发奖单位
11	1986.12	同安县医院	省文明医院	省政府
12	1987	同安县医院	省计划生育先进单位	省政府
13	1988	同安县医院药剂科	《中华人民共和国药品管理法》先进单位	省卫生厅
14	1991.6	同安县医院	全省卫生系统计财工作先进集体	省卫生厅
15	1991.10	同安县医院	在绿化运动中成绩优异特予表扬	省绿化委
16	1991.12	同安县医院	省健康教育89—91年度先进单位	省卫生厅、省爱委会
17	1996.11	同安县医院护理部	护理继续教育先进团体会员单位	省护理学会
18	1997.11	同安区医院	省一级档案管理单位	省档案局
19	2000.3	同安区医院护理部	96—98年度继续护理学教育先进单位会员	省护理学会
20	2000.5	同安区医院制剂室工会小组	模范职工小家	省总工会
21	2000.11	同安区医院工会	全省工会财会工作先进集体	省总工会
22	2000.3	同安区医院护理部	96—98年度继续护理学教育先进单位会员	省护理学会
23	2000.5	同安区医院制剂室工会小组	模范职工小家	省总工会
24	2000.11	同安区医院工会	全省工会财会工作先进集体	省总工会
25	2003.3	同安区医院护理部	"巾帼文明示范岗"称号	省城镇妇女"巾帼建功"活动领导小组
26	2003.10	同安区医院护理部	"1999—2002年度继续护理学教育先进单位"称号	省护理学会
27	2005.5.10	同安区医院护理部	"继续教育先进单位"称号	省护理学会、共青团厦门市委员会
28	2006.7	厦门市第三医院	"2003—2005年度创文明行业工作先进单位"称号	省卫生精神文明建设办公室

续表

序号	时间	获奖单位（科室）	获奖内容	发奖单位
29	2007.1.5	厦门市第三医院	"全省院务公开示范单位"称号	省卫生厅
30	2007.12	厦门市第三医院信息科工会小组	授予"福建省模范职工小家"称号	省总工会
31	2008.2	厦门市第三医院	2007年度福建省临床检验全面质量检测工作先进单位	省临床检验局
32	2008.4	厦门市第三医院骨科	"省级工人先锋号"称号	省总工会
33	2008.9.18	厦门市第三医院	省首届"民安杯"急救技能竞赛活动团体二等奖	省卫生厅
34	2008.9.19	厦门市第三医院	省首届"民安杯"急救技能竞赛护理急救技术竞赛优秀奖（三等奖）	省卫生厅
35	2009.1	厦门市第三医院工会	"省模范职工之家"称号	省总工会
36	2009.4	厦门市第三医院骨科	福建省五一劳动奖状	省总工会
37	2009.12	厦门市第三医院急诊医学部	2008—2009年度福建省新长征突击队	共青团福建省委
38	2010.2	厦门市第三医院离退休干部党支部	全省先进离退休干部党支部	福建省委组织部、福建省委老干部局
39	2010.3	厦门市第三医院	荣获2009年"医疗质量万里行"活动全省三级医院病历质量评比一等奖	省卫生厅
40	2010.5	厦门市第三医院神经外科工会小组	福建省模范职工小家	省总工会
41	2010.1	厦门市第三医院神经外科、神经内科	福建中医药大学2009—2010年度先进带教科室	福建中医药大学
42	2012.5	厦门市第三医院团总支	2011年度福建省五四红旗团总支	福建团省委

续表

序号	时间	获奖单位（科室）	获奖内容	发奖单位
43	2012.5	厦门市第三医院	2011年度流感监测先进单位	福建省疾控中心
44	2012.9	中共第三医院委员会	全省卫生系统创先争优活动先进集体	省卫生系统创先争优活动指导小组
45	2013.12	厦门市第三医院工会	省模范职工之家	福建省总工会
46	2014.5	厦门市第三医院	经福建省总复查验收，被确认保持"省模范职工之家"称号	省总工会
47	2014.5	厦门市第三医院普外科	授予"省工人先锋号"荣誉称号	省总工会
48	2014.5.28	厦门市第三医院	授予"2013年度福建省流感监测先进单位"称号，是全省仅有的连续三年均获此殊荣的两家哨点医院之一	省疾控中心
49	2015.5.28	厦门市第三医院	2014年度福建省流感监测先进单位	福建省疾控中心
50	2016.10.28	厦门市第三医院	2015年度福建省流感监测先进单位	福建省疾控中心
51	2016.12	福建中医药大学附属厦门第三医院儿科	2015—2016年度实践教学基地"先进集体"	福建中医药大学
52	2016.12	福建中医药大学附属厦门第三医院妇产科教研室	2015—2016年度实践教学基地"先进集体"	福建中医药大学
53	2018.1.16	厦门市第三医院	2017年度福建省医院感染横断面调查先进单位	省院感中心
54	2018.9	厦门市第三医院	福建省感染性疾病专科联盟成员单位	福建医科大学孟超肝胆医院
55	2018.12	福建中医药大学附属厦门第三医院内科教研室	2017—2018年度实践教学基地"先进集体"	福建中医药大学

续表

序号	时间	获奖单位（科室）	获奖内容	发奖单位
56	2018.12	福建中医药大学附属厦门第三医院妇产科教研室	2017—2018年度实践教学基地"先进集体"	福建中医药大学
57	2018.12	福建中医药大学附属厦门第三医院放射科教研室	2017—2018年度实践教学基地"先进集体"	福建中医药大学
58	2020.7	厦门市第三医院第十四党支部	福建省首批省级离退休干部"示范党支部"	省委离退休干部工作委员会、省委老干部局
59	2022.5	厦门市第三医院	闽沪同舟向疫而行	同济大学附属上海市第四人民医院

市级表彰情况明细表

序号	时间	获奖单位（科室）	获奖内容	发奖单位
1	1980	同安县医院党支部	1979年度先进党支部	市委
2	1982	同安县医院	厦门市计划生育先进集体	市政府
3	1986.4	同安县医院	市先进单位	市政府
4	1986.9	同安县医院	厦门市落实安全保卫责任制先进单位	市政府
5	1987	同安县医院	市卫生系统先进单位	市政府
6	1987	同安县医院	计划生育先进集体	市政府
7	1991	同安县医院团总支	学雷锋先进集体	团市委
8	1991	同安县医院团总支	先进团支部	团市委
9	1992.5	同安县医院团总支	特区突击队	团市委
10	1994	同安县医院	市计生先进单位	市政府
11	1994.6	同安县医院党支部	先进党支部	市委
12	1995.6	同安县医院药剂科	药品监督管理先进单位	市政府
13	1995.10	同安县医院	1992—1994年度征兵体检工作先进单位	市政府、市警备区
14	1996.5	同安县医院妇产科	1995年计划生育工作先进单位	市政府

续表

序号	时间	获奖单位（科室）	获奖内容	发奖单位
15	1997.3	同安区医院	厦门市创建安全单位活动先进单位	市政府
16	1997.5	同安区医院	1996年计划生育先进单位	市政府
17	1998.11	同安区医院	"120"医疗急救系统项目获1997年度厦门市科技进步表扬奖	市政府
18	1999.1	同安区医院	1998年花园式单位	市政府
19	1999.5	同安区医院青年突击队	厦门市特区建设青年突击队称号	团市委
20	2001.5.4	同安区医院团总支	厦门市五四红旗团支部	团市委
21	2003.8	同安区医院	厦门市防治非典工作先进集体	中共厦门市委、市政府
22	2003.10	同安区医院	2002年度征兵体检工作先进单位	市政府、市警备区
23	2005.4.25	厦门市第三医院团总支	授予"厦门市青年志愿者行动先进集体"称号	共青团市委、市委文明办、市民政局
24	2005.5.20	厦门市第三医院	"社区建设先进单位"称号	市委、市政府
25	2005.10	厦门市第三医院	"2004年征兵体检工作先进单位"	市政府、市警备区
26	2005.11	厦门市第三医院	授予厦门市卫生系统创建全国文明城市工作先进集体称号	中共厦门市卫生局委员会、市卫生局
27	2006.1	厦门市第三医院	授予厦门市会计工作先进集体称号	市人事局、市财政局
28	2006.1.11	厦门市第三医院工会	2005年度厦门市女职工保健工作达标单位	市妇女联合会
29	2007.1.5	厦门市第三医院	厦门市推行办事公开制度示范单位	市推行办事公开制度领导小组
30	2007.5	厦门市第三医院门诊收费处	2005—2006年度群众满意服务窗口	市政府纠风办
31	2008.6.2	厦门市第三医院	工人先锋号	市总工会

续表

序号	时间	获奖单位（科室）	获奖内容	发奖单位
32	2008.10	厦门市第三医院	2007年度征兵工作先进单位	市政府办公厅、市警备区司令部
33	2009.3	厦门市第三医院肿瘤科	厦门市市级"巾帼文明岗"	厦门市妇女联合会
34	2009.6	厦门市第三医院	厦门市"春蕾计划"爱心团体称号	市妇联、市儿童基金会
35	2009.12	厦门市第三医院门诊收费处	2010—2012年度市级青年文明号	市创建青年文明单位活动组委会
36	2011.5	厦门市第三医院团总支	2009—2010年度厦门市五四红旗团总支（十佳）	团市委
37	2011.6.29	厦门市第三医院党委	厦门市先进基层党组织	中共厦门市委
38	2011.1	厦门市第三医院儿科	巾帼文明岗	市妇联
39	2011	厦门市第三医院神经外科	五一先锋岗	厦门市总工会
40	2012.3.23	厦门市第三医院	厦门市卫生系统2011年度卫生行风建设工作先进单位	厦门市卫生局
41	2012.5.23	厦门市第三医院	"厦门市扶残助残先进集体名单"称号	厦门市政府扶残助残工作委员会
42	2012.5	厦门市第三医院ICU	厦门市女职工建功立业标兵岗称号	市总工会
43	2012.6	厦门市第三医院党委	厦门市先进基层党组织（基层党建工作示范点）	中共厦门市委
44	2012.12.31	厦门市第三医院门诊收费处	2013—2015年度市级青年文明号	共青团厦门市委员会
45	2012.12.31	厦门市第三医院急诊和中心药房	2013—2015年度市级青年文明号	共青团厦门市委员会
46	2012.12.31	厦门市第三医院创伤救治专科	2013—2015年度市级青年文明号	共青团厦门市委员会
47	2013.10	厦门市第三医院普外科	在2012—2013年度班组（科室）建设中成绩显著，被评为优秀班组（科室）	市总工会

续表

序号	时间	获奖单位（科室）	获奖内容	发奖单位
48	2013.12	厦门市第三医院	被评为厦门市医院感染现患率调查先进单位	市卫生局
49	2014.3	厦门市第三医院	厦门市"优秀医德医风精品项目"	市卫生局
50	2014.3	厦门市第三医院	厦门市卫生局2013年行风建设工作先进单位	市卫生局、市卫生局党组
51	2014.5.28	厦门市第三医院	授予"2012—2013年度厦门市药品不良反应监测工作先进单位"称号	市药监局、市卫生局
52	2014.9	厦门市第三医院	厦门市市级文明单位	市委、市人民政府
53	2014.10	厦门市第三医院神经内科	厦门市工人先锋号	厦门市总工会
54	2015.6.10	厦门市第三医院	授予第二轮"平安医院"称号	市卫计委
55	2016.3.16	厦门市第三医院门诊收费处	2016—2018年度市级青年文明号	共青团厦门市委员会
56	2016.3.16	厦门市第三医院急诊中心药房	2016—2018年度市级青年文明号	共青团厦门市委员会
57	2016.12.6	厦门市第三医院胸外科	厦门市卫计系统防抗"莫兰蒂"台风及灾后重建工作先进集体	厦门市医学会
58	2017.3.28	厦门市第三医院	全市学雷锋活动示范点	市委宣传部
59	2017.5.4	厦门市第三医院第三团支部	2016年度"厦门市五四红旗团支部（总支）"	共青团厦门市委员会
60	2018.4	厦门市第三医院	荣获"2017年度厦门市五一劳动奖状"	厦门市总工会
61	2018.4.12	厦门市第三医院医学检验科	2018—2020年度厦门市青年文明号	共青团厦门市委员会
62	2019.6	厦门市第三医院离退休党支部	厦门市先进党组织	中共厦门市委
63	2020.4.3	厦门市第三医院	厦门市学雷锋活动示范点	厦门市委宣传部

续表

序号	时间	获奖单位（科室）	获奖内容	发奖单位
64	2020.7	厦门市第三医院	案例《践行医者仁心彰显大爱无疆》在贯彻落实组织生活制度案例征集评选活动评为优秀案例	市委组织部
65	2021.3	厦门市第三医院	厦门市第十六届文明单位	市委、市政府

区级表彰情况明细表

序号	时间	获奖单位（科室）	获奖内容	发奖单位
1	1981	同安县医院内科	同安县三八红旗单位	同安县政府
2	1981	同安县医院团支部	同安县新长征突击队	共青团同安县委
3	1981	同安县医院团支部	同安县学雷锋，树新风，五讲四美文明活动先进集体	共青团同安县委
4	1981	同安县医院党支部	同安县先进党支部	同安县委
5	1984	同安县医院党支部	同安县先进党支部	同安县委
6	1984	同安县医院	同安县建设社会主义精神文明先进单位	同安县政府
7	1987.3	同安县医院党支部	同安县先进集体	同安县政府
8	1987	同安县医院	同安县计生先进集体	同安县政府
9	1987	同安县医院	同安县先进职工之家	同安县总工会
10	1988.5	同安县医院	1987年度计划生育工作先进集体	同安县政府
11	1990.1	同安县医院	先进单位	同安县政府
12	1990.12	同安县医院	1990年创建安全单位	同安县政府
13	1996.3	同安县医院	卫生基本建设单位活动先进单位	同安县卫生局
14	1997.12	同安区医院	创安工作先进单位	同安区卫生局
15	2000.3	同安区医院儿科全体护理人员	引进新技术四等奖	同安区卫生局

续表

序号	时间	获奖单位（科室）	获奖内容	发奖单位
16	2000.6	同安区医院基层工会财务科	同安区工会财务竞赛评选第一档次	同安区总工会
17	2001.5	同安区医院	先进基层工会	同安区总工会
18	2001.6.18	同安区医院	厦门市同安区"三五"普法工作先进单位	同安区委、同安区政府
19	2004.3.4	厦门市第三医院妇产科	授予"2002—2003年度同安区巾帼文明岗称号	同安区妇联、同安区精神文明办
20	2004.5	厦门市第三医院工会	2001—2003年度先进基层工会	同安区总工会
21	2004.12	厦门市第三医院	2003—2004年度人口与计划生育先进单位	同安区政府
22	2005.3.22	厦门市第三医院	2003—2004年度医德医风建设工作先进单位	同安区卫生局
23	2005.6.29	厦门市第三医院党总支	党建工作先进单位	中共同安区卫生局委员会
24	2008.4	厦门市第三医院骨科	工人先锋号	同安区总工会
25	2009.1	厦门市第三医院妇产科	2008年度人口和计划生育工作先进单位	同安区委、同安区政府
26	2009.4	厦门市第三医院神经外科	工人先锋号	同安区总工会
27	2010.9	厦门市第三医院	2008—2009年度区级文明单位	同安区文明委
28	2011.2	厦门市第三医院团总支	2010年度同安区共青团信息工作先进单位	共青团同安区委
29	2011.3	厦门市第三医院	2009—2010年度同安区卫生工作先进单位＼医德医风建设工作先进单位	同安区卫生局
30	2011.6.29	厦门市第三医院党委	同安区先进基层党组织	同安区委
31	2011.10.17	厦门市第三医院	2010年度征兵工作先进单位	同安区政府、同安区人武部

续表

序号	时间	获奖单位（科室）	获奖内容	发奖单位
32	2012.3	厦门市第三医院神经内科	同安区2010—2011年度"三八"红旗集体称号	同安区妇联
33	2012.5	厦门市第三医院团总支	2011年度同安区五四红旗团（总）支部	共青团同安区委
34	2012.5	厦门市第三医院创伤救治专科	同安区青年五四奖章	共青团同安区委
35	2012.7	厦门市第三医院	授予2012年同安区职工职业道德建设十佳单位	同安区总工会
36	2012.12	厦门市第三医院天使志愿服务队	授予"优秀志愿服务组织（队）"荣誉称号	同安区委文明办、同安区志愿者联合会
37	2014.3	厦门市第三医院呼吸一科	同安区"三八"红旗集体	同安区妇女联合会
38	2014.5	厦门市第三医院团委	授予"五四红旗团委"荣誉称号	共青团同安区委
39	2014.5	厦门市第三医院团委第二支部	授予"五四红旗团支部"荣誉称号	共青团同安区委
40	2015.3.5	厦门市第三医院	2013—2014年度志愿服务工作先进单位	同安区文明办
41	2018.3.4	厦门市第三医院天使志愿服务队	同安区2017年度优秀志愿服务队	同安区文明办、同安区志愿者联合会
42	2019.6	厦门市第三医院离退休党支部	同安区先进党组织	中共同安区委

获得国家特殊荣誉称号个人

序号	时间	获奖单位（个人）	获奖内容	发奖单位
1	1986.5.3	陈美妙	全国计生先进个人	国家计生委
2	1993	钟巧珍	享受政府特殊津贴	国务院
3	2017.2	徐彩临	全国五一巾帼标兵	中华全国总工会

历年获得国家专利项目

序号	发明名称	发明人	专利权人	专利号	专利申请日	授权公告日
1	一种MTHFRD基因多态性C677T的检测试剂盒	王顺旺、王小波许文勇、叶水龙	王顺旺	ZL2012I0356878.X	2012年9月21日	2015年01月07日
2	一种应用于微创锥颅手术中的辅助定位装置	陈海挺、许文勇	厦门市第三医院	ZL201420793536.9.	2014年12月16日	2015年06月03日
3	采血推车	周志忠、彭月芎陈长荣、曾晓新	周志忠陈长荣彭月芎	ZL201520052578.1	2015年01月26日	2015年07月1日
4	采血推车	彭月芎、周志忠陈长荣、曾晓新	彭月芎周志忠陈长荣	ZL201520052593.6	2015年01月26日	2015年07月22日
5	一种医用缝针线缆	林永珍	林永珍	ZL201720093429.9	2017年01月22日	2018年03月16日
6	一种带钛网的颈椎前路固定板	林永珍	林永珍	ZL201720093326.2	2017年01月22日	2018年02月16日
7	一种用于髓内钉植入的磁性导引器	谢亮文、刘忠国林建春	谢亮文刘忠国林建春	ZL201820104715.5	2018年01月23日	2019年02月15日
8	一种骨科临床用垫脚装置	叶榕杰、刘忠国张春辉	叶榕杰	ZL202020194223.7	2020年02月21日	2020年09月22日
9	一种离心沉淀器	陈海挺	陈海挺	ZL202020199485.2	2020年02月24日	2020年10月9日
10	用于股骨颈骨折闭合复位微创空心钉内固定的万向导向器	谢亮文、叶佳亮刘忠国	谢亮文叶佳亮刘忠国	ZL202020438133.8	2020年03月31日	2021年02月09日
11	一种可调角度的脊柱内镜双通道器械	宋宏宇、谢亮文刘忠国、胡文浩胡凡琦、张智发黄鹏、张雪松王尧	宋宏宇谢亮文刘忠国	ZL202021037371.4	2020年06月09日	2021年06月25日

获得市、区拔尖人才荣誉称号名单

评定时间 （年）	人才称号	获评人员	颁发机构
1991	第一批专业技术拔尖人才	林继禄、钟巧珍	中共同安区委 同安区人民政府
1995	第二批专业技术拔尖人才	王辉从、吴英英 兰玉英	中共同安区委 同安区人民政府
1998	同安区"一带一"青年专业技术人才	李亚玉、黄红琳 高斌	同安区委组织部
1999	第三批专业技术拔尖人才	叶水龙，杨金镇	同安区卫生局党委 同安区卫生局
1999	同安区优秀后备拔尖人才 （第二批）	蒋财谋、苏彩云 王建	同安区卫生局党委同安区卫生局
1999	专业技术拔尖人才	吴英英、王辉从 兰玉英	中共同安区委 同安区人民政府
2000	同安区优秀专家和优秀青年专业技术人员第二批 "一带一"活动对象	高斌、许文勇 黄红琳	同安区委组织部
2012	同安区第五批拔尖人才	郭之通、陈辉民 许文勇、刘忠国	中共同安区委 同安区人民政府
2017	同安区第六批拔尖人才	刘忠国、许文勇、吴彬 陈重捷、陈辉民	中共同安区委 同安区人民政府
2018	同安区自主培育人才	许文勇、陈辉民、吴彬 刘厚广、范先明、傅志海	同安区委组织部
2019	厦门市第十批拔尖人才	刘忠国	中共厦门市委 厦门市政府
2022	同安区第七批拔尖人才	吴彬、陈重捷 林建春、傅志海	中共同安区委 同安区人民政府

获得省、市、区（县）劳动模范荣誉人员

时间	发奖单位	获奖单位或个人	获奖名称
1960	福建省革命委员会	钟巧珍	卫生先进工作者（按省劳模对待）
1981	厦门市总工会	曾璋英	厦门市劳模
1981	同安县总工会	曾璋英	同安县劳模
1988	厦门市人事局	钟巧珍	厦门市劳动模范 （晋级一级工资）
1988	厦门市政府	钟巧珍	厦门市劳动模范
1989	厦门市人事局	李建源	厦门市劳动模范
2004	厦门市总工会、市人事局	张亚狮	厦门市劳动模范
2014	厦门市总工会、市人事局	蒲　斌	厦门市劳动模范
2017	厦门市总工会、市人事局	刘忠国	厦门市劳动模范
2020	厦门市总工会、市人事局	王赫铭	厦门市劳动模范

获得省、市五一劳动奖章荣誉人员

时间	发奖单位	获奖个人	获奖名称
2005	安徽省总工会	郭之通	安徽省五一劳动奖章
2009	厦门市总工会	叶惠龙	厦门市五一劳动奖章
2012	厦门市总工会	蒲　斌	厦门市五一劳动奖章
2015	厦门市总工会	吴　彬	厦门市五一劳动奖章
2016	厦门市总工会	刘忠国	厦门市五一劳动奖章
2020	福建省总工会	吴　彬	福建省五一劳动奖章

历任中层领导干部

职能科室主任、副主任、负责人名单

序号	姓名	任职时间	序号	姓名	任职时间	序号	姓名	任职时间
1	马铭益	1985.7	24	陈冬裕	2004.3.17	47	蔡素因	2011.11.30
2	蔡 颖	1985.7	25	邢剑文	2004.5.12	48	陈刚毅	2011.11.30
3	刘恭祥	1985.7	26	蔡海水	2004.7.16	49	刘忠国	2012.9.7
4	彭毓琼	1985.7	27	洪红萍	2004.7.16	50	柳 辉	2012.9.7
5	陈新珠	1985.7	28	陈明智	2005.1.20	51	郭鹏丽	2012.9.7
6	蔡华侨	1985.7	29	洪向阳	2005.8.8	52	彭彬彬	2012.9.7
7	高其祥	1985.7	30	林美荣	2006.7.19	53	许文勇	2012.9.7
8	李海味	1985.7	31	王佩华	2006.7.19	54	叶聪艺	2012.9.7
9	叶乌有	1988.4	32	杨 越	2006.7.19	55	张遵俊	2012.9.7
10	潘建平	1990.12	33	蔡庆红	2006.7.19	56	洪玉萍	2012.12.20
11	杨宝雪	1992.5	34	许海鸾	2006.10.30	57	顾海滨	2013.6.6
12	黄少越	1995.1	35	卢 晔	2007.6.6	58	林 耀	2013.6.6
13	张海玲	1996.12	36	蔡建伟	2007.7.12	59	陈重捷	2014.1.28
14	彭月芎	1996.12	37	陈宏辉	2007.7.12	60	许春梅	2014.2.15
15	叶永芳	1996.12	38	陈辉民	2009.4.8	61	郭胜杰	2014.3.25
16	庄朝木	1996.12	39	郭之通	2009.4.8	62	陈旭蔚	2015.5.29
17	杨阿霞	1999.4	40	李标亮	2009.12.10	63	余鸣秋	2016.3.9
18	庄建民	1998.5	41	李延峰	2009.12.10	64	林明琼	2016.12.1
19	吴奕生	1999.8.17	42	林美瑾	2009.12.10	65	刘用玲	2017.3.8
20	李培芬	2002.12.9	43	叶荣国	2009.12.10	66	吴艳阳	2017.3.8
21	黄建隆	2003.3.8	44	曾昭红	2009.12.10	67	王秋霜	2017.4.10
22	林国民	2004.3.17	45	洪玉环	2009.12.10	68	林奎生	2017.5.15
23	倪永治	2004.3.17	46	张昌伟	2009.12.10	69	吴 彬	2017.5.15

续表

序号	姓名	任职时间	序号	姓名	任职时间	序号	姓名	任职时间
70	郑美琴	2017.5.15	73	林燕平	2020.10.12	76	叶淑莹	2020.10.12
71	李 冰	2019.5.20	74	王赫铭	2020.10.12	77	徐 敏	2022.2.22
72	王炳忠	2020.2.7	75	许逸文	2021.9.7			

业务科室主任、副主任、负责人名单

序号	姓名	任职时间	序号	姓名	任职时间	序号	姓名	任职时间
1	伍长介	1981.3	23	吕超伟	1991.6	45	季 阳	2004.3.17
2	刘书勉	1981.3	24	杨金镇	1991.6	46	陈辉民	2004.3.17
3	林继禄	1981.3	25	王朝和	1994.1	47	彭彬彬	2004.5.12
4	陈 光	1981.3	26	黄跃进	1994.1	48	施郁川	2004.5.12
5	蔡昆明	1982.7	27	陈清楷	1994.11	49	徐彩临	2004.5.12
6	陆长根	1985.6	28	李明字	1995.1	50	李自顺	2004.7.16
7	杨博文	1985.7	29	王建放	1995.1	51	洪银城	2005.1.20
8	林水蚶	1985.7	30	陈 梅	1996.12	52	孙志强	2005.1.20
9	陈守忠	1985.7	31	陈炳金	1996.12	53	熊小平	2005.1.20
10	黄信德	1985.7	32	叶惠龙	1996.12	54	许文勇	2005.1.20
11	王朋乐	1985.7	33	陈丽明	1997.3	55	蔡朝阳	2005.1.20
12	吴虎圣	1985.7	34	林 妙	1997.3	56	高 斌	2005.8.8
13	谢文霞	1985.7	35	王黎玲	1997.3	57	黄剑虹	2005.8.8
14	叶金坚	1985.7	36	高春金	1998.3	58	李昭辉	2005.8.8
15	陈庆明	1988.4	37	叶有才	1998.3	59	张亚狮	2005.8.8
16	郭明霞	1988.4	38	余鸣秋	1998.3	60	张遵俊	2005.8.8
17	兰玉英	1988.4	39	李亚玉	1999.4.10	61	崔 勇	2006.4.1
18	李昭铨	1988.4	40	陈文坎	1999.4.10	62	郭之通	2006.4.1
19	叶松柏	1988.4	41	黄共产	1999.4.10	63	蒲 斌	2006.4.1
20	王辉丛	1988.4	42	陈盟珍	2000.8.8	64	李建军	2006.4.25
21	吴英英	1988.4	43	纪瑞耿	2002.12.9	65	陈 雷	2006.7.19
22	童淑惠	1991.6	44	蒋财谋	2003.3.8	66	陈重艺	2006.7.19

续表

序号	姓名	任职时间	序号	姓名	任职时间	序号	姓名	任职时间
67	罗美娣	2006.7.19	86	范先明	2011.11.30	105	王 银	2016.7.5
68	马 龙	2006.7.19	87	何 晓	2011.11.30	106	叶端玲	2016.7.5
69	吴 平	2006.7.19	88	熊贤俊	2011.11.30	107	游森水	2016.7.5
70	洪玉环	2007.7.12	89	陈重捷	2012.12.20	108	黄建隆	2016.8.10
71	项 蕾	2007.7.12	90	孙 宪	2012.12.20	109	刘厚广	2017.9.22
72	朱艺婷	2007.7.12	91	谢伟建	2012.12.20	110	吕恩来	2017.9.22
73	王 兵	2007.12.11	92	肖 松	2014.3.25	111	蔡亚滨	2019.5.20
74	黄飞跃	2018.2.6	93	高允盛	2015.5.23	112	陈海挺	2020.10.15
75	艾运旗	2009.12.10	94	项先高	2015.5.29	113	周智俊	2020.10.15
76	郭昭建	2009.12.10	95	尹忠智	2014.11.13	114	汪庆华	2020.2.7
77	林明辉	2009.12.10	96	陈 斌	2014.11.13	115	叶宝华	2020.2.7
78	刘忠国	2009.12.10	97	李荣斌	2016.12.1	116	张健然	2020.2.7
79	卢 晔	2009.12.10	98	陈金龙	2016.3.19	117	李俊彪	2021.10
80	王 建	2009.12.10	99	邵合队	2016.3.9	118	傅志海	2021.3.30
81	许 玲	2009.12.10	100	曹桂霞	2016.7.5	119	谢秋音	2021.9.7
82	张 弋	2009.12.10	101	曹艳花	2016.7.5	120	陈民立	2020.2.7
83	吴 彬	2010.12.13	102	林燕平	2016.7.5	121	徐勇辉	2021.12
84	辛长征	2010.12.13	103	卢景彤	2016.7.5			
85	周志忠	2010.12.13	104	王王莹	2016.7.5			

业务科室护士长、副护士长、负责人名单

序号	姓名	任职时间	序号	姓名	任职时间	序号	姓名	任职时间
1	郭玉年	1955	7	林秀卿	1978	13	刘文秩	1982.6
2	张 铮	1957.9	8	林秀明	1978	14	汤凤英	1982.6
3	钟欣萍	1978	9	陈智慧	1978	15	杨阿霞	1982.6
4	王善为	1978	10	林秀琴	1978	16	曾璋英	1982.6
5	余桂英	1978	11	黄美云	1982.6	17	彭月芎	1985.7
6	钟巧珍	1978	12	陈新珠	1982.6	18	杨宝雪	1985.7

续表

序号	姓名	任职时间	序号	姓名	任职时间	序号	姓名	任职时间
19	杨素惠	1985.7	47	许春梅	2004.3.17	75	吕黎松	2009.12.10
20	周金环	1985.7	48	周丽锦	2004.3.17	76	吴秀玉	2009.12.10
21	李用虹	1986.7	49	洪淑婷	2005.1.20	77	周　萍	2010.8.3
22	余珍玉	1987.8	50	蔡素因	2005.12.29	78	苏春花	2010.12.13
23	华阳春	1988.4	51	洪素艳	2005.12.29	79	康丽卿	2011.11.30
24	王华玲	1990.12	52	纪丽文	2005.12.29	80	王夕茹	2011.11.30
25	陈秋凤	1990.12	53	叶惠珍	2005.12.29	81	杨雪梅	2011.11.30
26	黄少越	1990.12	54	叶淑莹	2005.12.29	82	张晓玲	2011.11.30
27	林美瑾	1991.6	55	叶杏花	2005.12.29	83	陈宝贝	2012.3.7
28	林妙丽	1991.6	56	郑端桑	2005.12.29	84	陈湖匏	2012.3.7
29	邵玉珍	1992.4	57	林锦花	2006.1.4	85	张振玲	2012.3.7
30	吴选花	1992.4	58	吴鸣蝉	2006.4.6	86	蓝淑明	2012.12.20
31	李培芬	1993.11	59	叶丽芳	2006.4.6	87	林素月	2012.12.20
32	蔡庆红	1993.11	60	曾淑霞	2006.7.19	88	彭晓燕	2012.12.20
33	庄招治	1993.11	61	洪秀梅	2006.7.19	89	邱彩缎	2012.12.20
34	林莽看	1993.12	62	洪玉萍	2006.7.19	90	夏爱芳	2012.12.20
35	苏彩云	1994.1	63	徐素云	2006.7.19	91	邵惠清	2013.6.6
36	洪向阳	1995.7	64	梁春虹	2006.9.5	92	罗丽娟	2014.12.26
37	叶玉斌	1995.7	65	廖秀香	2007.7.12	93	张燕瑱	2014.12.26
38	王佩华	1996.12	66	陈玉仁	2007.8.8	94	曾英彩	2014.3.25
39	张美玲	1996.12	67	郑美琴	2007.12.18	95	方文剪	2015.5.29
40	洪红萍	1998.3	68	洪　柿	2008.1.2	96	叶小琴	2015.5.29
41	纪双宝	1999.3.20	69	蔡彩缎	2009.12.10	97	林丽芳	2016.3.9
42	徐瑜萍	2000.8.28	70	陈德梅	2009.12.10	98	邵淑茹	2016.3.9
43	郭鹏丽	2002.12.9	71	陈燕芬	2009.12.10	99	王赫铭	2016.3.9
44	郭雅丽	2002.12.9	72	陈臻红	2009.12.10	100	谭雪梅	2016.3.9
45	许玉惠	2004.3.17	73	郭小莽	2009.12.10	101	蔡秀兰	2017.6.10
46	刘用玲	2004.3.17	74	林志萍	2009.12.10	102	洪秀红	2017.6.10

续表

序号	姓名	任职时间	序号	姓名	任职时间	序号	姓名	任职时间
103	苏曙妮	2017.6.10	105	岳　娜	2019.5.20	107	邝长玉	2019.7.22
104	杨芸	2019.5.20	106	张永锐	2019.5.20			

后　记

　　厦门市第三医院是厦门历史最为悠久的医院之一,其前身为始创于民国九年(1920年)的同安医院,至今已历百年风雨。世纪风雨沧桑,百年薪火传承,一代代接续奋斗,厦门市第三医院人谱写了救死扶伤、悬壶济世的生命赞歌。

　　两年来,在厦门市第三医院党委书记彭月艻的全程策划、直接指导下,医院各科室的倾力配合,厦门晚报社的采编团队共同努力,《百年风华——厦门市第三医院建院一百周年纪实》一书编著完成,即将付梓出版,在此,向为此书付出辛勤劳动的工作者表示感谢。全书约三十万字,历经一年半的时间筹备、采访、撰稿,旨在为这所百年历史的医院存史建档,其意义重大,称得上是"述录先人的开拓,启迪来者的奋斗"。

　　百年正是风华正茂。翻开全书,共分百年恢弘、仁心仁术、口述历史、报端高光四大章节,图文并茂,既梳理、挖掘医院一百年来的发展历程,也深度记述医院发展不同历史时期的参与者、建设者、见证者的口述历史,同时爬梳了以厦门市第三医院为代表的同安医疗卫生简史,特别是近二十多年来医院的大发展、大跨越,以及2022年1月厦门市第三医院划归市属等里程碑事件,主体内容全面翔实,时间跨度宏大精深。

　　回望历程,使命在肩。作为厦门岛外一所集医疗、教学、科研、预防保健为一体的大型三级综合性医院,现占地面积一百四十多亩,建筑面积近十三万平方米,医护人员约一千五百多人,编制床位一千张,是同安区内唯一一家三级综合医院,服务辖区人口九十余万人。

　　医院拥有邱海波名医工作室、林江涛名医工作室两大市级名医工作室,拥有ICU、神经外科、骨科、妇产科、手足外科、普外科、神经内科、呼吸内科等一批优势学科。市第三医院是岛外最早能开展断肢、断指再植、脑出血介入治疗、心肌梗死介入治疗,建有高压氧舱和直线加速器等放射治疗设备,并较早能独立进行心脏复杂手术的综合性医院。

2022年1月10日，经厦门市人民政府批复，厦门市第三医院划归市属，隶属厦门市卫健委管理，由厦门大学附属第一医院按照"整体化管理、一体化运营、同质化医疗"的原则实施托管。2022年2月10日，厦门大学附属第一医院同安院区正式揭牌。

上划市属以来，厦门大学附属第一医院总院通过改进管理模式、提升医疗技术、推行同质化医疗，医院工作取得了显著成效。今年7月，同安院区重症医学科（ICU）完成改造升级并正式投入使用；心脑血管诊治中心、妇幼疾病诊治中心、创伤危重症中心、呼吸疾病诊治中心同步推进建设；成立柯明耀名医工作室，引进多位学科带头人，签约柔性引进总院四十多位专家、技术骨干进驻到同安院区，全方位嫁接总院优质医疗资源；总院心血管内科、骨科、普外科、胸心外科、妇产科等团队已在同安院区开展近百例高难度手术。比如，总院心内科团队在同安院区开展心脏收缩力调节器（CCM）植入术，为省内第二例；为同安七十一岁患者实施的CCM+ICD一站式手术为全省首例。

我们以高质量发展为目的，强化现代的医院管理，加强医疗队伍建设，提升医疗服务质量，短期目标是：在五年内力争将同安院区打造成三级甲等综合性医院，构建四大医学中心，从而全面增进民生福祉。

鉴往知来，历史是最好的教科书。筚路蓝缕，走到再远、再光辉的未来，也不能忘记走过的历史。修史立典、存史启智。这本即将出版的《百年风华——厦门市第三医院建院一百周年纪实》，既还原了医院跨越百年的坚实足迹，又见证了医院薪火相传的初心使命，填补了同安医疗卫生事业的文史空白，将为厦门市医疗卫生事业发展留下炫彩华章。

因时间仓促，时间跨度长，以及编著者水平所限，恳请广大读者、同行批评指正，提出宝贵意见和建议。

厦门大学附属第一医院副院长
厦门市第三医院执行院长
二○二二年十月